Querverlag

Was steht drin?

Inhaltsverzeichnis

Foto: Heike Löwenstein

Was soll das?

Eine Einführung

„Penetration ist so heterosexuell wie Küssen." Das hat die amerikanische Sexpertin Susie Bright längst bewiesen – und daß man keinen Vibrator braucht: „Natürlich brauchst du keinen Vibrator. Du brauchst auch keinen Spaß zu haben. Du brauchst keine phantastischen Empfindungen und Abenteuer. Mit ein bißchen Wasser und Siebenkornbrot kommst du vermutlich auch ganz gut über die Runden." Anstelle reiner Überlebenstechniken schlägt sie vor, daß wir uns mit unseren Bedürfnissen, Träumen, Trieben und insbesondere mit unseren Begierden befassen.

Genau darum geht es hier. Eine sexuelle Evolution hat stattgefunden: Frauen erheben sexuelle Ansprüche. Dieses Buch will alle ermuntern, die Welt des Sexspielzeugs zu ergründen und dazu über die nötigen VerbraucherInnen-Informationen zu verfügen.

Aus der großen Masse an Artikeln habe ich nur auserlesene Spielsachen gewählt, die den qualitativen und funktionalen sowie gewissen ästhetischen Anforderungen gerecht werden. Ähnlich wie bei der *Stiftung Warentest* wurden alle Produkte während meiner über zehnjährigen Tätigkeit als Betreiberin von „Sexclusivitäten" und als Expertin in

Sachen weiblicher Sexualität getestet. Das Spielzeug sollte schließlich denselben Qualitätskontrollen wie beispielsweise Haushaltsgeräte unterliegen.

Im Lexikonteil dieses Buches finden Sie einen umfassenden Überblick nebst Bildern sowie Beschreibungen der Toys und Anwendungstips.

Ein Augenmerk habe ich auf den sexuellen Nutzen für die unterbeleuchtete Gruppe der schwangeren Frauen und der sich männlich fühlenden Personen gelegt; Spielzeug für Bewegungseingeschränkte wurde besonders hervorgehoben. Trans- und Intersexuelle sowie Personen, die gerne Spielzeug „einpacken", kommen ebenfalls zum Zuge.

Historie und vor allem „Herstory" – weibliche Geschichtsschreibung – sind immer wieder eingestreut. Wie die Herren Doktoren die Vibratoren erfanden, um die sogenannten Frauenleiden zu bekämpfen und den „hysterischen Paroxysmus" (vulgo: Orgasmus) herbeiführten, das erfahren Sie ausführlich im Kapitel „Geschichte der Vibrationen" und erfreuen sich vielleicht an den mittelalterlichen Instrumenten.

Wenn Sie mehr über die moderne Produktion des Sexspielzeugs wissen wollen und Sie es interessiert, welche Lustlinge dahinter stecken, dann können Sie das im Kapitel „Wer macht's?" haben. Fragen, die sich z.B. beim Kauf eines Dildos oder Vibrators stellen können, oder Überlegungen, wie man es der PartnerIn beibringt, auch die unabdingbare Gleitmittelfrage u.v.m. werden großzügig behandelt.

Sie wollten schon immer mal an einem Sexworkshop teilnehmen? Lassen Sie sich von der „Grand Old Lady of Masturbation" – der legendären siebzigjährigen Betty Dodson – in deren Künste einführen.

Ein Serviceteil am Ende des Buches informiert Sie über alle Adressen dieser wundervollen Spielwelt, wo Sie qualitativ hochwertige Ware und eine freundlich engagierte Beratung erhalten.

Um Ihnen das Ganze so feucht-fröhlich wie möglich nahezubringen, lockern erotische Geschichten das Lexikalische auf. In diesen Geschichten geht es natürlich um Spielzeuge und deren Anwendung, und ich wette mit Ihnen, daß auch Sie sich beim Lesen in Ihren geschlechtlichen Zuschreibungen ertappen werden. Achten Sie einmal darauf, wenn Sie „Hausbesuche" machen und die „Lesung" gehört haben. Beim „Nachtmahl" begegnen Sie der Königin des Nils und ihrem Liebhaber Marc Antonius, erleben den „Indian Summer" mit Shiva und Shakti. Schmunzeln Sie über Minzl im „Verwöhnaroma". Beobachten Sie die Folgen einer „Annonce" oder werden Sie zur VoyeurIn bei „Nimm zwei"!

Sie werden überrascht sein, welch unterschiedliche Möglichkeiten Sie entdecken, und Sie werden die Bedeutung von Spielen und Spielzeugen begreifen.

Sexartikel galten lange als unschicklich oder gar unnatürlich; ihnen haftete der Geruch des Perversen an. Bilder von geifernden Männern in schmuddeligen Pornoläden oder von bemitleidenswerten Bedürftigen tauchen dazu auf.

Die Pionierin Beate Uhse hat wie keine andere dazu beigetragen, die Massen dieser Bedürftigen anzusprechen und unter dem Etikett „eheliche oder sexuelle Hilfsmittel" ihre „Hygiene-Artikel" zu vermarkten.

Heute weiß man, daß mit Hilfsmitteln keine Beziehung zu retten und nicht unbedingt Freude zu gewinnen ist. Es herrschte zuviel Unkenntnis über die weibliche Sexualität. Die neue Bezeichnung „Sexspielzeug" weist konkret auf die Funktion hin: Spielen und Ausprobieren. Und wer erinnert sich nicht allzu gerne an das kindlich unbelastete Spielen mit improvisierten Sexspielsachen?

Die Frauenbewegung betonte diesen Aspekt, klärte über Punkte, Flächen und das sexuelle Nervenkostüm auf und brachte Farben und Formen ins Sortiment. Eine alternative Sexindustrie entwickelte sich über dem großen Teich, und in Deutschland als führender Nation Europas schossen die Erotikboutiquen aus der weiblichen Lust. Immer mehr Frauen kamen zu der Überzeugung, daß mehr sexuelles Vergnügen möglich ist, und steckten andere trotz ihrer Vorurteile, ihrer Furcht und ihrer Unsicherheit an.

So wurden Vibratoren traditionell mit Frauen und Dildos besonders mit Lesben verbunden. Die einen griffen zum „Hilfsmittel", weil sie „dysfunktional" waren und durch den heterosexuellen Verkehr nicht zum Orgasmus kommen konnten, die anderen, weil sie ebendiesen nachzuahmen schienen. Was sollten zwei Frauen auch anderes miteinander tun? Ob angeblich frigide oder lesbisch-nymphomanisch, die Frauen nahmen ihr Fortkommen selbst in die Hand. Lesben wurden die Vorreiterinnen der erotischen Welle, die seit den neunziger Jahren flutet.

Mittlerweile sind es Personen jeden Alters, mit und ohne PartnerIn, die zu Spielzeugen greifen, um ihre Sexualität zu erkunden. Ihre Vorlieben hängen ebensowenig mit ihren sexuellen Präferenzen zusammen wie ihre Vorlieben für bestimmte Speisen. Aber auch der kulinarische Geschmack kann sich wie das Erleben eines Orgasmus ändern.

Vibratoren führen z.B. zu intensiveren Orgasmen, und Sie kommen wahrscheinlich schneller. Die meisten Frauen brauchen eine ausdauernde und intensivere Stimulation der Clitoris, wie sie mit der Hand oder der Zunge nicht immer zu erreichen ist. Aber auch wenn Sie ein Mann sind, können Sie die Vibrationen als Quelle der Stimulierung genießen, und bewegungseingeschränkte Personen erfreuen sich an den wohltuenden Entspannungen.

Und warum sollte man die Penetrationserfahrungen auf das Ausmaß der Finger oder eines anderen Körperteils der gegenwärtigen PartnerIn beschränken? Dildos in verschiedenen Farben, Formen und Größen sind für die gut ausgestattete PenetrationsexpertIn genauso wichtig wie eine Garderobe für jede Jahreszeit. Schließlich ist Abwechslung die Würze des Lebens.

Sexspielzeuge sind Werkzeuge für das Selbstbewußtsein, mit denen man ohne Leistungsdruck experimentieren kann. Sie brauchen keine Verhandlungen zu führen und sind für Ihre Erfahrungen selbst zuständig. Das ist vielleicht gewöhnungsbedürftig, denn viele von uns verlassen sich unbewußt auf die Vorgehensweise der PartnerIn. Und manch eine überläßt sich in gleicher Weise lieber den Vibrationen, als den Fluß der Empfindungen zu steuern. Spielzeug können Sie aber nach Belieben manipulieren. Sie allein übernehmen die Verantwortung für Ihr sexuelles Selbst.

Sexspielzeuge sind revolutionär. Sie dienen allein Ihrer Lust und haben manch eine zum Höhe- und gleichzeitig zum Wendepunkt ihres L(i)ebens gebracht.

Laura Méritt

Brustschmuck

Wie ist es gekommen?

Eine Geschichte der Vibrationen

Die schöne Cleopatra wußte sich zu helfen. Ihr wird nicht nur die Erfindung des ersten Vibrators zugeschrieben, sondern sexuelle Phantasie und Kreativität zur Befriedigung ihrer Gelüste. Sie badete z.B. in wohltuender Eselsmilch, ließ sich diese aber auch gerne in einen Lederbeutel füllen und einspritzen. Schönheit kommt von innen, die Wirkung hielt bis zu Liz Taylor, die sich später allerdings auch nach ihrer legendären Rolle als Cleopatra anderer Füllungen bediente.

Die potente Herrschafterin Ägyptens formte aus Papyrus eine Tüte, setzte brummende Bienchen hinein und hielt sich das surrende Sammelsurium an die Clit. Die berühmten „Hummeln im Bauch" sind vermutlich so entstanden. Ein Jahrtausend später wird auch „La Belle du Jour", Catherine Deneuve, in dem berühmten Filmklassiker von einem Kunden mit einem Kästchen beglückt, das besonders fleißige asiatische Summos enthält. Und wenn unsere schöne Französin auch mit gewohnt unbeweglich feiner Miene darüber hinweggeht, finden wir solchen Einfallsreichtum doch bemerkenswert.

Nicht alle Frauen waren so kreativ in ihrer Bedürfnisbefriedigung. Ab dem vierten Jahrhundert bis tief ins zwanzigste unserer westlichen Welt hinein wurde all den weniger Einfallsreichen von männlicher Seite geholfen. Schon der gute Hippokrates, der Urvater der Ärztezunft, und auch der temperamentvolle Celsus, römischer Medizinhistoriker, empfehlen bei „Hysterie" vor und nach Christus eine genitale Behandlung:

„Wenn diese Symptome auftreten, ist es notwendig, eine Hebamme herbeizurufen, die die Genitalien mit einem Finger innen massieren kann und Lilienöl, Moschuswurzeln, Krokus oder ähnliches verwendet. Ein Paroxysmus [vulgo: Orgasmus] kann so herbeigeführt werden."

Diese als Fingerstimulation bekannte Heilmethode, die den gemeinen Orgasmus herbeiführen kann, wurde besonders Anfälligen wie Witwen, keusch oder jungfräulich Lebenden sowie religiösen Frauen verschrieben. Sehr junge oder sogenannte öffentliche wie verheiratete Frauen dagegen sollten noch bis ins sechzehnte Jahrhundert die bittere Medizin des Geschlechtsverkehrs mit einem bzw. ihrem Ehemann schlucken. Da dies aber in den seltensten Fällen half, litten sie weiter unter „Bauchweh" und rannten nach wie vor zum Doktor.

Der griechische Philosoph Plato führte das „Bauchweh" darauf zurück, daß der Uterus sich dagegen wehre, weiblichen Samen zurückzuhalten. Der kurze Atem und die Blässe seien ein weiteres Zeichen dafür, daß der Unterleib ersticke. Heilung versprach die „humoristische" Methode (gr. humor = Flüssigkeit), die den Unterleib in die normale Beckenposition zurückbringe, indem die überschüssigen Flüssigkeiten herausgeschleudert werden. Doch wie kriegt man das nun hin? Darüber schwieg der gute Plato.

Im dreizehnten Jahrhundert wurden vor allem Nonnen, die verstärkt unter dämonischen Anfällen litten, Dildos zugeführt. Auch Zäpfchen aus Alpenveilchen, Zwiebeln, Knoblauch und Ochsengalle wurden eingesetzt, um unruhige Frauen wieder zu Säften zu bringen.

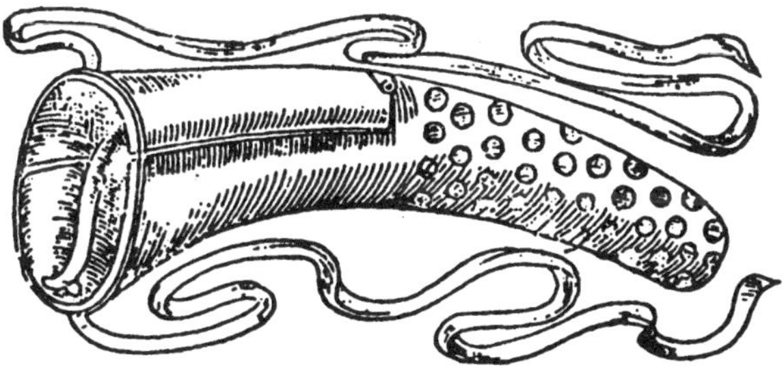

Mösenöffner der Renaissance zwecks „Subfumigation"

Zu Zeiten der Renaissance wurde dagegen die „Subfumigation" praktiziert. Die Patientin saß über einem kleinen Stövchen, aus dem – je nach Diagnose –, an- oder abregende Düfte in die Vagina strömten. Zu Zwecken der Wirksamkeit wurde zusätzlich ein gelöcherter Dildo eingeführt, um die Möse offen zu halten.

Im achtzehnten Jahrhundert änderte sich das aufgrund eines offiziellen Meinungsumschwungs grundlegend. Jetzt durfte nichts mehr eingeführt werden, da dies als verstärkender Faktor für das Leiden und daher schädlich angesehen wurde. Man empfahl statt dessen stundenlanges Reiten auf einem Pferderücken oder heftige Beckenbewegungen in einem Schaukelstuhl. Lange Reisen in der Kutsche und später im Zug mit bewußt holprigen Routen wurden eigens für Frauenleiden ausgearbeitet und verschrieben.

Im späten neunzehnten Jahrhundert war Hydrotherapie – Wasserbestrahlung der Clit – der Hit. Frauen pilgerten in die berühmten Thermalbäder, allen voran in Österreich, aber auch in Deutschland, England und den USA, um „lokale Irrigation" zu erhalten. Und dann taten es die Vibratoren.

Unter was oder wem litten diese Frauen, daß sie eine solche Behandlung wünschten und sich hinterher sichtlich so viel besser fühlten, daß die Therapie wiederholt verschrieben wurde? „Schlaflosigkeit, Verwir-

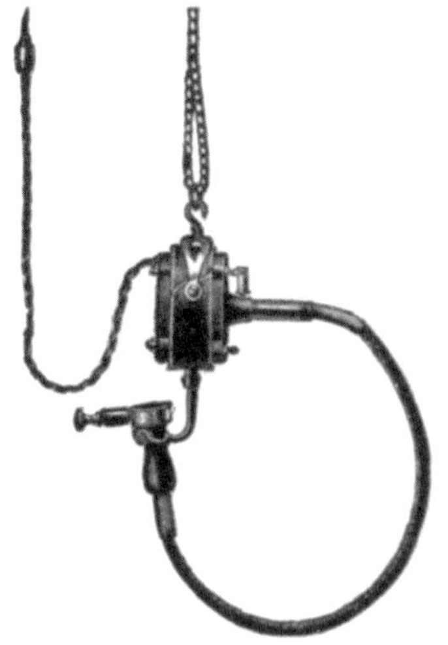

Bis zu 7000 Pulsierungen kann dieser von der Decke hängende Carpenter-Vibrator leisten. [ca. 1904]

rung, Nervösität, erotische Phantasien, Völlegefühl im Bauch und im Beckenbereich sowie vaginale Lubrikation [sprich: Nässe]".

Für heutige, geschulte Ohren hört sich das ganz normal an und könnte mit dem Zustand weiblichen sexuellen Verlangens treffend diagnostiziert werden. Erleichterung verschafft natürlich ein Orgasmus:

> *„Das Subjekt verliert offensichtlich das Bewußtsein durch Errötung der Haut, es zeigt voluptuöse Sensationen und Verwirrung bis Verlegenheit, nachdem es sich von der kurzen Weggetretenheit erholt hat – normalerweise in weniger als einer Minute".*

Einig waren sich die Herren darüber, daß es sich um eine Unzufriedenheit seitens des weiblichen Geschlechts handele. Man stritt sich jedoch über Jahrhunderte hinweg, ob diese Abnormität zu der „normalen", d.h. männlichen Befriedigung durch zuwenig oder zuviel Sex eintrat. Zuwenig hatten scheinbar mannslose Weiber, denen deshalb möglichst zur Heirat geraten wurde. Kränkelten die Ehefrauen, spekulierte man auf den Coitus interruptus als Ursache. Nymphomaninnen und Prostituierte hatten zuviel Sex und seien deshalb sowieso nicht zu befriedigen, also eines Orgasmus nicht fähig. Blutarmut und Magersucht bei jungen Frauen seien Folgeerscheinungen von übersteigerten erotischen Phantasien. Auch Masturbation führe eindeutig zu Empfindungslosigkeit und Unwillen gegen die Ehe, mache aus heterosexuellen Frauen Lesben.

Als Symptome der übermäßigen Beschäftigung mit sich selbst galten dunkle Schatten unter den Augen, Blässe und ein allgemeiner Schwächezustand. Bei näherer Untersuchung kämen unterschiedliche Längen der Schamlippen zum Vorschein und enorm geschwollene Genitalien. Tee- oder Kaffeekonsum sowie Alkohol begünstigen die Masturbation. Auch das Tragen einer Korsage während der Lektüre französischer Romane sei förderlich. Man untersagte sogar das Arbeiten an Nähmaschinen, da das abwechselnde Betätigen der Fußpedale eine reizende Wirkung auf die Frauen ausübe. Fahrradfahren sei gleichermaßen zu unterlassen.

Offensichtlich suchten die Frauen zu befriedigen, was nach Meinung der Männer durch den Geschlechtsakt erfolgen sollte. Auch Aristoteles stellte schon im vierten Jahrhundert fest, daß Frauen Schwierigkeiten hätten, den Orgasmus beim Coitus zu erreichen, was im übrigen heute noch ca. 70% aller Frauen bestätigen. Um nicht das Scheitern in der Orgasmusproduktion durch die „herrliche Penetranz" zuzugeben, kam man alsbald zu der Überzeugung, daß es Frauen als solchen an sexueller Potenz mangelte und sie von Natur aus weniger sexuelle Gefühle hätten. Frigidität und Anorgasmie seien daher durchaus normal und mehr oder weniger zu behandeln. Denn auch diejenigen, die immer nur an das Eine dachten oder es sogar taten, litten nach Meinung der Herren unter einem Mangel.

Da gab es ja nach wie vor diese merkwürdigen Symptome, mit denen immer mehr Patientinnen beim Doktor vorstellig wurden: Gähnen, Magenschmerzen, Schlaflosigkeit, Muskelticken, später kamen sogenannte neurasthenische Anzeichen dazu, also Streßerscheinungen des modernen Lebens, die die Sexualität beeinflussen. Symptome, die auf alles und nichts hinweisen und deshalb ganz testerisch unter dem Sammelbegriff „Hysterie" noch bis 1952 behandelt wurden, als die „American Psychiatric Society" Hysterie aus der Liste der Krankheiten strich.

So legte der Herr Doktor schon früh Hand an und führte den „hysterischen Paroxysmus" herbei, verschaffte den Frauen den erlösenden Orgasmus, weil niemand anderes es tat, tun wollte oder konnte. Aber so einfach war das schließlich auch nicht. „Die vulvulare Massage, um einen Orgasmus bei der Frau zu produzieren, ist schwierig zu lernen. Es ist ähnlich wie das Spiel der Buben, wenn sie versuchen, ihren Bauch zu reiben und gleichzeitig sich auf den Kopf zu klopfen!" erklärt ein Arzt 1660. Da war es naheliegend, den ungeliebten Job an die Hebammen, AssistentInnen oder an einen unpersönlichen, aber unermüdlichen Mechanismus abzugeben. Der Zeitaufwand reduzierte sich dadurch von über einer Stunde Handarbeit auf durchschnittlich zehn Minuten. „Quickie" würde man heute dazu sagen oder ganz normale ärztliche Behandlungszeit im kapitalistischen Fließbandbetrieb.

Die wohltuende Wirkung dank „Hysterie" sprach sich schnell unter den Frauen herum. Redete man schon im siebzehnten Jahrhundert von einer Pandemie, so war Ende des neunzehnten Jahrhunderts ca. dreiviertel der weiblichen Bevölkerung „krank". Orgasmen können keiner schaden, und Frauen waren ja schon immer stärker um ihre Gesundheit bedacht als Männer. Die unfähigen Ehemänner sollten zumindest dafür zahlen.

Die Entwicklung des ersten elektromechanischen medizinischen Instrumentes (Vibrator) Ende des neunzehnten Jahrhunderts ist die konsequente Fortführung der früheren Massagetechniken. Schnellere

Tragbarer medizinischer Vibrator zur Behandlung fast aller Krankheiten [ca. 1920]

und effizientere Therapien wurden notwendig, um den Ansturm der Patientinnen zu bewältigen. Und – wen wundert es? – die Herren Doktoren zeigten natürlich verstärktes finanzielles Interesse an der mechanischen Produktion von Orgasmen. Ob die medizinischen Autoritäten sich bewußt waren, daß ihre Abhilfe mittels genitaler Massage einen weiblichen Orgasmus herbeiführte, sei der männlichen Ignoranz anheimgestellt.

Bis ins achtzehnte Jahrhundert hinein fehlte eine vollständige Erklärung der weiblichen Anatomie, und in den allerwenigsten Werken über Hysterie wird der Paroxysmus explizit als das benannt, was er ist: ein weiblicher Orgasmus. „Richtige" Frauen erreichten schließlich erst durch vaginale Penetration durch den Mann die sexuelle Reife, ihr Orgasmus sei ein Nebenprodukt des männlichen und für die Schwangerschaft nicht notwendig. Die herausragende Stellung der Clitoris wurde vom erigierten Penis erdrückt.

Um die Jahrhundertwende mußte natürlich Sigmund Freud als Begründer der Psychoanalyse seine eigene Hypothese zur Hysterie entwickeln. Fand er anfänglich noch die Ursache dafür im ehelichen Bett, erklärte er später Frigidität bei männlicher Penetration und Masturbation bei Frauen durch frühe Kindheitserlebnisse. Damit verschob er die Aufmerksamkeit auf das Psychische und enthob ganz clever die Männer der Verantwortung und sich selbst der lästigen physischen Behandlungen (Hydro- und Elektromassagen), die seiner Meinung nach erfolglos seien. Ein Mann, der notorisch ignorierte, was Frauen massenhysterisch wollten, konnte als gynäkologischer Masseur sowieso nur scheitern.

Zur gleichen Zeit entwickelten die französischen Kollegen von der Neurologie eine ganz andere Faszination der hysterischen Konvulsionen. Sie veröffentlichten ein dreibändiges medizinisches Werk mit voyeuristischen Bildern von Frauen, die sich in ekstatischen Zuständen befanden, Flüssigkeiten von sich gaben und laut „Oui, Oui!" schrien. So entstanden die ersten erotischen Fotographien.

1835 brachte Gustav Zander seine „schwedische Bewegungsmaschine" auf den Markt, auch pedalbetriebene Windapparaturen taten ihre Wirkung. Wahrscheinlich kommt der Ausdruck „einen blasen" aus dieser Zeit und bezog sich eigentlich nur auf Frauen. 1869 patentierte George Taylor einen dampfgetriebenen Massage- und Vibrationsapparat, der neben Physikern von Badehausbetreibern angefordert wurde. Die zur Kur Kommende hatte sich mit dem Gesicht nach unten auf einen Tisch zu legen und den Unterleib in das dafür vorgesehene Loch zu pressen. Von unten wurde dann Druck auf die Pflaume ausgeübt. Vor allem in Europa und hier besonders in Großbritannien verschrieb man hydrotherapeutische Anwendungen gegen weibliche Beschwerden; die Patientinnen nahmen diese neue Maßnahme nur allzu gerne auf. Die Bäder waren fest in Frauenhand; auf Geschlechtertrennung wurde strikt geachtet. Kaltwasser-Beckenduschen erfreuten sich reger Zusage.

„Der erste Eindruck, den der Wasserstrahl hinterläßt, ist schmerzlich. Als Effekt der Pression stellen sich aber bald die Reaktion des Organismus auf die Kälte und das Erröten der Haut ein. Die Wiederherstellung des Gleichgewichts ist für viele Personen ein sehr angenehmes Gefühl, so daß es vorbeugend nötig ist, die Zeit von vier bis fünf Minuten nicht zu überschreiten. Nach der Dusche trocknet die Patientin sich ab, schnürt ihr Korsett und geht mit schnellem Schritt aus dem Raum."

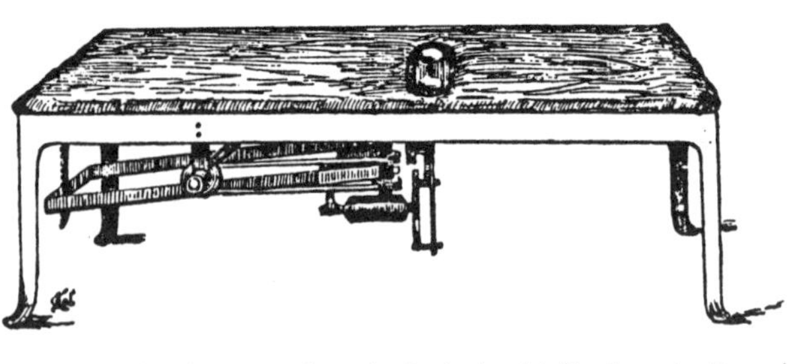

Dampfbetriebene Vibrationen massieren den Beckenbereich (der liegenden Person) [ca. 1860]

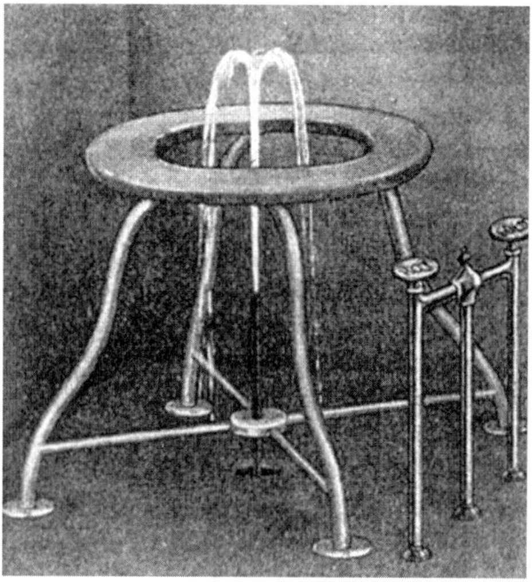

Aufsteigende Dusche zur lokalen Behandlung der „hyperästhetischen" Flächen [ca. 1900]

Wer sich heute nicht nur schnell mit kalten Duschen begnügen will, der sei an dieser Stelle das Gellertbad in Budapest empfohlen. In historischem Ambiente kann frau sich unter ihresgleichen all den altertümlichen Wasserbehandlungen hingeben und wie damals den Ort des Wohlergehens mit gerötetem Gesicht verlassen. Auch in modernen Thermalbädern sieht man freudestrahlende Damen auf den Düsen sitzen und die fließenden Gewässer genießen.

1880 gelang es einem britischen Physiker namens Weiss, einen elektromechanischen Vibrator zur Behandlung der vielen chronisch Kranken zu entwickeln. Die elektrischen Vibratoren mit auswechselbaren Aufsätzen übten einen rhythmischen Druck aus und konnten in einem günstigen Winkel gehandhabt werden. Vibrierende Dildos hatten einen geraden Schaft zur vaginalen oder analen Einführung. Das Weiss-Modell wurde international vermarktet und schon 1880 von Mortimer Granville mit Batterien versehen.

Damit wurde ein Schmerzmittel für die weiblichen Leiden gefunden, das Besserung versprach. Vor allem mußte so nicht am männlichen Sexualitätskonzept gezweifelt werden. Mit Vibratoren wurden sogar multiple Orgasmen in kürzester Zeit möglich und gaben den Frauen das Gefühl ihrer Potenz zurück. Innerhalb weniger Jahre spezialisierten sich über ein Dutzend Unternehmen auf die Produktion von batteriebetriebenen und elektrischen Vibratoren. Bei einigen Medizinern entstanden

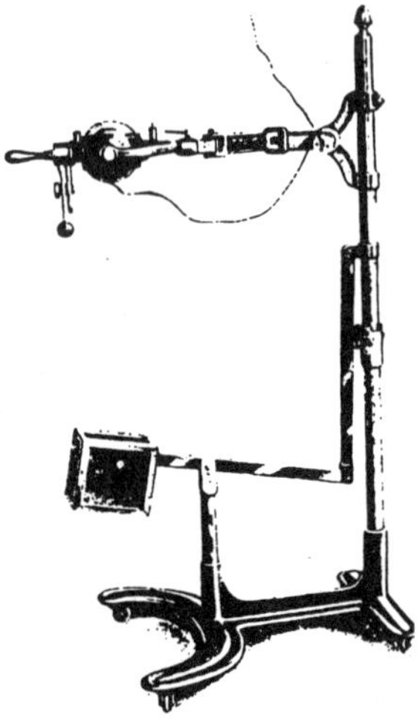

Der Chattanooga-Vibrator – das exklusive Modell um 1900

sogar komplett eingerichtete Behandlungszimmer, *„operating theatres"* genannt.

Auf der Pariser Weltausstellung von 1900 konnte eine breite Palette an Vibrationsapparaten zum therapeutischen Gebrauch begutachtet werden, von 15 Dollar preiswerten wind-, wasser-, gas-, batterie- bis zum strombetriebenen Cadillac der Vibratoren, dem 200 Dollar teuren Chattanooga-Vibrator. Es gab Musikvibromassagegeräte, Schwingungstücher, vibrierende Gabeln, hand- oder fußbetriebene, muskelklopfende, tragbare, rollende oder standhafte Vibratoren und solche, die an der Decke der Klinik befestigt werden mußten und dem Werkzeug in einer Garage ähnelten.

Die Vielfalt der Vibrationen wurde in Artikeln und Büchern angepriesen und als Wundermittel für fast alle Beschwerden beider Geschlechter empfohlen, da es sich in der gynäkologischen Praxis als besonders effektiv und kostensparend erwies. Männern wurden Vibratoren als besonderes Geschenk für ihre Frauen nahegelegt, um das Strahlen in deren Augen und die rosigen Wangen als Zeichen der Zuneigung zu erlangen. Praktisch war auch das Alles-in-Einem-Modell, das es erlaubte, diverse Aufsätze zum Mixen, Stampfen, Mahlen und sogar einen Fön neben dem Vibrator anzubringen.

Erst in den zwanziger Jahren verschwand der Vibrator sowohl als Heim- wie auch als medizinisches Heilgerät. Er wurde wahrschein-

Das „Operating Theatre" – vibrierendes Behandlungszimmer? Vibrationsraum? Vibrierender OP?

lich allzu offensichtlich als sexuelles Genußmittel in den ersten obzönen Filmchen eingesetzt. Vielleicht waren die Mediziner aber auch zu einem größeren Verständnis der weiblichen Sexualität gelangt.

In den sechziger Jahren erlebte der Vibrator sein Revival und wurde ab den Siebzigern offen als „Hilfsmittel zur Erreichung des weiblichen Orgasmus" deklariert. Die Frauenbewegung gab ihn dann offiziell in die Hand der Frauen zurück, um die Arbeit zu tun, die sonst keiner übernehmen wollte.

Zum Weiterlesen

Joani Blank, Ann Whidden, *Good Vibrations. The New Complete Guide to Vibrators.* 4. Aufl. Down There Press, 2000.

Rachel P. Maines, *The Technology of Orgasm. ‚Hysteria,' the Vibrator, and Women's Sexual Satisfaction*, John Hopkins Studies in the History of Technology, 2001. (Alle Ilustrationen in diesem Kapitel wurden *The Technology of Orgasm* entnommen.)

Silberner Kugelstab

Wer macht's?

Die Herstellung von Spielzeug

„An den Spielzeugen sollst du sie erkennen!" So könnte man heute eine allgemeingültige Wahrheit verkünden. Sie stimmt in vielerlei auch unzulänglicher Weise. Zum einen lassen sich aufgrund der individuellen Füllung der Spielzeugkiste Rückschlüsse auf die Person ziehen, etwa welche Präferenzen sie hat. In gleicher Weise verraten sich die BetreiberInnen eines Sexshops durch die Zusammenstellung ihres Sortiments. Wenn die Verkäuferin auf Nachfragen zu einem Produkt zu sprudeln beginnt, wissen Sie, daß die Dame dahinter- und auf keinen Fall danebensteht.

Die HerstellerInnen entblößen sich nach dem gleichen Prinzip. Da gibt es die, die „es" niemals zugeben würden, womit sie ihre Brötchen verdienen, aber froh sind, sich einen Arbeitsplatz gesichert zu haben. Dann sind da die vielen Beschäftigten in der Sexindustrie, die Billigspielzeug herstellen. Und schließlich sind da noch die KünstlerInnen, die Geschäft mit Vergnügen verbinden.

Aber erst mal zu der herkömmlichen Sexbranche. Leider stecken hier keine Havanna rauchenden Persönlichkeiten dahinter, die die Moral der Nation untergraben und die sexuelle Revolution oder wenigstens sexuellen Genuß unter die Menschheit bringen wollen. Für die meisten in der Spielzeugindustrie ist das, was sie beruflich tun, ein Job wie jeder andere auch. Vielleicht haben sie sich am Anfang iher Karriere einmal ansatzweise mit ihrer eigenen Sexualität beschäftigt. Aber die Einzelteilanfertigung in der Großindustrie zerlegt den Produktionsprozeß ähnlich, wie die Sexualität in ihrer Einzelteilfixierung gesehen wird. En gros sind die hier Arbeitenden ein konservativer Haufen voller Familienwerte. Es ist geradezu erschreckend, wie wenig selbst VertreterInnen über ihre Produkte Bescheid wissen. Sie geben sich irritiert, wenn nach der Qualität und der Funktion eines Spielzeugs gefragt wird. Ihnen ist die Verpackung das Wichtigste, auf der sich nur erahnen läßt, was wie wo abgeht. Man rechnet also immer noch damit, daß Sexualität im Sack gekauft und (nicht funktionierende) Spielzeuge aus Scham nicht umgetauscht werden.

Billigspielzeuge kommen aus aller Welt. Das bevorzugte Land ist China, dort ist es Schanghai und speziell Hongkong. Hongkong ist ein internationales Produktions- und Exportzentrum mit wenig wirtschaftlichen Beschränkungen, auch für den Handel mit Sexmaterialien. Die Ausnahmestellung blieb auch nach der Übernahme durch China erhalten. In den Fabriken auf dem Festland werden zwar Motoren und Hartplastikgehäuse für batteriebetriebene Vibratoren hergestellt, aber keine vollständigen Vibratoren. Dennoch werden auch in Hongkong Sexartikel nur in zweiter Linie hergestellt. So fertigt vielleicht eine Puppenfabrik auch aufblasbare Puppen an, und eine Fabrik von Haushaltsgeräten produziert neben Mixern auch Handvibratoren. Oberstes Prinzip ist Massenware. Diese wird auf die lange Schiffsreise geschickt und vom amerikanischen Vertrieb in Zellophan verpackt, in Kartons gesteckt und mit Schildchen versehen. Zum Schluß klebt man Bildchen von Pornostars oder aufreizenden Sternchen aus der Sexindustrie drauf, um die Phantasie anzuregen und davon abzulenken, wie das Ding eigentlich funktioniert. Im Nachbarland Taiwan herrschen noch strengere Gesetze für den Handel mit Sexmaterialien. Vielleicht sind Thailand und Korea potentielle Produktionsstätten.

Was in den USA billiger hergestellt werden kann als im Fernen Osten, wird auf amerikanischem Boden angefertigt. Und so erschöpft sich die lange erotische Tradition des Orients heute leider in der Herstellung der preisgünstigsten Modelle für den Sexmarkt.

Stolze Ausnahme macht hier das Land der Geishas, Japan, das sich durch seine Kreativität auszeichnet, auch wenn sie weltweit vermarktet wird. Unter anderem wurde durch den US-amerikanischen General George McArthur die Imitation von Genitalien nach dem zweiten

Weltkrieg verboten, was aber wie so oft bei Verboten die Phantasie nur noch anregte. So erfanden die JapanerInnen Figuren mit Gesichtern, Tier- und Pflanzen-Formen, die, mit High Tech versehen, rotierende und ferngesteuerte Vibratoren ergaben. Die Produktionskosten dieser ausgefeilten Spielzeuge sind aber für Billigsexartikel immer noch sehr hoch, so daß der japanische Export einen relativ kleinen Anteil ausmacht.

In den USA beherrschen vier große Gesellschaften 90% des Sextoy-Markts; alle sitzen in der Stadt der Engel, Los Angeles. Der Ingenieur Marty Tucker gilt als der Geburtshelfer und König der modernen Produktion. Er entdeckte in der Firma seines Schwiegervaters, der u.a. pornografische Kartenspiele und einen Gummischwanz nebst Quietschentchen als „Ladies Home Companion" vertrieb, die „Ben-Wa"-Kugeln und vermarktete sie weltweit unter ebendiesem Firmennamen. Auseinandersetzungen mit dem alten Herrn führten zur Gründung von „Topco Sales" 1975 und zu weiteren Erfindungen wie wasserdichte Vibratoren und Cyberskin.

Die Besitzerin Susan Colvin der 1994 gegründeten „California Novelties" weiß, daß 90% aller Spielzeuge Müll sind und nur 10% überhaupt funktionieren, was nicht ausschließt, daß sie wie die schwulen Jungs von „DocJohnson" auch Müll verkaufen. Vor allem das Material, PVC und Jelly, ist toxisch und umgeht nur durch den Aufdruck „sold as novelty only" die gesetzliche Produkthaftung.

Allgemein fallen beim Design von herkömmlichen Sexartikeln nicht nur das billige Material, sondern auch die billige Machart auf, die sich unter anderem bei Vibratoren an den Batteriengehäusen niederschlägt. Diese sehen heute noch so gelblich aus, als kämen sie aus der Plastik-Jahrmarkt-Industrie der fünfziger Jahre. Das gilt übrigens auch für qualitätiv hochwertigere Vibratoren. Aus hygienischen Gründen ist die Verpackung angeblich in überflüssigem und umweltverschmutzendem durchsichtigen Plastik. So kann man die Artikel zumindest sehen, aber nicht anfassen. Hat man einen aus den Klauen der Verpackungsindustrie befreit, bekommt man ihn nie wieder hinein, wenn man nicht Christo oder Jeanne Claude heißt. Manche HerstellerInnen sind erfreulicherweise dazu übergegangen, ein Mündchen zur Gefühlsprobe hinzuhalten (das z.B. bei Cyberskin in die Verpackung eingearbeitet ist), in den meisten Fällen herrscht aber die Verhüllungs- und Verdummungsstrategie.

Die Beschreibungen tun ein übriges. Da wird in höchsten Tönen von „Orgasmus-Kugeln" geredet oder „Lustspendern", die weit von ihrem Ziel entfernt sind. Da wird ein Penetrator nach dem andern bis zu Jumbogrößen fabriziert, und auch die Vibratoren sind durch die Bank zum Einführen gedacht.

Auf der andern Seite der Lochfixierung schwingt es, wenn überhaupt, sehr sanft um die Clit herum, Stichwort „Noppensyndrom". Die Beschreibung weist auf die klitzekleinen Nöppchen und Föppchen hin, die auf Kondomen oder an Vibratoren angebracht sind und die Clit vielleicht zum kurzen und einmaligen Verziehen der Lippen bringen. Da werden die neuen G-Punkt-Vibratoren, nachdem sie endlich entdeckt wurden, wieder einmal mit männlichen Namen versehen und bringen es doch nicht auf den Punkt, weil es gar kein Punkt ist.

Unkenntnis über die sexuellen Reaktionen der Frauen in Kombination mit konservativen patriarchalen Einstellungen spielen im sexuellen Marktgeschehen immer noch die Hauptrolle. Dabei wird selbst die Unsicherheit der Männer in bezug auf ihre eigene Potenz ausgenutzt und kommerzialisiert. Schwanz- und Erektionsverlängerungen sind Dauerbestseller. Eine sexuelle Alphabetisierung täte gerade in heutigen Zeiten höchste Not.

Glücklicherweise gibt es da noch die ProduzentInnen aus Leidenschaft, die sich mit Haut und Haar den Spielzeugen verschrieben haben und mit Spaß an der Freude (auch der der anderen) an das künstlerische Werken gehen. Das garantiert zwar nicht unbedingt den sexuellen Durchblick, aber es bedeutet zumindest Auseinandersetzung mit Sexualität, den Funktionen sowie Reaktionen, und ein stetes Dazuler-

Foto: Franke & Goeltl

nen. Die schönsten Dildos werden von kleinen HerstellerInnen produziert, die sich diesen Luxus des persönlichen Wachstums leisten.

So wurde das wunderbare Material Silikon von einem Homöopathen, Töpfer und Bauarbeiter in den USA erfunden, nachdem er sich mit Sexualität und Behinderung beschäftigt hatte und befriedigenderes Spielzeug entwickeln wollte. Die Firma wurde unter dem Namen „Scorpio Productions" berühmt. Mittlerweile existieren mehrere amerikanische Silikonproduktionen, allesamt in Frauenhand und allesamt mit persönlichem Engagement. Auch wenn unzählige Personen meinen, sie könnten das auch, ist das Silikongießen doch ein sehr arbeitsintensiver Prozeß, der Genauigkeit und große Ausdauer erfordert.

Die Spielzeugfirma „Dills for Does" erfand die Klassikerinnen aus Dildonien: Delphin, Wal und Schwimmerin, die um die Welt gingen. Die Designerin beglückte uns mit ausgefallenen Formen wie dem Kaktus, dem Elefantenkopf, der Hündin und der unvergeßlichen Slip-Einlage.

„Bent with the Wind"-Herstellerin Peggy Hurst will mit ihren Dildos und der sexuellen Energie der Frauen die Welt verändern. Mit unverwechselbarer Handschrift achtet sie auf alle Besonderheiten der weiblichen Anatomie und kreierte als erste einen funktionierenden Doppeldildo. All ihren Spielzeugen sind Anleitungen beigefügt, die der Stärkung der weiblichen Sexualität dienen und das (sexuelle) Selbstbewußtsein unterstützen.

Das Frauenkollektiv „Vixen Creations" ist die größte Herstellerin der USA und hat neben wirklich reizvollen G-Spot-Stimulatoren, entzückenden Anal-Zungen und raffinierten Füchslein die größte Auswahl an artifiziellen Schwänzen, die man sich vorstellen kann.

„Tantus" als jüngste amerikanische Produktion hat als Besonderheiten Intarsien in den Dildo eingearbeitet. Man kann sich an Cowgirl-Utensilien, Perlenketten, Paisley-Mustern und ähnlichem erfreuen.

Auch in Europa haben sich einige Damen erfolgreich an das Gießen begeben. In Großbritannien sind die „Babes" und die Besitzerinnen des Frauen-Sexshops „Psst!" zugange, die mit viel Sinn für Farben und Formen im Londoner Untergrund experimentieren.

In der Schweiz gießen die zwei „Clit Care"-Laden-Inhaberinnen in ihrer Werkstatt eigene Kreationen und erfreuen nicht nur die Züricher Frauen mit Echsen, Kühen und Alphörnern im Dildo.

Deutschlands Dildo-Gießerin Stephanie Dörr hat sich mit „playstixx" einen Namen gemacht und bietet u.a. ein Meer von Wellen in allen erdenklichen Schattierungen. Auch die Bremer Jungs von „Fun Factory" haben sich fleißig ins Silikon gelegt und eine hübsche Auswahl zur Basisausrüstung geschaffen. Im Frankfurter Raum haben sich „Tobis Dildos" etabliert und streben in die weite Welt hinaus.

Kreativität ist auch das treibende Moment bei der Produktion von Spielzeugen aus Holz, Glas und Edelstahl. So bearbeitet die Dreherin aus Recklinghausen ihre Objekte der Begierde in liebevoller Kleinarbeit. „Lust und Liebe" genauso wie „S-Art" entwickeln aus ihrer privaten Leidenschaft wunderschöne Objekte, und Berliner IndividualistInnen blasen und drechseln in ihrer Freizeit die schönsten Dildos.

In Berlin hat Biank Rodalquilar mit „Birotic" edle Liebesspielzeuge aus Gold, Silber und Marmor kreiert, die auf allen ganzseitigen Fotografien in diesem Buch zu bewundern sind. Der „Clit-Clip" (s.S. 66) wird wohl als Extravaganze in die Geschichte eingehen, genauso wie die Spezialanfertigung für die Bauchtänzerin (s.S. 91). Die Konstruktion sieht einen einzuführenden Dildo auf einem silbernen Schiff vor, in dem eine Kugel sich mit der Bauchbewegung hin und her, bis zur Clit und zurück bewegen kann. Ein einmaliges Erlebnis.

Aus den USA kommen besondere Spielzeuge für die sexuelle Gesundheit, die von Sexual-Instituten entwickelt werden. Da geht es besonders um die Mösenmuskulatur, die nach Geburten und bei Harnschwäche mit Kegelcisor-Stäben trainiert werden kann. Besondere Aufmerksamkeit gilt auch der Prostata-Massage mit speziellen Stimulatoren, die z.B. das allseits verbreitete Prostata-Leiden der Männer im Alter verhindern können.

Nicht zu vergessen sind die Lederateliers, die sich mit den Sexspielzeugen weiterentwickelt haben. „Stormy Leather" hat als erste Frauen-Werkstatt den legendären „Good Vibrations"-Laden in San Francisco beliefert und kreiert heute noch betörende Bekleidungen und Gürtel. In Berlin sind es die Designerin Petra von „Dos Santos" und der Familienbetrieb „Leathers", die sich liebend gerne auf Anregungen von KundInnen einlassen und an der Weiterentwicklung von schönen und funktionellen Ledermodellen arbeiten.

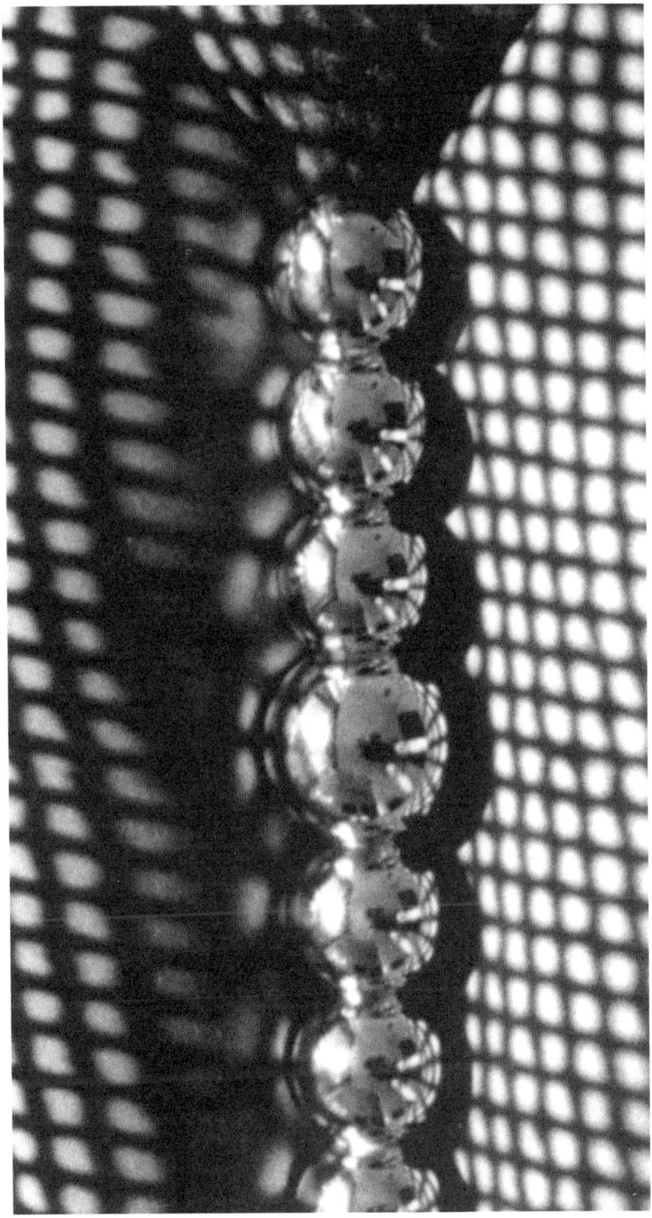

Silberkugelstab

Wo kommt's drauf an?

Der Kauf und Gebrauch eines Dildos

Die wichtigsten Kriterien beim Kauf eines Dildos sind das Aussehen, die Form, die Größe und die Funktion.

Was Ästhetik betrifft, sind die Geschmäcker ja verschieden. Ob der braungebrannte Bodybuilder zum Dephinchen greift, die reifere Frau zum dicken Doppeldildo, die niedliche Junglesbe zum Realistischen à la Jeff Stryker (der nach Originalabdruck des Pornostars gegossen ist) oder zum Maiskolben, läßt sich nicht voraussagen. „Schwanz oder nicht Schwanz?" ist aber hier die erste Frage. Danach kommt für viele die Farbe.

Manche mögen es wirklich schrill, marmoriert oder mehrfarbig und/oder passend zu den Schlafzimmer-Jalousien; andere suchen einen Dildo, der möglichst ihrer eigenen Hautfarbe entspricht. Die überwiegende Mehrheit entscheidet sich für einen der diversen Blautöne, die anscheinend die Assoziation zu Wogen und Wellen und Sich-Fallen-Lassen wecken. (siehe im Lexikonteil → Farben der Erotik)

Welche Größe? Leider kann man nicht einfach Maß nehmen und die Dimension des Traumdildos wie die Schuhgröße bestimmen. Soviel sei aber an dieser Stelle verraten: Der Durchmesser des Dildos ist wichtiger als die Länge, da Sie zwar kontrollieren können, wie tief Sie den Dildo einführen, es aber kaum schaffen, eine unangenehme Breite zu manipulieren. Überlegen Sie, wie viele Finger Sie erfreuen, welche Gegenstände Sie benutzen, wovon Sie schon mal träumten oder was Sie bisher noch nicht hatten. Probieren Sie Gemüsesorten durch, um eine angenehme Dicke und Länge zu finden. Nehmen Sie sich viel Zeit zum behutsamen Experimentieren, wenn Sie noch keine Penetration erlebt haben oder die letzte schon lange zurückliegt. Auch nach Operationen sollten Sie sich liebevoll vortasten und keinen Druck ausüben. Prinzipiell kann jede Person unterschiedliche Dildogrößen in sich aufnehmen, die meisten haben aber besondere Vorlieben zu unterschiedlichen Zeiten. Die allgemeine Zufriedenheit hat sich zwischen 2,5 und 5 Zentimetern eingependelt, wenn auch manche sich nach mehr sehnen.

Die Form des Dildos ist natürlich ausschlaggebend. Man unterscheidet zwischen „strukturierten" und „naturalistischen" Dildos. Allerdings können auch penisartige Formen eine Struktur aufweisen, wenn sie z.B. mit Noppen, Rillen oder Wellen versehen sind. Strukturierte Dildos haben meist besonders gefühlsintensive Formen. Stellen Sie sich vor, wie Ihre Möse z.B. die Arme, den Kopf, die Brüste und schließlich den Bauch der „Schwimmerin" erspürt oder wie die „Schlange" sich in Sie hineinwindet. Wenn Ihnen das Gefühl gefällt, wie sich Ihre Möse oder Ihr Anus um ein Objekt spannt und entspannt, ist ein strukturierter Dildo richtig. Mögen Sie gerne Faustdickes in sich, wäre ein Dildo mit großer Spitze wie beim Kugel- oder Königinnenstab interessant. Manche GenießerInnen sind aber auch mit einem einfachen und glatten Modell glücklich und zufrieden.

Dildoformen können über ihre allgemeine anregende Wirkung hinaus zusätzliche Reize bieten. Zur Stimulation der G-Fläche oder der Prostata empfehlen sich besonders geneigte Dildos. Zur analen Penetration eignen sich eher zylindrische Formen, und Sockel sind unerläßlich, um das Entschwinden zu vermeiden. Sockel dienen auch der Fixierung des Dildos in einem Gürtel.

Das Material: Dildos aus Silikon sind die beliebtesten Spielzeuge, da sie als nicht zu hart und nicht zu weich empfunden werden. Hartes Material wie Plexiglas oder Edelstahl wird von manchen als kalt und unfreundlich erlebt. Andere lieben genau diese kühle Erotik und stellen fest, daß ein harter Dildo genau den Druck ausübt, um z.B. die G-

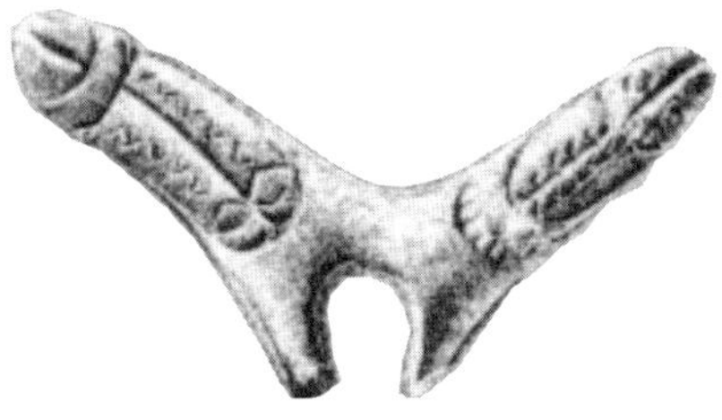

Schon im Paleolithikum gab's Dildos.

Fläche zu stimulieren. Auf alle Fälle immer reichlich Gleitmittel verteilen, wenn Sie zur Probe gehen!

Einweihung: Betrachten Sie den Dildo ganz genau und geben Sie ihm eine erste Waschung mit (heißem) Seifenwasser. Lassen Sie ihn durch Ihre Finger gleiten, erspüren Sie die Struktur der Oberfläche, das Material. Drücken und ziehen Sie daran, und genießen Sie beim Anblick des Spielzeugs die Sensationen in der Hand. Trocknen Sie den warmen Dildo liebevoll ab und plazieren Sie ihn in seiner neuen Heimat. Gießen Sie vor dem Einsatz großzügig Ihr bevorzugtes Gleitmittel drüber und reiben Sie es in ähnlich sensibler Weise wie beim Waschen ein.

Ante-Dildo oder Prä-Penetration?

Entspannung, Entspannung, Entspannung bringt das Aaaaah und Ooooh bei der Penetration. All unsere Genitalien sind von der Beckenmuskulatur umgeben, und wenn diese Muskeln verkrampft oder angespannt sind, kann es zu unangenehmen bis schmerzlichen Gefühlen kommen. Viele sind sich ihrer angespannten Muskeln gar nicht bewußt. Eine Vorbereitung auf die Penetration tut daher immer gut.

Schenken Sie Ihren Genitalien Beachtung. Machen Sie die „Kegel-Übung", indem Sie die Mösen- oder Anusmuskeln abwechselnd anspannen und entspannen und gleichzeitig ein- und ausatmen. So wird Ihr Becken durchblutet. Berühren Sie mit der Dildospitze Ihren Möseneingang, pressen Sie beim Ausatmen die Muskeln nach unten. Fühlen Sie beim Einführen des Dildos eine Verkrampfung, wiederholen Sie die Kegel-Übung der An- und Entspannung und vergessen Sie dabei das Atmen nicht. Nehmen Sie nur so viel und so wenig auf, wie es Ihnen angenehm ist und mühelos gleitet. Es flutscht immer besser, wenn Gleitmittel auf den Dildos und den Genitalien verschwenderisch benutzt wird. Spielzeug produziert nämlich keine Feuchtigkeit, sondern absorbiert sie häufig durch die poröse Struktur. Und ganz unabhängig von Ihrer eigenen Nässe – zwei feuchte Oberflächen bieten eine optimale Schlüpfrigkeit und ermöglichen manchem zu groß scheinenden Dildo eine lockere Rutschpartie.

Mit dem Dildo spielen

Bevor Sie mit einem Dildo auf Ihre PartnerIn losgehen, lernen Sie das neue Spielzeug erst mal selber kennen.

Dildo-Solo

Probieren Sie den Dildo aus, um ein Gefühl für die Größe, Struktur und die passenden Bewegungen zu bekommen. Vielleicht führen Sie ihn ein, während Sie ganz ruhig liegen und die Horizontale genießen. Vielleicht arbeiten Sie sich Zentimeter für Zentimeter vor und beobachten die Veränderung. Aber vielleicht stoßen Sie gleich nach dem Einführen freudig zu und experimentieren mit der Stoßstärke und dem Rhythmus.

Beachten Sie Ihren Körper und seine Eigenheiten, führen Sie den Dildo in dem Winkel ein, der mit Ihrem Mösen- und Anuskanal übereinstimmt. Wenn Sie die G-Fläche stimulieren wollen, sollte die Spitze des gebogenen Dildos zur Mösen-Vorderwand zeigen und nicht zum Damm hin. Anal sollte man den Eintritt sehr vorsichtig gestalten und nicht die Darmwände rammen.

Dildo-Duo

Beim Spiel mit den Dildos ist es wichtig, präsent zu sein und genau auf die Körpersprache der anderen Person zu achten, um gegebenenfalls sofort auf Unannehmlichkeiten reagieren zu können. Anders als bei der Penetration mit Fingern, Schwanz oder der Hand lassen sich mit dem Dildo Widerstände oder Verkrampfungen nicht unmittelbar erfühlen. Am besten zeigen Sie sich beim ersten Mal gegenseitig die Positionen, Winkel, Stöße und Geschwindigkeiten, die Ihnen beiden gefallen.

Dildo-Kombi-Pack

Penetration und Vibration im Doppelpack, warum nur davon träumen? Sie wählen Ihren Dildo aus, dessen Form und Größe passend scheint, und benutzen gleichzeitig einen Vibrator für die Clit. Oder Sie halten einen Vibrator an den Dildosockel, so daß die Vibrationen sich über die Genitalien ausbreiten können. Wählt man einen Netzvibrator, beziehen die sehr starken Schwingungen den ganzen Körper mit ein. Manche Frauen brüten einen Dildo und gleichzeitig ein vibrierendes Ei an der Clit oder ziehen einen vibrierenden Ring über den Dildo.
Gummidildos behalten ganz egoistisch einen großen Teil der Schwingungen für sich, während Silikondildos die Vibrationen brav weiterleiten. Manche haben sogar einen Hohlraum für vibrierende Eier oder noch exklusiver einen die Clit massierenden Noppensockel, an den man den Vibrator halten kann. Probieren geht über studieren – schaffen Sie sich Ihre individuelle Kombination!

Geisha-Kugeln

Wie rum soll's drehen?

Der Kauf und Gebrauch eines Vibrators

Vibratoren werden traditionell Frauen zugeordnet, weil viele mit der technologischen Hilfe ihren ersten Orgasmus erleben oder damit leichter orgasmieren können. Vibratoren sind unschlagbar in dauerhafter, mehr oder weniger starker Stimulation, was mit der Hand und/oder der Zunge nicht immer durchführbar ist. Schließlich kann man Vibrationen an allen erdenklichen Stellen des Körpers einsetzen und das eigene sexuelle Erleben wie das der anderen auch durch Zuschauen besser kennenlernen.

Schwangeren sei der Vibrator auch an die Möse gelegt; er sorgt für Entspannung, tut gut, und Sie erreichen Ihre Genitalien mühelos. Ist die Schwangerschaft schon fortgeschritten, lindern die Vibrationen Wund- und andere Schmerzen und erleichtern die Wehen. In den ersten Monaten nach der Geburt kann man unruhige Babys durch sanfte Rückenmassagen mit einem Vibrator glücklich machen. Im Kinderbettchen schlafen sie sanft mit einem in ein Tuch gewickelten Vibrator.

Auch viele Personen mit Behinderungen haben die wohltuende Wirkung von Vibrationen entdeckt. Die intensiven Stimulationen sind bei verminderter Empfindungsfähigkeit vielleicht erfolgreich und spürbar. Sind Sie in Ihrer Bewegung eingeschränkt, können Sie sich vielleicht auf den Massagestab legen oder ein Modell benutzen, das man fixieren kann, so daß die Hände nichts tun müssen. Mit doppelseitigem Klebeband läßt sich auch einiges stabilisieren.

Vibratoren sind also nicht nur zufriedenstellende Spielzeuge für eine selbst, sie lassen sich auch hervorragend in das Liebesspiel zu zweit einbauen. Sie bieten eine Stimulation der Clit während der Penetration, ohne die die meisten Frauen nicht zum Orgasmus kommen. Zwei Personen können in den unterschiedlichsten Stellungen ein vibrierendes Ei, einen Vibrator oder ein Massagegerät zwischen ihre Körper halten. Vibrierende Ringe können auch über Dildos gezogen werden. Lassen Sie sich durch Ihre Phantasie in Erregung versetzen!

Das bekannteste Vibratormodell ist zweifelsohne der vibrierende Plastik-Penis. Jede von uns hat einmal so angefangen und mußte enttäuscht feststellen, daß Freude selten aufkam. Und Orgasmuskugeln verschaffen auch keinen Orgasmus. Bitter! Da führt die Frau den vielversprechenden Vibrator ein und wackelt hin und her, und nichts passiert. Die Form legt ja auch das Einführen nahe, aber einen Orgasmus gibt's eher am Eingang bei der Clit.

Modelle

Vibratoren gibt's in allen Formen, Farben und Größen. Manche sehen wie Mixer oder Zahnbürsten aus, andere schwimmen wie ein Wal oder eine Welle, manche sind ei-, kugel- oder schwanzförmig. Je nach Art der Stimulierung finden Sie eine große Auswahl, die für Sie in Frage kommt, oder auch interessante Kombinationen. Im Unterschied zu Dildos vibrieren die Vibratoren, wie es der Name schon nahelegt.

Unterschieden wird im allgemeinen zwischen batteriebetriebenen Geräten und solchen, die ihren Saft aus der Dose beziehen. Erstere bieten größere Bewegungsfreiheit, letztere sind unbegrenzt leistungsfähig. Manche haben den Regler im Vibrator integriert, andere besitzen eine externe Steuerung oder sogar eine Fernbedienung. Ein Sockel erlaubt, den Vibrator auch im Gürtel zu tragen. Sockel sind für anale Eindringlichkeiten übrigens unabdingbar.

Netzbetriebene Vibratoren sind prinzipiell teurer als Batteriemodelle. Wenn Sie allerdings einen Vibrator in einem herkömmlichen Laden oder in einem Katalog bestellen, zahlen Sie oft das Doppelte. Es lohnt sich also, in einen frauenbetriebenen Sexladen zu gehen. Sie bekommen meist sogar eine qualifizierte Beratung dazu.

Der Kauf eines Vibrators

Was wollen Sie stimulieren? Überlegen Sie sich, was Sie bei der Masturbation gerne spüren wollen: Clit, Möse, Arsch, G-Fläche, Nippel (oder Prostata und Schwanz)?

Möchten Sie ein multifunktionelles Modell zum Experimentieren oder lieber verschiedene einzelne? Mehrere Vibratoren lassen sich prima kombinieren und jede einzelne Fläche einzeln stimulieren oder mehrere gleichzeitig. Ein Gerät mit viel Zubehör ist für eine Simultan-Stimulation weniger sinnvoll.

Möchten Sie sanfte oder starke Vibrationen? Wenn Sie sehr empfindlich sind, könnten Batterie-Vibratoren Sie zufriedenstellen. Lieben Sie intensivere Schwingungen, sollten Sie einen stärkeren Vibrator oder eher einen netzbetriebenen wählen.

Wenn Sie den Vibrator einführen wollen, erfühlen Sie die Größe mit der Anzahl Ihrer Finger – vaginal wie anal – und vergessen Sie den Sockel für den Analvib nicht.

Soll Sie der Vibrator jahrelang verwöhnen, ist ein netzbetriebener die bessere Wahl. Sind Sie viel unterwegs, ist ein transportabler, leichtgewichtiger und eventuell unauffälliger Vibrator richtig. Batterie-Vibratoren existieren in gefälligen Formen wie z.B. der Lady Shave oder die kleine Taschenlampe.

Stören Sie sich an der Lautstärke und befürchten Sie Bildstörungen in der Nachbarschaft, können Sie unter die Decke kriechen oder einen sehr leisen, batteriebetriebenen Silikon-Vibrator nehmen.

Preislich gibt es natürlich Unterschiede. Die netzbetriebenen sind teurer als die batteriebetriebenen Vibratoren. Letztere geben aber öfters den Geist auf, so daß die lang anhaltenden ersteren sich als günstiger herausstellen können.

Wenn Sie Wert auf eine gute Auswahl an hochwertigen Spielzeugen legen und dazu noch beraten werden wollen, eventuell die Meinungen von anderen mit einbeziehen, sind Sie in einem der mittlerweile vielen kleinen Erotikläden von Frauen gut aufgehoben. Die Inhaberinnen bemühen sich um eine gute Atmosphäre und stellen ihr Sortiment liebevoll zusammen. Oft sind die Spielsachen und diverse Accessoires wie Gleitmittel auch erheblich günstiger als in den großen, unübersichtlichen Sexshops von Beate Uhse oder Sarah Young. Im Serviceteil am Ende des Buches finden Sie ausgewählte Frauenläden dieser Welt. Sie unterstützen damit die Sexindustrie in Frauenhand und erweitern die Sexualität um die weibliche Perspektive.

Das Spiel mit dem Vibrator

Der Einfallsreichtum der spielenden Erwachsenen ist erstaunlich und ruft immer wieder Bewunderung hervor. Jedes Spielzeug kann andere Gefühle auslösen, deshalb ist das „Sexperimentieren" von großer Bedeutung.

- Stimmen Sie sich ein. Laufen Sie ohne Unterhose rum, phantasieren Sie sich eine sexuelle Situation, schauen Sie sich schöne Bilder an, atmen Sie bis in die Genitalien hinein.
- Testen Sie diverse Stellungen. Setzen oder legen Sie sich auf den Vibrator, halten Sie ein Tuch dazwischen, klemmen Sie ihn zwischen die Beine, halten Sie ihn von hinten an sich ran, massieren Sie Ihre Stirn und Ihre Brüste ...
- Erfühlen Sie die Reaktionen an verschiedenen Stellen Ihrer Genitalien mit dem Vibrator. Berühren Sie Ihre Clit, deren Vorhaut, den Venushügel, die Lippen, das Tor und den Anus. Führen Sie ihn in Möse und/oder Clit ein. Neuer Gummi beim Lochwechsel! (Wenn Sie ein Mann sind, können Sie den Vibrator an Schwanzwurzel, Hoden, Damm und am Arsch ausprobieren.)
- Üben Sie unterschiedlichen Druck aus und testen Sie verschiedene Geschwindigkeiten. Wechseln Sie zwischen starkem und leichtem Druck, unterbrechen Sie oder halten Sie den gleichen Druck an.
- Sind die Vibrationen zu stark, halten Sie den Vibrator weiter weg oder legen ein Tuch oder ein Kissen dazwischen. Auch die Hand dämpft zu starke Schwingungen.
- Erregen Sie sich selbst, während Sie mit dem Vibrator spielen, und hören Sie auf Ihr Gefühl. Bauen Sie andere Spielzeuge mit ein, schauen Sie sich im Spiegel zu, reden Sie mit sich. Stellen Sie den Vibrator kurzfristig aus.

Es kann durchaus vorkommen, daß der Vibrator Sie nicht befriedigen kann. Manchmal ist der Punkt überschritten, und man wird gefühllos, so daß nichts mehr möglich ist. Ruhen Sie sich aus und experimentieren Sie ein anderes Mal weiter. Morgen bringt er Sie vielleicht äußerst schnell zum Höhepunkt. Die Lust zeigt sich täglich anders, und es spielen so viele Faktoren mit. Experimentieren Sie und bewerten Sie sich nicht! Nehmen Sie die Reaktionen Ihres Körpers ernst und versuchen Sie, alles zu tun, was Ihnen zur Entspannung hilft.

Fragen Sie Ihren Vibrator!

Wie lange hältst du durch?

Na, sagen wir mal durchschnittlich zwölf Stunden bei Dauergebrauch, vielleicht aber auch länger. Es kommt aber stark darauf an, wie ich behandelt werde!

Beispielsweise mag ich es nicht, fallen gelassen zu werden. Wenn ich nicht dran bin, brauche ich keine Batterien in mir. Dann muß ich auch nicht arbeiten, wenn der Regler zufällig berührt wird, so nützt sich mein Motor nicht so schnell ab. Außerdem mag ich keine leckenden Batterien; ich bin hier schließlich der aktive Part!

Falls ich nicht funktioniere, will ich mal den Staub weggeblasen haben. Ich hab es auch gern, wenn man an meinen Drähten rumspielt, um die Kontakte wiederherzustellen. Denk dran, die Batterien vorher rauszumachen.

Denk aber auch dran, Batterien reinzulegen, denn ohne meine Kraftstäbe läuft natürlich gar nichts. Und die wollen auch noch eine spezielle Stellung, also manchmal hintereinander oder zueinander oder andersrum. Falls du keinen Hinweis in meinem Innenleben oder der Batteriebox entdeckst, mußt du solange probieren, bis ich ein Zeichen von mir gebe. Und bitte den Deckel fest verschließen.

Ich geh nur dann schwimmen, wenn man mich extra dafür ausgerüstet und angepriesen hat. Sonst ist Land unter, also halte mich bitte vom Wasser fern. Zur Reinigung reicht mir ein feuchtes Tuch, ja?

Dieses hübsche Füchslein verschönert jede Kuchen- und Käseglocke, ist aber auch anderweitig gerne im Einsatz.

Foto: Franke & Goeltl

Wirst du mich abhängig machen?

Na ja, ich bin schon eine zuverlässige Quelle der Freude und kann eine Garantie auf Orgasmen geben. Man kann sich an mich gewöhnen, so wie man ja auch Vorlieben für Positionen, Sexpraktiken oder SexpartnerInnen entwickeln kann. Auf welche Art du dir Freude schenken willst, bleibt dir selbst überlassen. Es existieren keine Vorschriften, welcher Weg zum Orgasmus der richtige ist, schon gar nicht für alle! Also vibriere mit mir, was das Zeug hergibt, wenn's dir gut kommt!

Wenn du einmal dein sexuelles Muster durchbrechen willst, probiere die Stop-and-Go-Methode: Stimulier dich wie üblich bis kurz vor den Orgasmus, und wechsele dann die Methode, stell mich aus und mach mit den Fingern weiter. Vielleicht kannst du auch noch die Stellung wechseln oder lebst eine Phantasie aus.

Werden meine Genitalien bei regelmäßigem Gebrauch eines Vibrators taub werden?

Weder „normales" noch „übermäßiges", tägliches, stündliches oder wiederholtes Vibrieren ist schädlich. Spiel mit mir, so oft du es willst und kannst. Dein genitales Nervenkostüm bleibt so sensibel, wie es ist. Es kann zwar auch hier einmal vorkommen, daß du überreizt reagierst, Deine Empfindungen kehren aber zurück. Auch wenn du schon zutiefst süchtig nach den Vibrationen bist und dir kaum vorstellen kannst, jemals wieder Hand an sich zu legen, doch doch, es geht. Setz die Droge ab, und du wirst dich bald wieder glückselig in der Hand haben. Es geht mit mir und ohne mich, es geht sogar noch ganz anders.

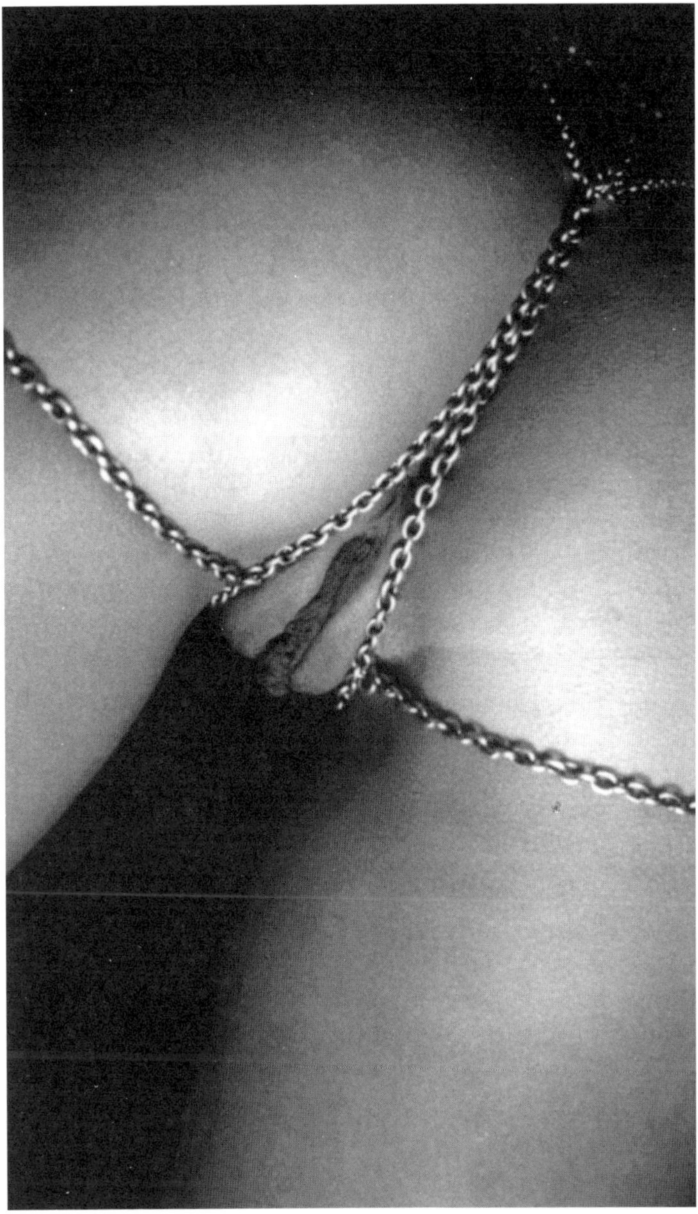

Silberketten-Schmuck

Wie sag ich's meiner PartnerIn?

Argumente, Argumente

Sie wünschen sich ein Sexspielzeug, trauen sich aber nicht, darüber zu reden. Sicherlich ist es richtig, daß zwei Personen nicht unbedingt zur gleichen Zeit das gleiche wollen. Aber wenn ein Spielzeug Ihnen Lust bereitet, könnte Ihre PartnerIn es auch mögen.

Wenn Sie sich von vornherein mit möglichen Einwänden herumschlagen, hier einige Argumentationshilfen:

Das ist doch unnatürlich!

Sexspielzeug ist genauso natürlich wie Kleider tragen; wir sind ja auch einmal nackt rumgelaufen. Mittlerweile hat es aber eine sexuelle Evolution gegeben, und wir können Spielzeuge benutzen, um unsere Sexualität besser kennenzulernen. Aber auch in Zeiten der JägerInnen und SammlerInnen hat es schon natürliche Dildos von Mutter Natur gegeben, und sie wurden bestimmt lustvoll eingesetzt. Später hat man sie auch zur Sexualerziehung und Geburtsvorbereitung genutzt. (Falls das Ihre PartnerIn noch nicht überzeugt, dann sollten Sie Kompromisse eingehen, wann ein Spielzeug eingesetzt wird und wann nicht. Vielleicht macht das Zuschauen ja Spaß.)

Beim Sex konzentriere ich mich nur auf dich!

Hier eine mögliche Antwort: Ja, aber auch für dich ist eine bestimmte Umgebung oder eine besondere Situation anregender als eine andere.

Wenn ich mich schön anziehe, erregt uns das beide, und vielleicht hast du auch eine Phantasie beim Masturbieren? (Finden Sie die Vorlieben heraus und bringen Sie Ihren Wunsch nach einem Vibrator mit ein. Sie können sich dann darauf konzentrieren, daß Sie von Ihrer geliebten PartnerIn einen Orgasmus bekommen.)

Dann brauchst du mich ja jetzt nicht mehr?

Ein Spielzeug kann niemals eine geliebte Person ersetzen. Es ist ein Spielzeug, das der Sensibilisierung und dem Experimentieren gilt. Und das kann man wunderbar zu zweit machen. Außerdem kann ein Toy nicht küssen, sich an eine kuscheln oder lachen.

Ich hab dich also die ganze Zeit nicht befriedigen können?

Mögliche Antwort: O doch, ich bin sehr zufrieden mit dir. Du hast meine Lust geradezu entfacht, drum möchte ich ja mehr davon! Ein Vibrator wäre eine Möglichkeit, weitere Erfahrungen zu machen, vielleicht zu unser beider Vergnügen. Du könntest z.B. Stellen erreichen, die ich alleine gar nicht erfühlen kann. Vielleicht entdeckst du an mir oder an dir neue Seiten? Vibrationen können auch zwei Personen erregen und eventuell andere Orgasmen hervorrufen.

Spielzeug für andere

Wenn Sie ein Spielzeug für Ihre PartnerIn kaufen möchten, fragen Sie sich, welche Erwartungen Sie hegen. Geht es Ihnen darum, Ihr eigenes Liebesleben zu verbessern? Weiß die andere Person von diesen Wünschen? Wollen Sie selbst das Spielzeug benutzen? Möchten Sie ihr zu einem (anderen) Orgasmus verhelfen? Wie wird sie reagieren?

Sprechen Sie vorher mit Ihrer LiebespartnerIn über Ihre Erwartungen, anstatt sie vor vibrierende Tatsachen zu stellen. Falls sie verängstigt reagiert oder sich unter Druck gesetzt fühlt, insistieren und urteilen Sie nicht. Versuchen Sie herauszufinden, welche Gründe es für die Abwehrhaltung gibt. Wenn Sie aber schon über Spielzeuge gesprochen und sie als lustvoll oder zum Experimentieren wohlgeheißen haben, können Sie durchaus für Überraschungen sorgen oder mit dem Dildo ins Haus fallen.

Keuschheitsschloß

Beim Masturbationskurs durchgefallen

Jane DeLynn

Manche Frauen kommen leicht, manche kommen nicht so leicht, manche kommen gar nicht. Auf meiner Suche nach dem Exkalibur der Körpersensationen hatte ich schon so ziemlich alles ausprobiert, von Bewußtseinserweiterung bis zu Jungscher Analyse. Deswegen sah ich der Begegnung mit Betty Dodson mit einem Gefühl aus freudiger Erwartung und Déjà-vu entgegen. Wenn es um weibliche Erotik geht, belegt Betty Dodson ungefähr den Rang, den Steffi Graf in der Tenniswelt einnimmt. Eine befreundete Künstlerin von mir hatte sie einmal in Berkeley erlebt, wo Betty wohnt, wenn sie nicht in New York ist. Sie lobte sie in den allerhöchsten Tönen, die sonst nur dem Zweiten Kommen vorbehalten sind. Ich beschloß, mich mit dem Ersten Kommen zufrieden zu geben.

Schönheit entsteht bekanntlich im Auge der Betrachterin. Die heute zweiundsiebzigjährige Sexpertin der Frauenbewegung trägt einen Bürstenschnitt, oberhalb wie unterhalb der Gürtellinie. Noch vor zehn Jahren malte sie tagsüber erotische Bilder und ging nachts zu den Anonymen Alkoholikern. 1969 fing sie mit Yoga an, 1972 veranstaltete sie ihren ersten Workshop. Sie zeigt Frauen, wie sie besser mit ihren Körpern klarkommen, und besonders, wie sie bessere und intensivere Orgasmen erleben können. Betty hat mit Männern, Frauen und Vibratoren Sex, aber sie schläft immer alleine.

Ich fuhr mit dem Taxi zu Bettys Wohnung. Die sechsjährige Tochter der Nachbarin, die Betty bei den Workshops assistiert, öffnete mir nackt die Tür. Sie wies mich an, Jacke und Schuhe im Flur zu lassen und zum Ausziehen ins Schlafzimmer zu gehen. Als ich das Wohnzimmer durchquerte, in dem vierzehn nackte Frauen auf dem blauen Teppichboden saßen, wurde mir etwas mulmig.

Meine Co-Teilnehmerinnen waren größtenteils Frauen zwischen dreißig und fünfzig. Mit meinen siebenundzwanzig Jahren war ich die Jüngste. Voller Erwartung auf das, was kommen möge, saßen einige in gekonnter Haltung im Lotussitz, andere nahmen nicht weniger gekonnt eine liegende Position ein. Einzelne saßen nach vorne gebeugt, die Arme um die angewinkelten Knie geschlungen und waren ein wenig peinlich berührt von der eigenen Nacktheit, die Schwangerschaftsstreifen, hängende Brüste und Kaiserschnittnarben entblößte.

Der Raum war mit allen notwendigen Accessoires für gelingenden Sex ausgestattet: Lautsprecher, große Kissen, Obst- und Blumenschalen, Kerzen und ein Gabentisch voller Spielzeuge.

Ich zog mich zu esoterisch sanftem Gesäusel langsam aus. Nachdem ich mir Pfefferminztee eingeschenkt hatte, konnte die Sitzung beginnen. Das kleine Mädchen, das die Tür geöffnet hatte, wurde jetzt laut maulend nach Hause geschickt. Betty begrüßte uns mit ihrem muskulösen, kokosnußgeölten, glänzenden Körper, der die beste Werbung für ihre Workshops ist. Obwohl sie immer noch Bilder und Zeichnungen verkauft, lebt sie mittlerweile hauptsächlich von Workshops, Vorträgen und ihren Veröffentlichungen.

„Ich kann beim Masturbieren nicht zum Höhepunkt kommen, wenn jemand dabei ist, es sei denn, es ist mein Ehemann", begann Molly die Vorstellungsrunde.

„Und das findest du schlecht?" warf Margaret ein. „Ich schaffe es nur, wenn ich ganz alleine bin."

„Hast du schon mal einen Vibrator mit einer anderen Person geteilt?" fragte Betty.

„Ja", meinte Margaret und zuckte mit den Schultern, „aber es hat nichts gebracht und war mir nur peinlich."

„Mein Mann und ich führen eine offene Ehe", gestand Elsa. „Letztes Jahr habe ich mich sehr auf eine Frau eingelassen und war ziemlich in sie verliebt. Die Beziehung ist dann auseinandergegangen, aber ich glaube, daß ich im Grunde lesbisch bin. Ich würde gerne diesen Aspekt von mir ein bißchen tiefer erkunden. Besonders, weil ich es schwieriger finde, einen Orgasmus mit einer Frau zu haben als mit einem Mann."

Foto: Annie Sprinkle

The Mother of Masturbation, Betty Dodson

„Das liegt wahrscheinlich daran, daß es dir neu ist", mutmaßte Betty.

„Ich habe keine Orgasmusschwierigkeiten, weder mit anderen Leuten, noch mit mir selbst", meinte Flossie, „aber ich hätte so gerne mehr davon – und wann immer ich will."

Alle Frauen hier suchten – und fanden – Bestätigung für ihre unkonventionelle Lebensweise. Sie führten ein gutes Leben, das sie noch besser machen wollten.

Viele waren „Swinger". Sie trieben es in Gruppen oder alleine. Mit ihren Männern, Freunden, Liebhaberinnen oder Vibratoren. Auf Swingerpartys, in Clubs und an den Wochenenden. Sie besaßen Häuser auf dem Land und Liebesnester in der Stadt. Es waren Frauen, deren Männer auch mal alleine in Urlaub fuhren, oder Frauen, deren *dolce vita* sich unter Frauen – auf der Isla Mujeres – abspielte. Manche führten platonische, aber anscheinend glückliche Ehen mit Männern, die sich im Laufe der Jahre zu „besten Freunden" entwickelt hatten.

Sie hatten Kinder und/oder verfügten über Geld; ein Workshop à vier Sitzungen kostete immerhin eine Menge. Doch keine schien mein spezielles Problem zu teilen.

„Wie steht es mit den Beckenmuskeln, meine Damen?" rief Betty und warf uns ein paar Kegelstäbe in die Runde.

„Sie sind nicht nur zum Kinderaustragen wichtig, sie helfen auch bei Harnschwäche. Und nun das Beste: Sie intensivieren unsere Orgasmen!"

Betty schnappte sich einen dieser Stäbe, schob ihn sich zwischen die Beine und gab uns eine Demonstration ihrer genitalen Beweglichkeit, die es mit der Agilität der Striptease-Legende Gypsy Rose Lee aufnahm, die Tischtennisbällchen durch die Bar spucken konnte.

Den Rest der ersten Sitzung verbrachten wir mit Übungen, die eine Kombination aus Yoga und den Leibesübungen aus dem Handbuch der Luftwaffe schienen. Während wir uns beugten und dehnten, hievten und schnieften, korrigierte Betty unsere Haltung einzeln vor dem Wandspiegel, der die gesamte Länge des Zimmers einnahm. Ihrer Diagnose nach hätte ich es schon bei den Pfadfinderinnen nicht sehr weit gebracht.

Bevor wir nach Hause gingen, bekamen wir noch unsere erste Hausaufgabe: Wir sollten, vorzugsweise mit einem Vibrator, mindestens eine Stunde pro Tag masturbieren.

Wenn der Vibrator für die Frauenbewegung das ist, was die Pille für die sexuelle Revolution der Sechziger war, dann gebührt Betty eindeutig eine dicke Verkaufsprovision für die unermüdliche Verbreitung von Japans anzüglichstem Verkaufsschlager, dem *Hitachi Magic Wand*. Dieses große, schwere, mit einem Tennisballkopf versehene, geschwindigkeitsregulierbare Vergnügungsgerät ist die Harley der Technikfans. Man muß zwar immer in unmittelbarer Nähe einer Steckdose sein und hängt ein Lieben lang an der Leine, aber so ein Zauberstab macht süchtig.

„Das nervt mich beim Zelten am meisten", beschwerte sich Betty, „daß ich auf meine tragbaren Vibratoren angewiesen bin."

„Ja, die ganzen Batterien, nicht sehr ökologisch!" jammerte Barbara.

„Wenn ich nach Hause komme", fuhr Betty fort, „häng ich mich als erstes an meinen Zauberstab – noch bevor ich den AB abhöre oder die Post durchsehe!"

Die Vorteile des Stabvibrators gegenüber dem einfachen Handbetrieb sind: 1) Er ermüdet nie, und 2) man muß ihm nicht die Fingernägel schneiden.

Als Nachteile könnten, abgesehen von seiner örtlichen Unflexibilität, folgende aufgeführt werden: 1) ein durchdringendes Brummen, das entfernt wie ein elektrischer Rasierer klingt, 2) er kann keinen Rasen mähen, 3) eine erhöhte Stromrechnung, 4) seine Neigung, den Genitalbereich zu überreizen, und 5) die Entmenschlichung, die in schlimmsten Fällen dazu führen kann, daß frau keine Orgasmen mehr mit anderen haben kann oder will.

Letzteres tangiert Betty nicht, da sie für einen Höhepunkt nicht von einer anderen Person abhängig ist. Sie macht es schließlich mit sich selbst, seit sie fünf Jahre alt ist. Ein gemeinsames und gleichzeitiges Kommen interessiert auch nicht weiter. Der Schwerpunkt liegt auf der Selbstliebe, der sexuellen wie der körperlichen.

„Schau in den Spiegel und sprich mit dir. Sag dir, wie schön und wundervoll du bist. Frauen sind so von Idealbildern durchdrungen, daß sie sich selbst nicht leiden können. Entspann dich und fang an, dich selbst zu lieben, und dann erst jemand anders.

Gutgelaunt zeigt uns Betty ihre Lieblingsmasturbationsposition: rücklings auf dem Boden liegend, den Kopf auf ein Kissen gegen die Wand gelehnt und beide Knie geöffnet aufgestellt. Brav experimentierten wir mit unterschiedlich großem und geformtem Spielzeug, nachdem wir uns sorgsam ein Handtuch zwischen Schamlippen und Vibratorkopf gelegt hatten. Unsere Genitalien sollen ja nicht auf die ungeheuren Dimensionen der penisartigen Clitorisse der Kikuju-Frauen anschwellen, Frauen eines kenianischen Stammes, die einen großen Teil der Jugend damit verbringen, an ihren Vulven herumzuziehen.

In der nächsten Woche tauschten wir unsere Erfahrungen aus. Chris hat sich einen Zauberstab gekauft und war beglückt.

„Ich habe ununterbrochen gelacht", erzählte sie, „es war unglaublich."

„Hast du es schon mit jemand anderem zusammen probiert?" fragte Betty.

„Nein, noch nicht, mach ich aber bestimmt noch."

Junes Erleben war nicht ganz so positiv.

„Ich mach es lieber mit der Hand", gestand sie. „Ich bin so schnell gekommen, das war nicht mehr lustig."

„O nein, das ist nicht gut!" bestätigte Betty. „Ich könnte auch innerhalb von zwei Minuten kommen, wenn ich wollte, aber unter einer halben Stunde läuft bei mir gar nichts. Hast du dir dabei was vorgestellt?" fragte sie.

„War nicht nötig."

„Das ist aber wichtig", meinte Betty. „Frauen müssen endlich ihre eigenen sexuellen Bilder entwerfen, anstatt immer die Medienvorlagen aus Hollywood, dem Fernsehen oder der Werbung zu benutzen. Kümmert euch um euch, liebt euch. Das Letzte, was ihr tun solltet, ist, euch auf den Orgasmus zu fixieren!"

Später am Abend sprachen wir unsere erotischen Phantasien auf Band: Die plündernde russische Armee; spezien-übergreifendes Vögeln; Männer, die reihenweise angekettet von der Decke baumeln, wie Vieh in einem Schlachthaus in Chicago; S/M; Fesseln und Dominanz; Wassersport. Alle hatten ihre eigenen Vorstellungen und Vorlieben, die sie kommen lassen würden wie die tägliche Post – trotz Regen, Wind und schlaffer Schwänze.

„Ich mach mir Sorgen wegen meiner Vergewaltigungsphantasien", sagte Roberta, „das ist so antifeministisch, aber es macht mich jedesmal verdammt an."

Betty wandte sich ihr zu.

„Versuch's mal mit was anderem", schlug sie vor. „Vielleicht eine liebevolle Gruppenmassage, die in eine Orgie ausartet. Bleib eine Weile dabei. Falls das nicht funktioniert, kannst du immer noch zu deinen sechs brutalen irischen Polizisten zurückkehren."

„Hast du schon jemals versucht, eine Phantasie auszuleben?" fragte Margaret.

„Aber sicher!" sagte Betty. „Das kann sehr befreiend sein, es kann die Phantasie aber auch abtöten. Ich habe es mir früher oft mit einem Schäferhund vorgestellt. Dann hab ich es einmal wirklich getan. Das war zwar aufregend, aber die Vorstellung hat mich danach nicht mehr angemacht. So bin ich auf was anderes gekommen!"

Das Gerede über all diese Phantasien ließ uns wieder zu den Vibratoren greifen. Doch mein Problem konnte all die Technik nicht lösen. Aus Mitleid mit meiner einsamen Notlage beschlossen alle in der Gruppe zwecks seelischer Unterstützung, am nächsten Abend genau um Mitternacht zu masturbieren. Das Ergebnis dieser Nacht wird jedoch für immer ein Geheimnis zwischen mir und der Gruppe bleiben.

Die dritte Sitzung begann mit Körpermassagen im kalifornischen Stil – viel Kokosnußöl und permanente Armrotationen. Nachdem wir hinreichend entspannt oder angeregt waren, wandten wir uns unseren Körpern auf eine gynäkologische Weise zu. Wir untersuchten die unterschiedlichen Labien und bekamen einen tiefen Einblick in die Gebärmutterhälse. Betty erklärte uns mit dem Zeigestab jede einzelne Persönlichkeit und ermunterte uns, mit unseren Mösen und denen der anderen zu reden und genau hinzuhören, was sie uns sagen wollen. Für viele „Schülerinnen" war das der absolute Höhepunkt des ganzen Workshops.

„Total irre!" sagte June.

„Eine völlig neue Welt!" rief Molly.

Dann probierten wir das Perineometer aus, ein Gerät, mit dem die Stärke der Vaginalkontraktionen gemessen werden kann. Frauen, die mehrere Dammschnitte über sich ergehen lassen mußten, benutzen es, um die Gebärmutter zu stärken. Meine Klassenkameradinnen und ich hingegen testeten damit unser sexuelles Können. Es überraschte mich nicht, daß ich Letzte wurde. Ganze fünfunddreißig schaffte ich, bei einem Gruppendurchschnitt von über fünfzig. Mit viel Schnaufen und Pressen erreichte Betty über hundert – was schon gar nicht mehr auf der Tabelle stand –, während wir sie staunend anfeuerten. Ich schwor mir, mich nächste Woche den Hausaufgaben intensiver zu widmen.

Auf die letzte Sitzung hatten alle gespannt gewartet. Einige hatten die zweite oder dritte Sitzung ausgelassen – aber jetzt waren sie alle da. Denn nun gab es die sexuellen Vorführungen, auf die Betty inzwischen wegen rechtlicher Bedenken verzichten muß.

Bettys erster Partner hieß Doug Johns – ein Künstler, der Vulvenabgüsse machte. Er hatte es oft nicht nur mit den Formen, sondern auch mit den Modellen. Und er war laut Melody ein ausgezeichneter, aufmerksamer und zärtlicher Liebhaber. Doch in dieser Nacht war er ein Reinfall. Ihn ereilte das schicke männliche Versagen – die Impotenz. Trotz allem, was sich Betty und später auch Molly, Brenda und Margot einfielen ließen, bekam er keinen hoch. Aber das konnte die entschlossensten Frauen der Gruppe nicht abschrecken, denn ein Drittel von ihnen war bald mit Doug und/oder den anderen Frauen zugange. Wir anderen saßen herum und mampften Obst, spielten mit den Vibratoren und betrachteten die Aktiveren, wie sie sich aneinander vergnügten.

Schließlich verließ uns Doug – ohne Orgasmus, aber mit unseren guten Vibrationen, denn er hatte seine Würde unter den sozusagen widrigsten Umständen stets bewahrt.

„Na, das war ja was, daß er keinen hoch bekommen hat", meinte June.

Wir stimmten überein, daß er sich tapfer geschlagen habe, aber er nicht unbedingt der Kerl sei, mit dem wir einen Hafturlaub vom Frauengefängnis verbringen würden.

Ungeduldig warteten wir auf die Ankunft von Elenore, Bettys Freundin, unsere Klassenkameradin und die Frau, die Betty für ihre lesbische Vorführung ausgewählt hatte.

„Entschuldigt, daß ich zu spät bin", rief sie, als sie um halb zehn reinrauschte, „aber ich hab den ganzen Tag mit einer Freundin geübt."

Sie zog sich wie der Blitz aus und kletterte auf Betty, nachdem sie einen Zauberstab sorgfältig zwischen die Mösen gelegt hatte. So lagen sie einander zugewandt aufeinander, sehr geschäftstüchtig, und die Vibratoren summten vor sich hin. Das war ungefähr so sexy wie Ronald Reagan beim Zähneputzen. Nach einer Weile kamen sie, das heißt, sie hörten zumindest auf. Ich aß gerade einen Apfel und sah einer beim Kaugummikauen zu.

Sally meinte, daß das schon eine seltsame Art gewesen sei, homosexuelle Liebe darzustellen – besonders für die unter uns, die noch keine Erfahrungen mit Bisexualität hatten.

„Na ja", rief sie aus, „ich weiß immer noch nicht, *wie* ich es tun soll."

Ich ging ins Schlafzimmer, um mir meine Jeans anzuziehen. Die meisten Frauen lagen noch herum, tranken Pfefferminztee und diskutierten über die Nachwirkungen des Abends. Als ich ging, zeigte Betty gerade eine weitere Lieblingsmasturbationsposition: Fersen im Lotussitz aneinandergepreßt, die Füße nahe an den Körper gezogen und den Kopf auf einem großen Kissen. Drei Frauen saßen im Halbkreis um sie herum. Der Klang der Vibratoren erinnerte an einen Rasenmäher an einem lauen Sommerabend. Es klang angenehm, vorausgesetzt, man mag Rasenmäher.

Übersetzung: Tina Krause

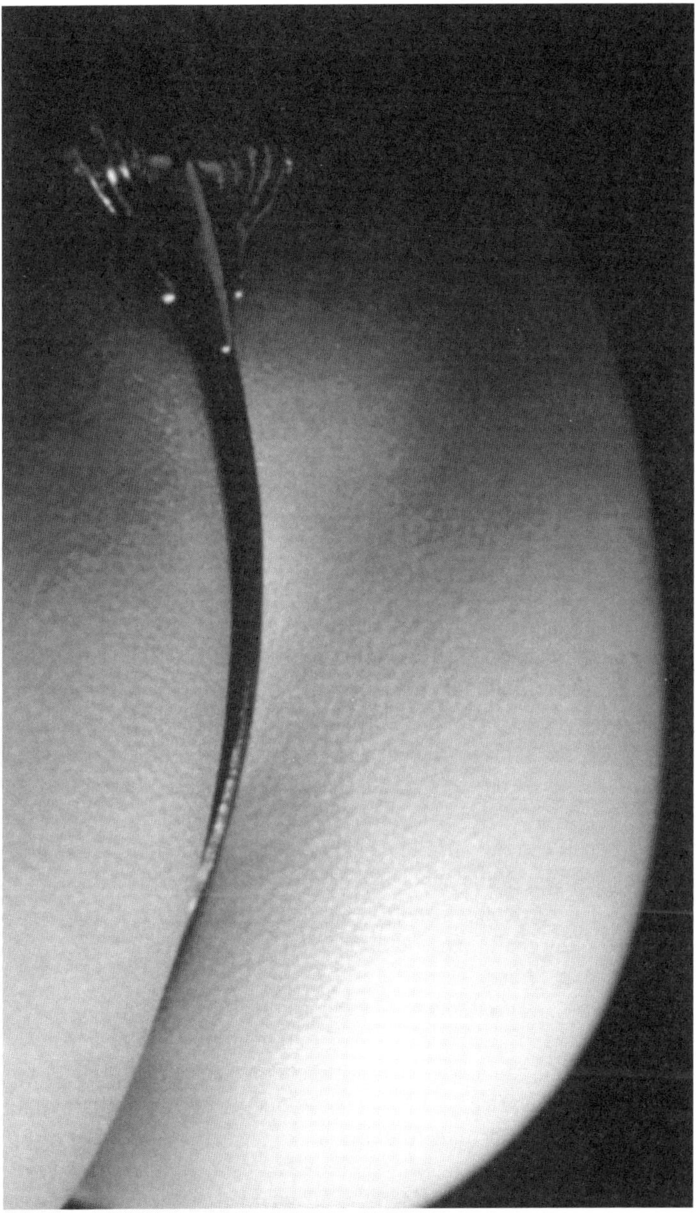

Vaginaltanga

Die Lesung

Sudabeh Mohafez

Wäre dieses würzige Zigarrenaroma nicht gewesen, hätte ich den Raum links liegen lassen und wahrscheinlich nie betreten. Die Privatlesung, zu der ich hier geladen war, wurde in der exquisit eingerichteten Berliner Altbauwohnung einer stadtbekannten Literaturmäzenin gehalten. Leider mißfielen mir die dargebotenen Texte fast durchweg, so daß ich, einer Art gelangweilter Neugier frönend, durch die gedämpft beleuchteten, menschenleeren Flure schlenderte. Und während ganz entfernt noch das Gemurmel aus dem Salon zu hören war, hing nun plötzlich, wie eine wortlose Versprechung, dieser kostbare Tabakduft in der Luft. Erwartungsvoll schnuppernd, versetzte ich der angelehnten Tür einen vorsichtigen Stupser, woraufhin sie sich willig und geräuschlos öffnete. Während ich eintrat, schalteten sich ohne mein Zutun altmodische Lampen an. Im Raum jedoch schien sich niemand zu befinden.

Das Zimmer war mit wertvollen Teppichen ausgelegt, die hauptsächlich in Rostbraun gehalten waren. Zusammen mit dem Goldgelb der Leuchten sowie zahlreichen großen Fächerpalmen und Grünpflanzen, ergab das eine warme und irgendwie romantische Atmosphäre. Ganz hinten stand ein überdimensioniertes Himmelbett aus dunklem Holz. Die Fenster waren mit schweren Brokatvorhängen verdeckt und die Wände rundum bis in Greifhöhe mit Zedernholzregalen verkleidet, in denen keine Bücher standen, wie es im Haushalt der literaturliebenden

Gastgeberin zu erwarten gewesen wäre. Nein, diese vielen Quadratmeter erlesenen Holzes waren bestellt mit hunderten von Geräten, die sich bei genauerem Hinsehen allesamt als Sexspielzeuge entpuppten. Ich pfiff leise durch die Zähne, schien es mir doch, als stünde ich mitten in einem wohlgehüteten Geheimnis der werten Kunstsponsorin, die die Förderung erotischer Film- und Literaturprojekte grundsätzlich ablehnte.

Gemächlich schlenderte ich zur rechten Raumhälfte und begann dort meinen Rundgang durchs Zimmer, auf dem ich mir systematisch die pikanten Gegenstände anzuschauen gedachte. Kugeln in verschiedenen Größen aus Marmor, Alabaster, Gold und Silber, aber auch ganz schnödem Latex oder Plastik, manche mit Kettchen untereinander verbunden. Stäbe in Penis- oder, es ist wirklich unglaublich, worauf manche Leute so stehen, in Delphinform. Es fanden sich auch Madonnen, Raupen, noppenbesetzte Spiralen und so weiter ad infinitum – jedenfalls wollte mir die gebotene Auswahl endlos scheinen. All diese zahlreichen Penetrationsobjekte gab es in unterschiedlichen und, wenn ich ehrlich bin, teilweise durchaus erschreckenden Ausmaßen. Darüber hinaus fanden sich Ledergeschirre, Latexwäsche, diverse Fesselungswerkzeuge usw. Kurz: das ganze Repertoire rauf und wieder runter. Der Inhalt dieser Schatzkammer mußte ein Vermögen gekostet haben.

Geraume Zeit wanderte ich durch das Spielzimmer, strich mit den Fingern über die absolut staubfreien Regale, nahm einzelne Exemplare in die Hand, besah sie mir von allen Seiten, stellte sie wieder zurück und versuchte herauszufinden, wozu sie gut sein könnten. Auch wenn ich nicht ganz unerfahren bin, war es bei vielen nämlich gar nicht so einfach, gleich darauf zu kommen. Mich jedoch den Phantasien zu überlassen, die sie auslösten, gelang mir spielerisch.

Das Zischen eines Feuerzeugs und ein Hauch frischen Tabakduftes schreckten mich aus meinem Gedankenfluß auf. Als ich mich umsah, bemerkte ich in einem Erker auf der rechten Seite des Raumes einen Ohrensessel. Ganz im Schatten verborgen saß jemand. Ich schmunzelte, denn der Gedanke daran, daß ich bei meinem lästerlichen Tun beobachtet worden war, gefiel mir. Im dunklen Schimmer der Ecke versuchte ich ein Gesicht auszumachen. Sehen konnte ich aber nur den silbergrauen Rauchfaden, der sich lasziv über der rotglimmenden Zigarrenspitze kräuselte, während eine Stimme mit changierendem Timbre leise sagte:

„Du gefällst mir."

Foto: Franke & Goeltl

Daraufhin ging ich ein paar Schritte auf den Erker zu und erwiderte interessiert: „Ich sehe leider zu wenig von dir, um das Kompliment ernsthaft erwidern zu können."

Statt einer Antwort schob sich eine große, feingliedrige und von kräftigen, blauen Adern überzogene Hand aus dem Schatten und winkte mich heran. Sie deutete auf einen weiteren Sessel in der Nische und zündete eine Kerze auf dem kleinen Beistelltischchen an. Erneut dämpfte gleichzeitig ein Automatismus alle sonstigen Lichtquellen im Raum auf ein Minimum ab, so daß nun das kerzenbeleuchtete, halbe Achteck, in dem wir saßen, der hellste Fleck des Zimmers war und ich die Quelle der schillernden Stimme endlich sehen konnte.

Ihr Anblick war atemberaubend: Dunkle, von hunderten silbergrauer Fäden durchzogene Haare lagen leicht gewellt um ein ausdrucksstarkes Gesicht, das von einer kräftig gebogenen Nase und einem großen, sinnlichen Mund dominiert wurde. Die tiefbraunen Augen waren umrahmt von zahlreichen Falten und Fältchen, und sowohl der kräftige Hals als auch das breite Kreuz ließen ohne weiteres darauf schließen, daß diese beeindruckende Person gerne und regelmäßig ihre Muskeln pflegte.

„Anregend, nicht wahr?" sagte sie mit einer lässigen Handbewegung, die alle Regale im Zimmer zu umfassen schien.

Statt darauf zu antworten, sagte ich: „Du gefällst mir auch. Wer bist du?"

„Ich wohne hier. Du kannst mich Jan nennen, wenn es Dir recht ist."

Es war mir recht, und so nippten wir beide still an einem Glas Rotwein, während Jan genüßlich an der Zigarre zog und mir auffordernd eine Schachtel Nelkenzigarillos über das intarsiengeschmückte Tischchen zuschob. Ich schüttelte den Kopf. Unbeachtet, aber betörend duftend blieb das Päckchen zwischen den Gläsern liegen. Wir taxierten uns eine Weile schweigend, bis Jan aufstand, eine CD einlegte und sich langsam wieder zu mir umdrehte.

„Tanzt du?"

Ich erhob mich, ohne Jan aus den Augen zu lassen, und ging ein paar Schritte auf die Zimmermitte zu, wo sich unsere Hände geschmeidig ineinanderfügten. Einen sehr kurzen Moment lang dachte ich an meine Freundin, die draußen bei der Lesung saß. Ich sandte ihr ein paar lüsterne Gedanken und schob dann, wissend, daß sie sich auch ohne mich wunderbar zu amüsieren versteht, ihr Bild sanft aus meinem Bewußtsein.

Wir tanzten lange. Als ich dann endlich Jans Lippen auf meiner Haut und diese fordernd zärtliche Zunge zwischen meinen Lippen spürte, hatten wir uns bereits für die Länge von Ewigkeiten in tiefen Blicken verloren. Irgendwann öffneten begierige Hände langsam die Knöpfe meines weißen Hemdes und streiften es nach hinten über die Schultern. Das leise Stöhnen, das darauf zu hören war, ließ mich die Augen aufschlagen: In verzückter Ekstase schien Jan alles, was auf diese Weise sichtbar wurde, mit Blicken zu liebkosen. Mit sanftem Druck wurde ich nun zum Bett dirigiert, und als wir dort ankamen, waren wir beide unbekleidet. Jan stand vor mir, aber ich konnte mich nicht entschließen, wieder mit dem Küssen zu beginnen. Zu erregend war der Anblick dieser sanft gewölbten Muskeln, die sich zart über zwei, unter der Brust kaum sichtbaren, rosafarbenen Sicheln schmiegten. Eine ganze Zeit lang gönnte ich meinen Fingern und Lippen ein genießerisches Spiel mit diesem wundervollen Oberkörper. Jans große Hände auf meinen Hüften hoben mich leicht an und ließen mich auf die zarte Seide des Bettes gleiten. Jan beugte sich über mich und in der Erwartung der bevorstehenden Berührung stöhnte ich unwilkürlich auf, was ein Lächeln auf die Züge meines Gegenübers zauberte.

Ich hatte mein Zeitgefühl völlig verloren, als Jan mich langsam auf den Bauch rollte und begann, meinen Rücken zu massieren. Ein raschelndes Geräusch drang durch meine Ekstase, und nur Sekunden danach spürte ich, wie sich die Hände dieser unglaublichen Person

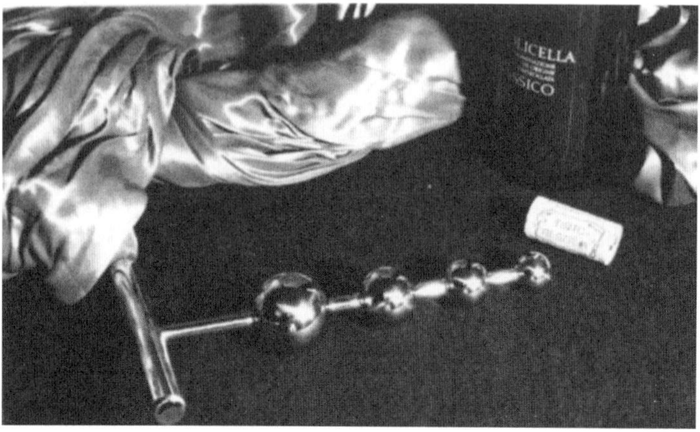

Foto: Franke & Goeltl

wieder auf meine Haut legten. Diesmal allerdings fühlten sie sich ganz anders an als vorher: rauh, kratzig und fordernd. Es interessierte mich nicht, welche Verwandlung hinter mir stattgefunden hatte, denn tiefe Seufzer der Erregung entrangen sich mir unwillkürlich. Diese Berührung fühlte sich an wie eine Mischung aus sanftem Kratzen und wildem Streicheln. Dann verließen mich die Hände plötzlich, und ich erlebte, daß sich jedes meiner Körperhaare aufgestellt und jede Pore meiner Haut geöffnet hatte. Ungläubig hob ich nun doch den Kopf und sah benommen schräg nach hinten.

„Was war das?"

„Handschuhe. Ganz gewöhnliche Rubbelhandschuhe – wie in der Sauna. Aus dem zweiten Regal von links – bei den Badeutensilien."

Seufzend ließ ich den Kopf wieder in die Kissen fallen und spürte, wie nun etwas fast unerträglich zart auf meiner übersensibilisierten Haut entlangstrich und mit der langsamen Geschmeidigkeit einer sich träge in der Sommerbrise räkelnden Katze zeitlupenartig in unregelmäßigen Kurven, Spiralen, Linien und Kreisen über meinen Rücken lief. Meine Haut, das mußte ich feststellen, war zu Empfindungen von einer Intensität in der Lage, die mir bis dahin unbekannt waren. Jan schien nicht aufhören zu wollen, mich auf diese Weise zu berühren. In diesem Zustand, der einem Rausch nicht ganz unähnlich war, blickte ich mich um und sah in Jans Händen einen von blutroten Büscheln gekrönten, langen, biegsamen, schwarzen Gummistab.

Jan schmunzelte und sagte leise: „Federn. Einfache Kunststoffedern aus dem kleinen Regal hier vorne. Du kriegst sie auch im Hobby- und Bastelladen. Nur, daß unsere viel weicher sind ..."

Während ich nicht aufhören konnte zu stöhnen, hob sich mein Becken unwillkürlich rhythmisch an und senkte sich dann wieder tief in die Daunen unter mir. Jan nutzte diese mir nicht einmal wirklich bewußte Bewegung, um mit der freien Hand ein festes, wie ein Stück Toblerone geformtes Kissen unter mein Becken zu schieben. Daraufhin spreizten sich meine Beine leicht über dieser schmeichelhaften Unterlage und alles, was sich zwischen ihnen befand, lag nun offen vor diesem mir unerwartet und unerschöpflich genußbereitenden Wunderwesen, das, leise Töne der Erregung von sich gebend, zwischen meinen Beinen kniete. Voller Ruhe und Begehren fuhren die roten Federn jede Kurve, jeden noch so versteckten Winkel meines Körpers ab und machten mich fast wahnsinnig.

Nach einer Zeit wurde es wieder still still hinter mir, und dann hörte ich ein leise klirrendes Geräusch. Jan bewegte sich ein wenig zwischen meinen Beinen, schien etwas anzuziehen oder festzuzurren, griff dann an meinem Kopf vorbei in eine Schublade des Nachttisches und zog etwas heraus. Erregt wie ich war, hoffte ich inständig, daß ich das Klirren von Harnesschnallen gehört hatte, und als ich spürte, wie sich eine kühle, seidige Flüssigkeit zwischen meinen Beinen ausbreitete und von bebenden Händen unter unüberhörbaren Lustbekundungen großzügig verteilt wurde, wußte ich, daß ich mich nicht geirrt hatte. Mit der Kraft meines Beckenbodens sog ich begierig die sanften Stöße, die mir ein biegsamer Dildo darbot, in mich hinein und überließ mich ganz dem Auf und Ab der so entstehenden Wellen. Indem ich mich auf Hände und Knie stützte, schob ich mich der neuerlichen Lustquelle entgegen, zog sie mit aller Kraft in mich hinein und begann sie zu massieren. Mein Stöhnen verwandelte sich in ein tiefes, lautes Seufzen, in das sich nun auch die wohligen, immer schneller werdenden Atemgeräusche von Jan mischten.

Ich kam zuerst: lange, tief und erschöpfend. Jan schloß sich mir kurz danach an, und die Töne, die ich dabei zu hören bekam, klingen mir jetzt noch wie die schönsten Lustlaute in den Ohren nach. Jans Gewicht auf meinem Körper schien das einzige zu sein, das mich davon abhielt, auf einer durchsichtigen Wolke in Richtung Decke zu schweben, als wir beide, völlig verausgabt, in den zerwühlten Laken langsam zur Ruhe kamen.

Nach einer Weile fragte ich leise und schmunzelnd: „Und was war das?"

„Das, o du mein unerwarteter Genuß der leider vergangenen Nacht, war ein Dildo. Ein Dildo in einem Harness und schön viel gutes Gleitgel – aus dem Spielzeugladen, dem hauseigenen, wenn du so willst."

Ich kicherte und sagte: „Erstes Regal links. Von der Tür aus gesehen. Es war der mit dem kleinen Kranz an der Eichel, stimmt's?"

Draußen dämmerte es, und als ich mich eben endgültig in die genüsslichste Entspannung fallen lassen wollte, ertönte vom Flur her eine Stimme.

„Jan, Liebstes, bist du hier drin?"

Jan lehnte sich ein wenig aus den Kissen und murmelte: „Ja, Mel, und falls du deine von der gestrigen Lesung gelangweilte Literaturbekanntschaft suchst, wirst du hier auch fündig."

Als unsere Gastgeberin in einem unverschämt durchsichtigen Negligé den Raum betrat, verschlug mir weniger ihr Anblick, sondern der meiner, ebenfalls kaum bekleideten, Freundin in ihren Armen völlig die Sprache. Die aber grinste nur breit, schlug sich beim Anblick von Federn, Dildo und Handschuhen auf die Schenkel und zischte kichernd.

„Also wirklich! Das gibt's doch gar nicht. Seit sechs Jahren versuche ich, dir wenigstens mal einen Vibrator unterzuschmuggeln, und erreiche immer nur ein nasegerümpftes ‚*Schatz, du weißt doch, daß ich kein Spielzeug mag*'. Und dann läufst du Janek, diesem Lustmonster, ein einziges Mal über den Weg, und schon finde ich dich in einem Haufen unmoralischer, unnatürlicher und durch und durch technischer Gerätschaften wieder!"

Ich grinste breit und wortlos und vergrub mein Gesicht unter einem der vielen Kissen, die um mich herum verteilt waren. Nur Sekunden später tauchte ich allerdings nach Atem ringend wieder auf, weil sich diese drei unglaublichen Furien bereits wieder gemeinschaftlich über mich hergemacht hatten, als hätten sie alle noch lange nicht genug.

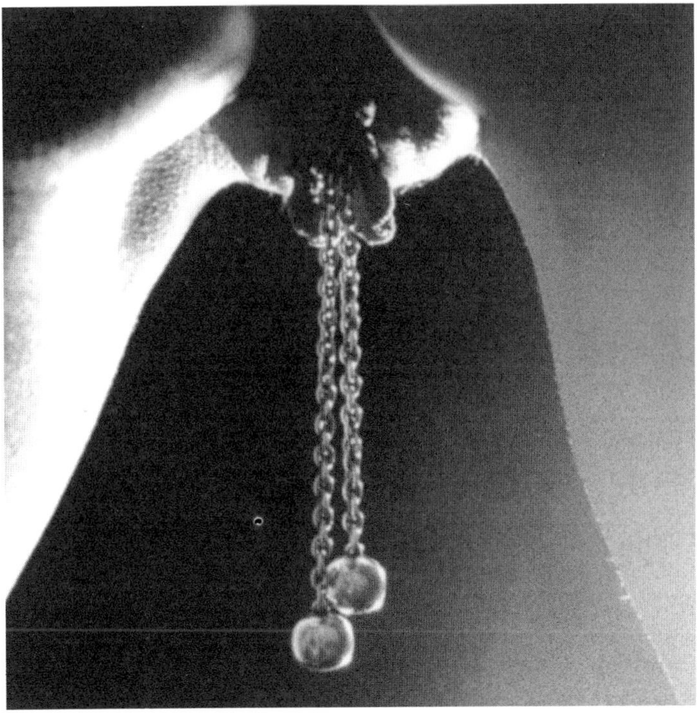

Geisha-Kugeln

Hausbesuche

Nadja Schefzig

Es drückt von innen gegen die Haut, ein Begehren. Es ist noch keine Sprache dafür erfunden worden, die Grammatik zerreibt es zwischen ihren Fürworten. Ich müßte berühren können, die Zunge über die Haut gleiten lassen. Dann vielleicht.

Am Nachmittag lege ich mich aufs Bett. Der Stoff fühlt sich gut an. Ich drücke mich dagegen, drehe mich um, lasse mich tragen von dieser heißen, namenlosen Unterlage. Kein Grund zur Unruhe.

Die Tür steht leicht offen; mit dem schwachen Lichtschein dringt auch Musik hinaus auf den Flur. Ich bin fünf Stockwerke hinaufgestiegen und nun atemlos. Dann drücke ich die Tür nach innen. Das geräumige Vorzimmer ist leer bis auf ein verschlissenes Sofa, auf dem ein Zettel liegt. Offenbar ist er für mich bestimmt, denn in großen Buchstaben steht dort: „Mach es Dir im Wohnzimmer bequem." Daneben in einem Kuvert das Geld. Üblicherweise werde ich an der Tür begrüßt, und ich bin es, die die ersten Unbehaglichkeiten mit ein paar Worten überwindet.

Seit zwei Jahren bin ich im Geschäft, und langsam bekomme ich Routine in diesen Dingen. Doch ist es jedes Mal ein Neuanfang. Vielleicht sollte ich gehen. Ich schiebe diese Gedanken beiseite.

Es ist nicht schwer, das Wohnzimmer zu finden; am Boden leuchten mir Kerzen den Weg. Ich folge und durchquere zwei Zimmer voller Bücherregale. Es beruhigt mich, daß jemand hier lebt und offenbar viel liest. Ich versuche nicht, die Titel zu erkennen. Es scheint ein Teil dieses Abends zu sein, daß ich wenig Information habe, und ich spiele einstweilen mit.

Die Buchung erfolgte per Mail. Ort, Datum und die Bitte um Bestätigung. Ich habe keine Agentur, denn das, was ich biete, verkauft sich nicht gut am offenen Markt. Die Adresse deutete mit nichts auf ihren Absender hin. Ich bestätigte und bat um nähere Information: wer mich empfohlen hat, ob es besondere Wünsche gebe. Doch zurück kam nichts anderes als zuvor. Entweder wußte meine Kundschaft ganz genau, mit wem sie es zu tun haben würde, oder es war unwichtig für das, was heute geschehen soll. Mir ist es recht, ich brauche das Geld, und ich brauche noch etwas anderes. Beides würde mir dieser Abend möglicherweise bringen.

Ich bin im Wohnzimmer angelangt. Es liegt im Halbdunkeln, ein Dimmer sorgt dafür, daß ich mich gerade zurechtfinde. Ich lasse meine Tasche auf einem Fauteuil liegen und betrachte meine Umgebung. Die Möbel sind alt und funktionell. Ein paar Zigarettenlöcher sind in den Teppich eingebrannt. Auf einem Tisch stehen Getränke, Konfekt, Rauchereien. Ich gieße mir einen Wodka ein. Jemand möchte offenbar, daß ich mich wohlfühle. Und seltsam – es gelingt. Der Druck im Magen läßt langsam nach. Ich falle auf das Sofa und nehme einen Schluck von meinem Glas. Die Musik pulst in mein Blut und entspannt mich. Ich lasse die Atmosphäre auf mich wirken, und es ist plötzlich alles wie in einem Film. Die Wände atmen etwas Bekanntes. Keine Ahnung, warum, aber wer hier wohnt, hat meine Ängste längst zerstreut. Mit geschlossenen Augen warte ich.

Wenn es nicht so dunkel in dem Zimmer wäre, würde man vielleicht das Auge sehen können. Es bewegt sich leise surrend hin und her, den Geschehnissen im Raum folgend. Es ist ein braunes Auge, man sieht es nicht, denn es verbirgt sich hinter der Linse einer Videokamera. Ein saugendes Auge, ein großes, orales Sehorgan. Bisweilen begnügt es sich damit zu beobachten, aber jetzt ist es bereit zu fressen. Wenn der Zeitpunkt gekommen ist. Das Auge zoomt auf die Person, die nun auf der Couch liegt und die schutzlose Kehle freigibt. Das Auge zittert leicht, die Pupille weitet sich unwillkürlich und schluckt die Farbe der Iris. Ahh, was für eine Farbe. Saharadünen, Mongolei, die Hügel der Anden. Im Zentrum ein glühender Krater. Das Auge wandert weiter zu den halbgeöffneten Lippen, bleibt lange dort hängen. Verhalten wie vor einer Eruption. Es beobachtet ruhig die kleinen Rauchschwaden, die von den Lippen aufsteigen. Wie die Zigarette ausgedrückt wird und sich die Gestalt auf dem Sofa ausstreckt.

Ich spüre, daß jemand ins Zimmer gekommen ist. Ich liege bäuchlings auf dem Sofa, schwer, aber hellwach. Vielleicht sollte ich mich umdrehen, aufstehen, mich vorstellen, eine Phantasie erkunden. Meine Utensilien aus der Tasche holen und die Regeln befolgen. Aber ich will nicht. Ich will so tun, als ob ich nichts bemerken würde, als ob ich schon eingeschlafen wäre.

Plötzlich spüre ich die fremde Hand in meinem Schritt. Ein Zug donnert durch meine Gedanken. Ich kann sie nicht mehr hören. Und natürlich springe ich auf das Trittbrett. Mein Körper schlängelt sich automatisch, schiebt sich der Hand entgegen. Die Stimme spricht zu mir, leise und einlullend. Ich kenne die Sprache nicht, aber ich verstehe, was die Worte bedeuten. Eine Einladung, eine Versicherung. Was für eine betörende Sprache!

Die Hand gleitet weiter unter meinem Hemd, hoch zum Nacken, greift nach meiner Kehle und mit der anderen ins Haar. Sie nimmt es fest in den Griff und zieht mich hoch. Ein Stöhnen – es kommt von mir und wird mit einem Lachen beantwortet. Der Druck der Finger an meinen Hals wird härter. Ich stelle mir vor, daß es ein Raubtier ist, das mich erwischt hat. Ich höre meinen Atem schneller gehen, gehetztes Fliehen, etwas ist hinter mir her. Ich kann mich nicht umdrehen, sonst ist es um mich geschehen, aber ich sehe meine Vorderbeine fliegen. Sensationell muskulöse Zebrafellbeine. Die Kraft in meinem Körper ist ein wildes Vergnügen. Die Hufe wirbeln Staub auf, und ich sprenge voran in gestrecktem Galopp. Dann trifft es mich mit voller Wucht, krallt sich mit allen vieren fest in meine Flanken. Ein Atem schlägt mir in die Samtnüstern. Ich sehe den dampfenden Rachen mit den Reißzähnen. Mitten im Flug noch senken sie sich in meinen Kehle.

Eine Hitzewelle schießt mir bis in die Zehenspitzen, als etwas wirklich in meinen Hals beißt. Gleichzeitig höre ich das Hemd zerreißen, und Nägel ziehen lange, brennende Bahnen über meine Brust. Ich begegne den glühenden Augen, die im Dunkeln über mir schweben. Der Blick fährt ein. Ich muß die Lider schließen. Es läßt ab von mir, und ich höre, wie meine Tasche aufschnappt und darin herumgekramt wird. Ich habe ziemlich viel eingepackt – für alle Fälle. Etwas Weiches, Dunkles legt sich über meine Augen, meine eigenen Segelleinen werden mir um die Handgelenke gebunden. Unwillkürliches Wegzucken. Es wird mit einem respektvollen Zögern beantwortet, und so lasse ich doch alles geschehen. In langen Pausen werde ich ausgezogen. Sie schicken wohlige Wellen über meine Haut. Diese Person hat ein gutes Timing und eine eigenartige Kraft. Jetzt verstehe ich es. Hier bin ich jenseits von gut und böse, von häßlich und schön. Ich bin einfach ein Nahrungsmittel.

Der Blick, den ich nicht sehe, bringt mein Blut zum Kochen. Jedes Haar regt sich auf meiner Gänsehaut. Nervöse Muskelschauer. Ich lecke meine Lippen. Endlich. Ein Finger zum Saugen. Noch einer und noch einer, dann entzieht sich die Hand, und ein Mund legt sich leicht auf meinen. Wartet, bis ich öffne, dann stößt die Zunge zu. Die andere Kehle schluckt meine Geräusche, schmeckt überwältigend. Ich werde am ganzen Körper geküßt, massiert, gebissen, aufgerieben. Die Armbeugen, Nabel, Kniekehlen, Knöchel. Das Geschlecht ist geschwollen und steif, aber es muß geduldig sein. Bis jede Zelle geöffnet und bereit ist. Meine Beine werden angehoben, die Pobacken gewogen, geleckt, geknetet. Eine leichte Vibration am Arschloch. Sie spielt mit meinem Schließmuskel. Spricht beruhigend, weitet und zähmt ihn. Das Summen verstummt. Etwas anderes nimmt seinen Platz ein. Es ist viel. Viel zuviel. Dieses Große nimmt Kontakt auf, dann fährt es ganz plötzlich hoch. Ich rutsche weg, so gut ich kann, doch es folgt und läßt mich nicht. Wartet nur ab, zieht sich zurück und kommt immer wieder. Kaum verebbt das Feuer in meinem Loch, ist es hungriger als zuvor und sperrt das Maul weit auf. Die Hand versteht, und es gleitet tiefer in mich hinein. Funken explodieren im Hirn, eine Flamme zuckt mir die Wirbelsäule hinauf. Das Fleisch gibt nach, und der Schmerz ist hinreißend. Ich treibe endlos auf seiner Welle. Ausgefüllt. Bis oben zum Schlund.

Wie auf Watte gehe ich heimwärts durch die Nacht. An der Opernpassage hängen noch ein paar Stricher vor der Klappe herum. Wir nicken uns zu. Ich muß dringend etwas essen und streife durch die Nacht auf der Suche nach Nahrung.

Ich bin total verliebt. In diese Hand, in die brennenden Augen, die ich bald werde vergessen haben. Die Liebe schwappt über zu dem japanischen Jungen, der mir gerade mein Sushi serviert. Ich grinse ihn breit an. Er lächelt zurück. Ich kann dieses Lächeln einfach nicht zurückhalten. Schenke es den süßen Avokadoröllchen und liebe auch sie ausgiebig. Eines nach dem anderen verschwinden sie in meinem Mund, werden ordentlich durchgekaut. Ich kann mir vorstellen, wie sie sich jetzt fühlen.

Das Kuvert liegt vor mir auf dem Tisch. Es ist ein fast unmoralischer Betrag drinnen. Ich habe ihn verdient. Das ist der geilste Job der Welt, manchmal der beschissenste. Und ich bin dafür geschaffen.

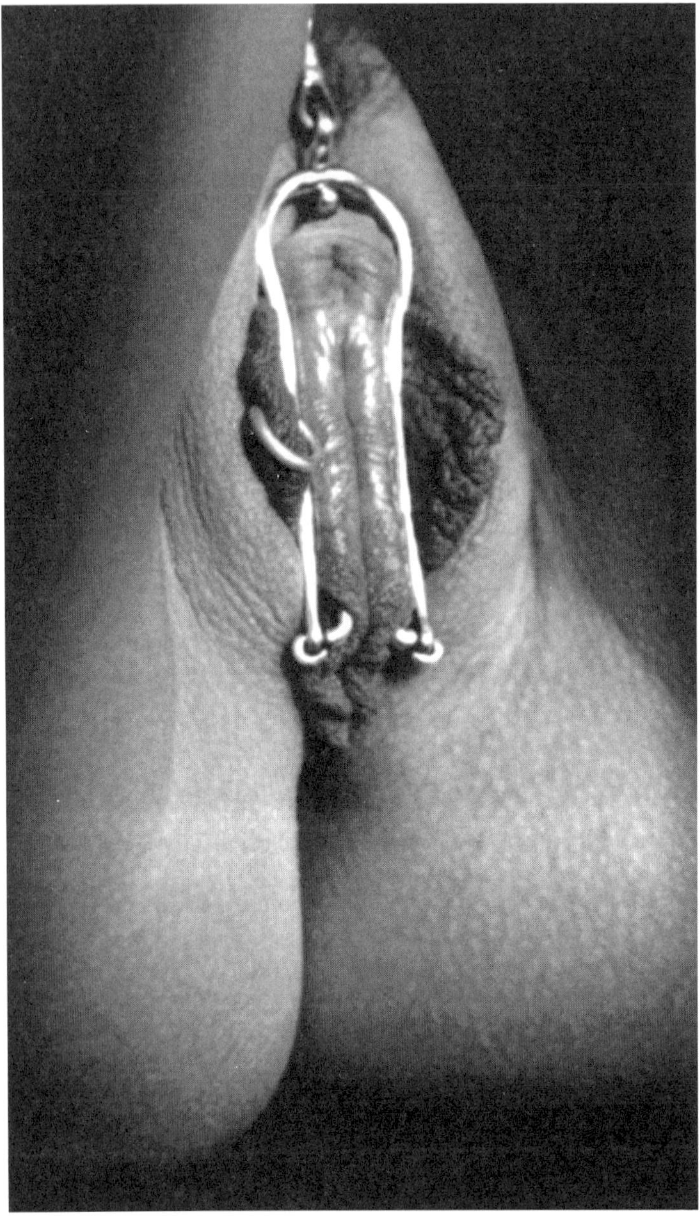

Clit-Clip

Das Nachtmahl

Laura Méritt

Da lag sie unter Palmenwedeln und betrachtete wohlig seufzend den Raum, in den sie geführt worden war. Allein mit ihrer Aufregung hatte sie die Kleider fallen und sich in das heiße Bad gleiten lassen. Es war eine sehr große Wanne, die – wie das ganze Ambiente – der Körperkultur eine hohe Bedeutung zumaß. In die marmornen Wände waren Reliefs von Wasserträgerinnen eingelassen, Mäanderbordüren gestalteten den Übergang zu einem ovalen Lichtschacht an der Decke. Töpfe und Tiegel waren dekorativ aufgereiht, sie selbst wiegte sich in weißer Eselsmilch.

Auf einem Hocker entdeckte sie eine Garderobe, die offensichtlich für sie bestimmt war. Schmuck, eine schwarze Perücke und ein langes, wallendes, weißes Kleid aus feinem Wollstoff mit einem Überwurf. Neben Armreifen und einer mehrgliedrigen Perlenkette konnte sie eine silberne Spange erkennen, die sie die Augen schließen und untertauchen ließ. Als ob sie nicht schon in freudiger Erregung stünde!

Sie beschloß, sich eine erste Wallung zum Warmwerden zu gönnen, und brachte den Brausekopf zum Sprudeln. Ihre Möse ließ sich gerne gehen und genoß die Unterwasser-Massage. Fröhlich plantschte die Badende wie ein Entchen herum, erhob sich dann und spürte den Saft aus ihr auslaufen und ins Wasser fallen. Schmunzelnd trocknete sie sich ab und legte die Gewänder an ihren duftenden Körper. Breitbeinig auf dem äußersten Ende des Hockers sitzend, zog sie das Kleid hoch und reckte ihre Möse vorwitzig in den Spiegel. Die Clit sah recht aufgeweckt aus, die Lippen in loser Liebkosung. Sie nahm die Spange in die Hand und vergrößerte die Gabel, indem sie das Silber leicht verbog und passend formte. Dann streifte sie den offenen Clip über die Clit, zog die beiden Lippen durch, blätterte sie dann über die seitlichen Bügel auf und schloß die Spange mit einem hörbaren Klick-Geräusch.

Was für ein Gefühl! Die Lippen waren gut eingespannt und standen stramm, die Clit zeigte sich als oberste Herrscherin unbedeckt, und auch der Zugang zur Möse war ganz frei. Stolz stellte sie sich dem Spiegelbild, nickte zufrieden über den präparierten Schmetterling und legte nun ein Silberkettchen an die Spange an, das um die Hüften geschlungen wie ein edler Tanga wirkte. Sie wagte einige Probeschritte mit hochgezücktem Kleid, was sie an das Schreiten in nicht ganz so freizügig gerafften Ball- oder Hochzeitsroben erinnerte. Die Bewegung übertrug die Spannung zwischen den Beinen auf den ganzen Körper und holte sie aus den Träumen in die Realitäten ihrer Lust zurück. Sie hatte das Gefühl, daß jede Pore einzeln ergriffen würde, der Körper sich mit Begehren volllaufen ließe, so daß ihre Möse pulsierte.

Es klopfte, und eine Stimme fragte vorsichtig an, ob die Dame bereit sei.

„So ist es!" sprach sie beim Anblick der Person, die ihr den Arm anbot und sie in einen angrenzenden Raum führte.

„Darf ich mich vorstellen? Mein Name ist Marc Antonius. Ich bin zutiefst beglückt, daß Ihre Herrlichkeit meine bescheidenen Räumlichkeiten nebst mir erhellen und meiner Einladung gefolgt ist. Und darf ich Ihnen sagen, daß Ihre Schönheit noch weitaus betörender ist, als ich es mir je vorstellen konnte!"

Der Feldherr verbeugte sich voller Anerkennung und deutete mit einer Handbewegung auf einen Diwan, auf dem sie sich niederließen. Sie klimperte beim bedächtigen Hinsetzen mit ihren langen, angeklebten Wimpern und fühlte sich geschmeichelt.

„Nun denn, Antonius, was haben Sie mir zu bieten?" provozierte sie den Charmeur, während sie ihn ungeniert in Augenschein nahm. Er war kräftig gewachsen und hatte in seiner mittleren Reife einen leicht ergrauten Lockenkopf. Ein markantes Profil offenbarte beeindruckend dichte Augenbrauen, die über der Nase zusammenfanden. Antonius trug eine weiße Toga mit roten Brokatstickereien, die von einem breiten Band in der Hüfte gehalten wurde. Sein Oberkörper wurde nicht gänzlich von dem Tuch bedeckt, und während er sprach, zeigte sich eine Brustknospe, die auf einer kleinen Wölbung thronte.

„Darf ich Sie zunächst zu einem Apéritif einladen, um auf unser außerordentliches Zusammentreffen anzustoßen? Wir werden alsbald das Festmahl eröffnen. Ich übergebe Ihnen die genaue Menüfolge schriftlich, so daß Sie sich auf die einzelnen Gänge einstimmen können. Bitte machen Sie mir die Freude, und genießen Sie alles, was kommt! Falls Ihnen etwas nicht zusagt, lassen Sie es mich sofort wissen. Jedoch hoffe ich, durch meine sorgfältige Vorbereitung Ihnen zur vollsten Zufriedenheit zu verhelfen!"

„Das hört sich vielversprechend an, o Antonius, so lassen Sie es fließen!" antwortete sie mit einem Blick auf die diversen Flaschen, die aufgebaut waren. Antonius verneigte sich und nahm von einem silbernen Tablett den Korkenzieher. Er kniete vor ihr nieder, die Augen demütig zu Boden gerichtet.

„Darf ich, o meine geliebte Königin, einen Blick in den Weinkeller werfen?"

„Nun, da Sie sich anscheinend gut vorbereitet haben und – wie ich an der Auswahl sehe – meine Vorliebe für Rotwein kennen, will ich Ihnen weiteren Einblick gewähren!"

Während sie sprach, lüpfte sie ihre Röcke und öffnete äußerst langsam die Beine. Sie kostete jeden Millimeter aus, der die Mösenspange in spürbare Erinnerung rief.

„Sie dürfen jetzt aufschauen!" erlaubte sie ihm. Er mußte unwillkürlich den Atem anhalten und stieß dann voller Bewunderung einen langgezogenen Laut aus.

„Meine Königin hat den Herrschaftsschmuck angelegt, der ihre einzigartige Schönheit noch größer und stärker herausbringt! Welch besondere Auszeichnung meiner Dienerschaft! Darf ich als Zeichen meiner Ehrerbietung diese Perle küssen?"

Auf ein kurzes Nicken ihrerseits näherte er sich den Präziosen und züngelte sich vorsichtig heran, erspürte die ausgestreckten Flächen samt der silbernen Ingredienzen und ließ sich viel Zeit für jedes einzelne freiliegende Nervchen. Sie genoß die geleckte Spannung und fühlte sich wörtlich elektrifiziert. Die Clit schwoll an und wurde von dem Bügel zurückgehalten, so daß die Königin mit einem Fingerzeig die Fortsetzung dieses Spiels anwies.

Antonius verstand sofort und führte das untere Ende des Korkenziehers ein. Dieser hatte zwar die übliche Form, bestand aber aus unterschiedlich großen Kugeln, die durch einen Stab miteinander verbunden waren. Die unterste Kugel war die kleinste und wurde sehr gemächlich aufgenommen. Der Temperaturschock ließ die Clit sich zurückziehen, bewirkte aber trotz des kalten Edelstahls ein angenehmes Gefühl. Die zweite Kugel drängte nach und machte ihren leicht größeren Durchmesser geltend. Der dritten verweigerten die Muskeln den Eintritt, so daß Antonius innehielt und abwartete, bis die Herrscherin sich entspannte und diese samt der größten vierten Kugel mit einer leichten Beckenbewegung nach vorne in sich verschlang.

„O Cleopatra, Sie sind wahrlich eine Meisterin auf Ihrem Gebiet, wie virtuos Sie mit den Kugeln jonglieren!" gab Antonius sein Entzücken kund und beobachtete seine Herrin, die jede einzelne Kugel in ihrem Maß selbständig erspüren und wieder freigeben konnte. Er war vollkommen in seine Bewunderung vertieft und zum regungslosen Handlanger erstarrt.

„Antonius, mich dürstet!" rief sie ihm zu und beendete ihre Beckenbodengymnastik. Sie hielt den Korkenzieher in sich fest, während Antonius sich beeilte, einen der Rotweine zu ergreifen und in einem Dildo aus Glas zu dekantieren.

„Madame wünschen den Grand Cru sicherlich wohl temperiert!" sprach Antonius, zog den aus ihr herausragenden Korkenzieher heraus und führte die Phiole mit dem roten Traubensaft ein. Die Oberfläche des Dildos war in einer Rillenform gefertigt, die diese besondere Sensationen erlaubte und einen spürbaren Unterschied zu den weiter auseinanderliegenden Kugeln darstellte. Zudem fühlte sich das Glas Wein viel kälter an, als sie erwartet hatte. Cleopatra konzentrierte sich und versuchte, bewußt in ihre Möse hinabzuatmen, mit ihren Lippen das Glas zu behauchen und die Temperatur zu erhöhen.

„Darf ich Ihr Mundschenk sein und den edlen Tropfen vorkosten?" bot Antonius an.

Während Cleopatra sich in eine günstige Gießposition brachte, entfernte er den mit roten Linien verzierten Verschluß des Glasdildos und wartete mit geöffnetem Mund auf das leckere Naß.

„Es scheint mir ein Südhang Nil 60 v. Chr., der schon recht bekömmlich ist! Darf ich Ihnen ebenfalls eine Weinprobe reichen?" fragte Antonius und leckte sich die Lippen ab. Er zog den Dildo aus dem kostbaren Weinschrank heraus und reichte ihn seiner Hoheit. Sie nahm einen kräftigen Schluck, spülte den rubinroten Saft in ihren Backen durch und goutierte ihn mit all ihren Geschmacksnerven.

„Ein bißchen mehr Temperatur könnte er wohl noch vertragen!" sagte sie kennerinnenhaft, legte sich bequem auf dem Diwan zurück, führte den Dildo mit der Öffnung zuvorderst wieder in ihre Möse und goß sich großzügig ein. Antonius war sofort zur Stelle und bediente sich ebenfalls großflächig.

„Welch edles Gesöff mit welch unverkennbarem Körper! Und welch ungewöhnlich milder Eingang mit solch charaktervollem Abgang!" schwärmte er und hielt ihre rosigen Arschbacken wie eine teure Karaffe in seinen Händen.

Es quoll in roten Rinnsalen aus ihr heraus, was einen hübschen Kontrast zu ihrer alabasternen Haut und dem weißen Gewand darstellte. Alle Säfte mischten sich, und sie zerfloß innerlich wie äußerlich. Auch Antonius schien zu saften, Nässe machte sich zwischen Schultern und Beinen breit. Die kleinen Brüste hatten sich aus der Toga befreit und freuten sich über jede Kopfbewegung, die Nippel schienen die Clit imitieren zu wollen und stellten sich neugierig auf. Es mundete offensichtlich.

„Die Wahrheit liegt in dieses Saftes Frucht,
doch der Rest bereitet dem Gaumen auch eine Lust!"

Antonius hatte seine überschwengliche Freude in einen Reim gegossen, was Cleopatra in Erinnerung rief, daß ja ein Abendmahl angesetzt war. Sie verspürte Hunger und ließ das den Feldherrn wissen. Dieser eilte, die vorbereiteten Platten aufzutischen, und reichte seiner Auserwählten die Menü-Beschreibung auf einer Papyrusrolle.

Die Mär geht um, sie ist furchtbar dumm,
es sei der Tierwelt prächtigstes Teil,
der halben Menschheit wohlgefeil.
Nun ist sie ab, die schöne Pracht
und wird hier aufs Tablett gebracht.
Und auch das Langohr würde streiten sich,
um das, was noch kommt auf den Tisch.

Beide entledigten sich ihrer Kleidung. Cleopatra war noch von einer körpernahen Tunica bedeckt, die ihre Brüste, ihren schönen Bauch und ihre schwarzen Haare mit Silberstreifen durchschimmern ließ. Marc Antonius zierte ein Lederschurz, ansonsten saß er völlig barbusig da zu ihren Füßen.

Diesmal wurde der Wein in Pokale gegossen und erneut in großen Zügen geleert. Cleopatra freute sich mit Antonius über die liebevoll zubereitete Platte, die in ihrer abgerundeten Form des Rätsels Lösung barg: Auf wunderbar grünem Feldsalat gebettet, bildeten große, rosige Hummerkrabbenschwänze Kränze, in deren Mitte ein schwarzgelber Freuden-Stimulator tanzte. Wie von unsichtbarer Hand gesteuert, drehte sich dieser um sich selbst und surrte vor sich hin. Cleopatra glaubte, eine alte ägyptische Melodie zu erkennen, und schob abwechselnd ihrem Gegenüber und sich selbst taktvoll die Schwänze samt Salat in den Mund.

Marc Antonius erhob sich und tanzte ebenfalls wie ferngesteuert umher. Er bot kokett seinen Allerwertesten an, den zwei Lederriemchen schmückten, die die Rundungen gut zur Geltung brachten. Cleopatra hob die Augenbrauen, als Marc sich mittels durchaus bauchtänzerischer Qualitäten gemischt mit bodybuildnerischen Allüren vor ihr aufspielte und sich schließlich an einer sehr glatten Steinwand neben einer Palme wie ein Lustknabe anlehnte.

„Sie werden schon bemerkt haben, meine angebetete Cleopatra, daß ich Ihre Untergebenen fortgeschickt habe, um mit Ihnen ganz allein zu sein. Nur einen treuen Helfer habe ich mir zur Seite genommen, der jetzt vorstellig werden möchte."

Mit diesen Worten enthüllte er einen an der Wand befestigten, pflaumenfarbenen Ständer, begoß ihn mit Gleitgel, das er aus seinem Schürzchen zauberte, und schob stöhnend seinen Arsch darüber. Sanft bewegte er sich in seinem eigenen Tempo und schloß dabei die Augen. Cleopatra bekam noch größere Augen, schluckte am letzten Krabbenschwanz, riß sich die Tunica vom Leib und näherte sich immer noch kauend.

„Der Gaumen ruht, der Magen auch,
nur die Zunge ist noch in Gebrauch!"

So bewies auch sie ihre lyrischen Fähigkeiten und nahm sich seine Nippel vor, die schon in Erregung geraten waren. Sie züngelte sich rund um die Tittchen, nahm sie ganz in den Mund und zog auch mal härter, was Marc Antonius laut aufseufzen ließ. Sie hielt ihn jetzt am Becken fest, schob seine Hüften auf dem Stab vor und zurück, drang mit der Zunge in ihn ein, erforschte Tiefgründiges und kitzelte manches aus ihm heraus. Er verlangsamte den Rhythmus und ließ es geschehen.

„Antonius, Sie werden doch nicht ins Hintertreffen geraten?" fragte die Königin den Weggetretenen.

Sie hatte ihm den Lendenschurz abgeknöpft und in die dadurch freigelegte schwarze Ledervorrichtung den Stimulator, der die Krabbenschwanzplatte geziert hatte, eingespannt. Flugs hatte sie sich gut geölt plaziert und genoß das Tandem. Anfänglich mußten die Bewegungen noch aufeinander abgestimmt werden, aber der richtige Fluß stellte sich bald ein. Allein die Vorstellung ihres Hintermannes, der wiederum von einem hinter ihm motiviert wurde, feuerte sie an. Sie spürte die Reizung der G-Fläche durch die besondere Form des Dildos und fühlte die Drüse anschwellen. Vielleicht wurde ja auch die entsprechende Marc'sche Drüse angeregt. Im Mund äußerte sich das Schwellgewebe ebenfalls, und das Wasser lief ihr zusammen. Sie war jetzt auf den Punkt gebracht, und Marc Antonius tat sein Bestes, die Reizströme weiterzuleiten. Er hielt sie eng umschlungen und ließ sich von der unnachgiebigen Wand dabei den Rücken stärken.

„Kommen Sie, Cleopatra, kommen Sie!" flüsterte der Geliebte ihr ins Ohr und hauchte seinen warmen Atem in ihren Nacken. Sie ließ es sich noch zweimal sagen, stieß sich dann abrupt von ihrem Stimulator ab und schoß unter hohem Druck die gesammelte Flüssigkeit in einem weiten Bogen.

Beide keuchten vor Anstrengung. Cleopatra sackte in sich zusammen und legte sich nach Luft ringend auf den Boden. Antonius fiel vom erigierten Glauben ab und fand sich neben der Geliebten wieder. Jetzt hätte doch Personal mit Palmwedeln Luft fächern können. Es dauerte ein langes Weilchen, bis die beiden wieder zu sich kamen und zur Wasserquelle robbten, die sich ganz in der Nähe auftat. Der Feldherr ja hatte vorgesorgt und die Amphoren strategisch verteilt.

Sobald Antonius wieder zu Kräften kam, trug er die nächsten Gänge auf, denn inzwischen hatten beide einen gesegneten Appetit, und sagte:

„Was in der Erde ruht, ist gut und mächtig,
das oberhalb ist doch nur lästig!"

„Ach, Marc Antonius, was Sie hier wieder für Banalitäten preisgeben!"

Cleopatra sah ihn seufzend an und griff gierig nach den Kartoffeln. Den mit Butter getränkten Spargel schlürfte sie leidenschaftlich, er tat es ihr gleich. Beim Anblick eines unter dem Gemüse hervorragenden Bumerang-Doppeldildos wurde sie zumindest gedanklich noch animiert.

„Läßt dieser Bumerang sich mit einer gewissen Technik einsetzen, so daß er wieder kommt?"

Sie schaute ihn unter ihrem schwarzen Pony listig an. Sie ahmte den Luftzug nach, den ein geworfener Bumerang nach sich zöge, und schnellte auf den Rücken ihres Gegenübers, das Spielzeug zum Angriff in der Hand. Sie küßte ihm die Schulterblätter, arbeitete sich die Wirbelsäule hinunter bis in das Grübchen, zog die Pfirsiche auseinander und bewies sich als großartige Rimadonna. Marc freute sich über die Liebkosungen und dankte der Herrscherin für ihre verschwenderische Zugabe der Spargelsoßen, die das Einführen des Doppeldildos in beide gleitend ermöglichte. Sie experimentierte königlich mit diversen Stoßrichtungen, wechselte die Tempi virtuos, und beide zügelten immer wieder das Begehren, indem sie zu zweit auf dem Boden eine Drehung vollbrachten, ohne jedoch den Dildo zu verlieren.

Schließlich lagen sie wieder hintereinander in Löffelchenstellung; sie faßte ihm von vorne zwischen die Beine. Hier war eine beträchtliche Schwellung entstanden, die Cleopatra mit geschickten Fingern zu manipulieren wußte. Sie schob den geliebten Körper kurzfristig auf sich drauf und brachte ihn zum Höhepunkt, als wenn es ihr eigener wäre. Da war sie ja auch zutiefst verankert und verbunden. Ein Freudenfluß kam über sie und lief an ihr hinunter.

„Cleopatra, Sie unersättliche Königin der Nacht!" hauchte er ihr zu.

„Marc Antonius, reich mir die Äpfel, Geliebter!

Denn Adam hat ihn, Paris auch,
mit ihnen schließt des Essens Schmaus!"

Und er eilte ein letztes Mal, die erfrischenden Früchte für seine Angebetene zu holen. Die Schale verbarg neben den Paradiesäpfeln eine grüne dildoeske Schlange und einen vibrierenden Zauberstab. Cleopatra entdeckte sie sofort und rief:

„O nein, kein Schlangengift soll mehr in mir wirken! Ich nehme diesen Stab und versetze mir das Allerletzte!" Sprach's und stürzte sich unter jubelndem Geschrei in den nächsten kleinen Tod!

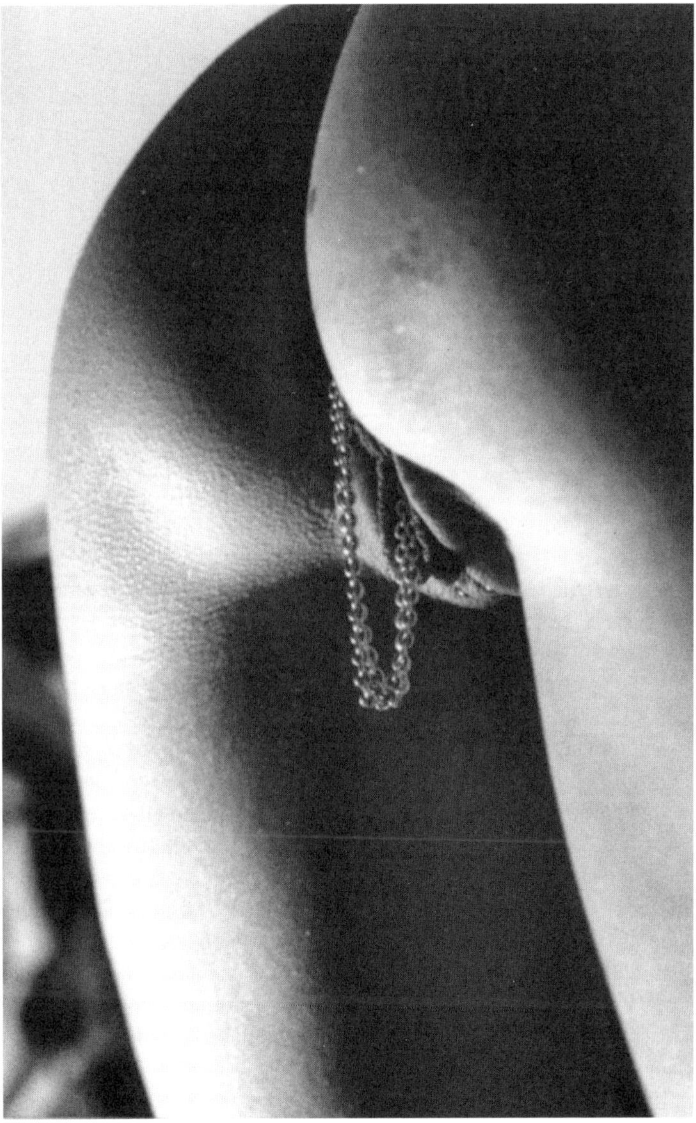

Silberketten-Schmuck mit Kugeln

Verwöhnaroma

Sudabeh Mohafez

Minzl vergnügt sich mit einem Schmetterling. Das ist nicht weiter bemerkenswert, denn erstens handelt es sich bei diesem Pelzwesen um das entsetzlich verspielte Raubtier, mit dem ich meine bescheidene Bleibe teile, und zweitens ist, begleitet von einem Konzert zwitschernder Vögel und summender Insekten, der Frühsommer ausgebrochen. Eine Schmetterlingsjagd erster Güte ist insofern durchaus naheliegend.

Erstaunlich ist eher, mit was für einem Falter Minzl beschäftigt ist. Er strahlt nämlich durch und durch in transparentem Giftgrün, und ich würde wetten, im Dunkeln phosphoresziert er. Außerdem ist er so groß wie mein Handteller, und das Hinterteil ist ebenso interessant von den Flügeln weggebeugt wie der Kopf und eine weitere Erhebung in der Mitte seines daumendicken, zeigefingerlangen Körpers. Eher ungewöhnlich ist dagegen, daß der Schmetterling sich nicht wehrt, während Minzl erregt an ihm herumschnüffelt und versucht, ihn zu irgendwelchen aufregenden Bewegungen zu stimulieren. Im Gegenteil: Er scheint wie geschaffen dafür, Amüsement zu bereiten, ohne sich dabei wesentlich anstrengen zu müssen.

Unwillkürlich schaue ich zu meinem Bett, das durch zart rotgoldene Seidenvorhänge am Ende des Raumes schimmert; aus der Platznot in meiner Wohnung habe ich eine Tugend gemacht und also aus der

Bettnische im Wohnzimmer einen aufreizend sanft verhängten Schlafraum. Ich gehöre nämlich zu den Menschen, denen vier bis fünf Stunden Schlaf pro Nacht vollkommen ausreichen. Allerdings gehöre ich außerdem zu denjenigen, die dennoch unglaublich gerne viele Stunden im Bett verbringen, und zwar *wach*. Insofern ist es mir außerordentlich wichtig, daß dieser zentrale Ort meiner Wohnung – wie soll ich sagen? – so verschwenderisch und genüßlich wie möglich eingerichtet ist. Natürlich setzt das viel Seide und eine Menge Satin voraus. Ich bevorzuge dabei tiefe Rot- und Schwarztöne, manchmal aber auch alabasterweißen, reinen Damast – je nach Stimmung.

Wie auch immer, Minzl und mich verbindet die Sache mit dem Verspieltsein sehr. Und selbstredend das Raubtiergebaren. Also beobachte ich, mit einer Spur feinen Neides, ihre wolllüstig wilden Schmetterlingsanregungsversuche, während ich mich frage, wo sie ihr Spielzeug nur her hat und wie sie wohl reagieren würde, wenn ich es zwecks näherer Inspizierung an mich nähme. Um sie nicht zu verärgern, gehe ich erst einmal zur Spurensuche auf den Balkon. Von dort nämlich sah ich sie vorhin ihre Beute hereinschleppen.

Auf dem Korbstuhl in der Sonne liegt zerrissenes Seidenpapier. Minzls Werk – ganz offensichtlich. Im Morgengrauen muß Les hier vor dem Weggehen ein Päckchen für mich deponiert haben. In den übel zugerichteten Resten der zartroten Verpackung liegt eine Art Geschirr. Ich halte es vor mich in die Sonne und lasse mit einem aufgeregten, kleinen Kribbeln im Bauch die langen, in kostbare Seidenspitze eingenähten Latexstreifen auf mich wirken. Sie können zu Haltegurten zusammengeschnallt werden, und langsam dämmert mir, was für einen Schmetterling Minzl da in der Mangel haben könnte: Das hier handelt sich um ein ganz besonderes Schmetterlingsgeschirr für einen ganz besonderen Schmetterling.

So ist Les – immer darum besorgt, daß ich mich ausreichend vergnüge. Ungeduldig öffne ich meinen Kimono, lasse ihn achtlos zu Boden gleiten und probiere, ob es mir so ohne weiteres gelingt, das extravagante Geschenk anzuziehen, und siehe da, es sitzt wie angegossen. Es kneift weder an den Oberschenkeln noch im Schritt. Nun ja, Les, mein höchstpersönliches Verwöhnaroma, hat sich schließlich auch viel Zeit genommen, um meine Konfektionsgröße zu studieren.

Minzl, mein kleiner Liebling, jetzt bin ich dran.

Ich brauche einen Moment, bis ich den Schmetterling ins Geschirr gehängt habe – Flügel nach unten, Korpus nach oben – und es vorsichtig wieder umschnalle. Das giftgrüne, latexwarme, morgendliche Geschenk sucht sich ganz von alleine seinen Weg und paßt sich mir an, als wäre es maßgeschneidert. Ein wohliges Schaudern läuft durch mich hindurch. Benommen gehe ich ein paar Schritte und entschließe mich sofort, heute, gleich nach der Arbeit, einen langen, ausgiebigen Spaziergang zu machen.

Ihres Spielzeugs beraubt sitzt mittlerweile eine offensichtlich indignierte Minzl vor meinen nackten Füßen und schaut fordernd schnurrend zu mir herauf. Nein, nein, nein. Dieser Schmetterling bleibt jetzt erst einmal eine ganze Weile genau dort, wo er jetzt ist. Da kannst du dir ganz sicher sein und überhaupt: Mach dir nichts daraus, mein löwisches Wesen, dir hätte er ohnehin nicht recht gepaßt.

Genüßlich bücke ich mich, streiche meiner schmollenden Katze über den Kopf und entdecke dabei einen kleinen Brief, der unter den Stuhl gerutscht ist: *damit du schön angeregt arbeiten kannst*, steht da in Les' ausdrucksstarker Handschrift. Ich zweifle allerdings, daß das heute etwas wird mit dem Arbeiten, denn ich vermute, ich werde eine Weile brauchen, bis ich mich an dieses unglaubliche Spielzeug so gewöhnt habe, daß ich wirklich konzentriert einer Tätigkeit nachgehen kann. Helfen allerdings tut in solchen Fällen erfahrungsgemäß nur eins: Üben. Viel üben.

Entschlossen ziehe ich daher die Jeans an, streife ein T-Shirt über, schlüpfe in die Schuhe, füttere noch schnell meine Mitbewohnerin und gehe, heute ohne Frühstück, ins Büro.

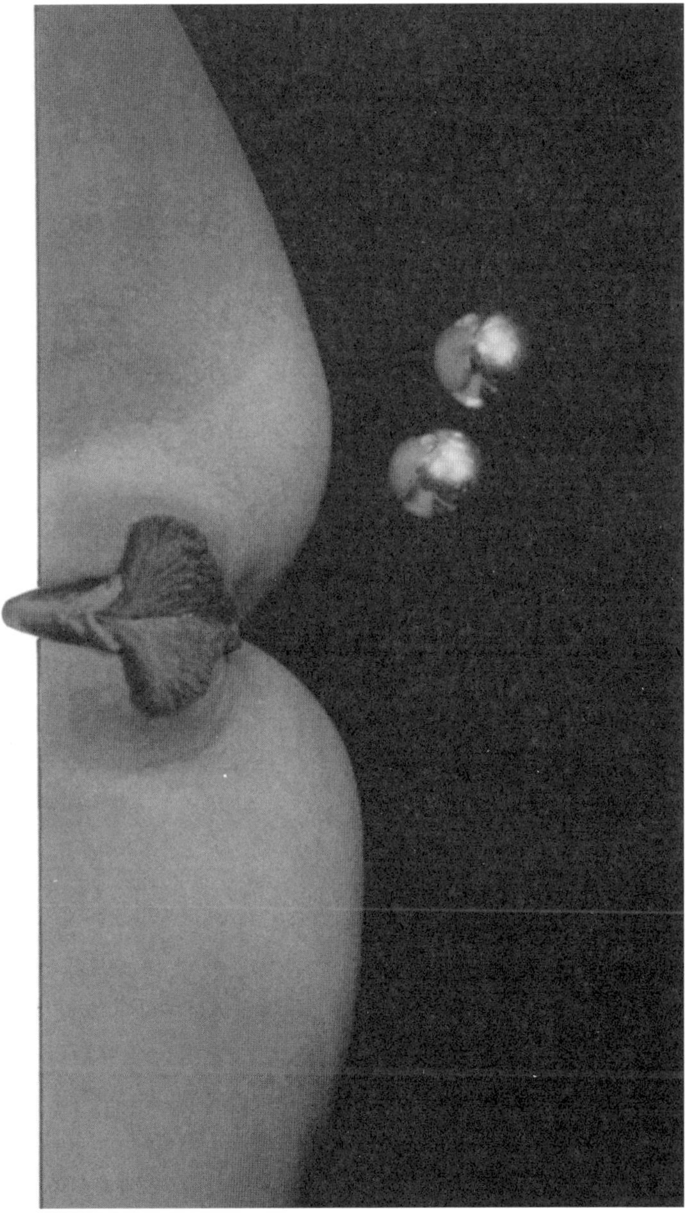

Silberkugeln

Die Annonce

Aurore Dorval

Fem. Frau, 35, verh., 2 Kinder, braunäugig, 170 cm, sucht fem. Frau zum Ausgehen und mehr; bei Gefallen Freundschaft willkommen.

Ich habe auf die Kleinanzeige geantwortet. Ich will keine Beziehung, zur Zeit nicht. Aber hin und wieder, fast zyklisch, bemerke ich eine Veränderung tieferer Natur; eine chemische Kettenreaktion verändert dann meinen Stoffwechsel. Bei der geringsten femininen Erscheinung in meiner Umgebung, ob ich sie rieche oder höre, wird mir flau im Bauch, fangen meine Brüste an zu stechen, meine Lippen verdoppeln ihr Volumen und mein Hirn sendet nur noch eine einzige Botschaft: Ich will küssen!

Aufrichtig wie ich bin, gestehe ich meinen Eroberungen, daß ich eine Abenteurerin bin, und schon schlagen sie mir die Tür vor der Nase zu: Mir fehle die Romantik! Aber was wissen die schon von wahrer Romantik? Sie stellen sich ein Diner bei Kerzenlicht vor, in einem teuren Restaurant. Der Pianist wird dafür bezahlt, „Elouise" und anderen Kitsch zu spielen, und langweilt sich in einer Ecke des Saals zu Tode. Über das Internet bestellte Rosen werden von der Sekretärin im Kostüm übergeben. Zum Valentinstag. Verschont mich bitte mit dieser Vision von Liebe!

Ich will küssen, auf Wolken gehen, fliegen, an den Vorhängen reißen, die Kiste zum Explodieren bringen, das Fleisch von der Frucht beißen, die Kleider zerfetzen und schreien: „Ich genieße!"

Diese kleine Annonce ist eine Einladung zur Freude, ohne Treuegelübde, ohne einen Vertrag zu unterzeichnen.

Sieben Tage später klingelt das Telefon.

„Hallo, ich würde gerne mit Aurore sprechen, bitte!"

Sie ist es. Ihre Stimme gefällt mir sofort.

„Ich habe die Annonce aufgegeben."

„Cool!"

Das war mein Bauch, der geantwortet hat. Einer der wenigen Sätze, die er im Repertoire hat. Alle anderen sind Obszönitäten und Brummeleien. Unser Gespräch zu dritt dauerte nicht länger als zwanzig Minuten. Ich will sie erst sehen, also verabredeten wir uns.

„Nächsten Dienstag, sieben Uhr?" schlägt sie vor.

Ich rechne fünf Tage zusammen, die ich warten muß.

„Dieses Wochenende kann ich nicht wegen meinem Ehemann."

Das hatte ich ganz vergessen.

„Kein Problem, Stephanie, bis Dienstag."

Die Woche verging ohne Ungeduld. Ich vertiefte mich in meine Arbeit, und ich verbot meiner Möse förmlich, an sie zu denken. Schließlich habe ich sie ja noch nicht gesehen, und ich möchte einer Enttäuschung vorbeugen.

Ich wartete im Bistro und hielt mit dem Barkeeper ein Schwätzchen. Ich sagte ihm, daß ich ein galantes Rendezvous hier hätte, was uns beide zum Lachen brachte. Um die erste Begegnung zu erleichtern, wähle ich immer eine Schwulenbar. Man findet in der Masse der Männer die erwartete Dame einfach besser.

Es ist sieben Uhr. Eine charmante Physiognomie kommt durch die Tür herein. „Das muß sie sein!" denke ich. Sie bewegt sich ohne zu zögern auf mich zu. Ich bin schließlich die einzige Frau, die an der Theke sitzt. Sie öffnet die stark geröteten Lippen:

„Guten Abend, ich bin Stephanie!"

Meine Möse gibt einen Freudenschrei von sich, wird aber vom Hocker erstickt und schafft es nicht, sich Gehör zu verschaffen. Ich hüstele mit der Hand vor dem Mund, dann stehe ich auf, um mich vorzustellen.

„Sehr erfreut!"

Das ist nicht zuviel gesagt, aber im gleichen Moment verdunkelt sich meine Vernunft: Und wenn ich ihr nicht gefalle? Am Ende des Abends lade ich sie auf ein Glas zu mir ein.

„Tee? Ich habe Kamille."

„Gerne."

Der Trick mit dem Kräutertee. Das bringt sie zum Lachen, und das ist genau meine Absicht. Eine Frau, die gerne lacht, ist gern ins Bett gebracht! Wir trinken unsere Tassen in aller Ruhe aus. Ich frage mich andauernd, ob ich sie nicht aufs Canapé stürzen soll. Meine Möse feuert mich an: „Mach schon, sie wartet drauf!" Meine Vernunft mischt sich jedoch ein: „Vorsicht, wenn du dich wie ein Haudegen benimmst, wirst du sie nie wiedersehen!" Die Debatte geht weiter: „Aber nein, los, sie ist bereit, sie wartet nur drauf!" – „Das ist der erste Abend, spiel die Respektvolle, lade sie ein weiteres Mal zum Essen beim Kerzenschein ein!" – "„Alte Schlampe, jetzt mach schon, sie guckt schon den ganzen Abend. Spring ihr auf den Mund!"

„Ist irgend etwas nicht in Ordnung?" fragt Stephanie ein bißchen beunruhigt.

„Pardon? Nein, es ist alles in Ordnung."

„Gut, ich muß jetzt gehen", sagt sie.

Ich bemerke ihre Enttäuschung. Sie steht auf und wirft einen letzten Blick in das Zimmer. Nicht mal unsere Hände haben sich heute abend gestreift. Ich spüre, daß sie bereit ist, aber ich begnüge mich damit, sie hinaus zu begleiten. Sie hält mir die Wange hin, die ich delikaterweise in die Hand nehme, dann die andere. Ich seufze. Ich öffne die Haustür. Im Halbdunkel führe ich sie zum Aufzug.

„Wo ist der Schalter?" fragt sie automatisch.

Ich flüstere ihr ins Ohr: „Darf ich dich umarmen?"

Sie haucht mir ein „Ja" entgegen und drückt ihren Mund auf meinen. Der Aufzug öffnet sich und gibt ein fahles Licht preis. Stephanie geht einen Schritt zurück und schaut mich mit großen, grünen Augen an. Ich umschlinge sie und ziehe sie wieder an mich.

„Aber, aber!" gibt sie sich überrascht.

Überrascht, aber nicht überrumpelt. An die Wand gelehnt, verschlingt sie meinen Mund. Ich sauge ihre Zunge mit mehreren „Oh" und „Ah", die unsere Bäuche schütteln. Sie umarmt mich fest. Ich seufze, meine Nase verschwindet in ihren Haaren, ich beiße ihr zart in den Nacken. Sie trägt „Kenzo pour homme". Ich öffne das Seidenhemd. Wunderbare Brüste in einem perlengrauen Büstenhalter locken meine Lippen.

„Die sind schön!" begeistere ich mich. „Sie sind perfekt, absolut perfekt!"

Sie ruhen in meinen Händen wie zwei schwere Früchte. Ich befreie eine aus ihrer seidenen Halterung und streichele sie. Der Nippel erigiert sich, ich nehme ihn in den Mund. Stephanie nimmt diesen Kuß mit einem langgezogenen, genießerischen Ton auf. Ihre Hand bahnt sich einen Weg zwischen meine Beine und bedeckt mein Geschlecht. Ich spüre die Hitze ihrer Handfläche durch meine Hose.

„Du brennst", sage ich mit geschlossenen Augen.

„Du aber auch!"

Unser Vergießen endet bald.

„Ich muß jetzt wirklich nach Hause. Es ist zwei Uhr morgens, und mein Mann steht schon um vier auf."

Folgsam lasse ich sie gehen und beobachte die Tür des Aufzugs, die sich langsam schließt.

In dieser Nacht bin ich Gedanken bei ihr, während ich masturbiere. Meine Hände duften nach ihrem Parfum. Der Orgasmus ist lang. Die Frau gefällt mir. Sie gefällt mir sehr.

„Hallo, ich bin's!" sagt sie am nächsten Morgen.

Wir telefonieren stundenlang. Ihre Stimme macht mich nass. Ich hoffe heimlich, daß es bei ihr auch so ist. Sie hat die Stimme einer Stewardeß: klar, vibrierend, sexy.

Wir finden uns im Bett wieder. Wir haben ein bißchen zuviel getrunken, und ich probiere zum ersten Mal einen Dentaldamm aus. Nach dreißig Sekunden schmeiße ich ihn weg. Der Gedanke an Aids hat mich ergriffen, aber dann beruhige ich mich damit, daß sie Mutter einer dreiköpfigen Familie ist. Sie hätte es mir sicher gesagt. Ich habe mich nicht getraut zu fragen. Ich vergesse alles und lecke sie.

Stephanie liegt auf mir. Sie gibt mir Schläge in die Hüfte. Das inspiriert mich.

„Schade, daß ich keinen Gürtel habe", sage ich, während ich sie streichele.

„Ja, ich würde dich gerne penetrieren. Ich hab es noch nie gemacht, aber ich bin mir sicher, daß es mir gefallen wird."

Ich fühle mich wie ein Engel und stelle mit Freuden fest, daß sie weniger verklemmt ist als meine letzte Liebhaberin.

Am nächsten Tag besuche ich mit meinem Freund Philip mehrere Sexshops in der Stadt. Sein Rat ist hilfreich. Ein freundlicher Jüngling zeigt uns seine schönsten Spielzeuge.

„Ich gebe dir Rabatt wegen Valentinstag!"

Ich glaube, er lacht ein bißchen über uns. Eine Herzchen-Girlande hängt am Verkaufstisch. Ich verlasse das Geschäft mit einem Päckchen unter dem Arm und einem Gefühl, wie ich es einmal als Siebenjährige zu Weihnachten hatte, als ich ein rotes Fahrrad bekam.

Stephanie hat mich mit dem Gürtel genommen, von vorne und von hinten. Um zwei Uhr morgens hat sie mich dann noch einmal beglückt. Ich liege ausgestreckt auf den nassen Laken, mit ihrem Geruch getränkt, die Augen gedämpft, der Körper leer.

Ich erwarte meine Geliebte und schlürfe einen Tequila. Gestern kam Stephanie ganz spontan bei mir vorbei. Ihr Ehemann ist auf dem Laufenden, findet alles nicht so toll. Er hält mich jetzt nicht mehr für eine Laune seiner Frau, sondern langsam für eine Bedrohung. Er will, daß wir aufhören. Sie hat versucht, ihn zu beruhigen, und ihm vorgeschlagen, daß wir uns seltener treffen. Jetzt sehen wir uns nur noch einmal im Monat. Ich habe das akzeptiert, er auch.

Ich bleibe bis zum Schluß in der Bar sitzen. Sie ist nicht gekommen. Als ich zu Hause ankomme, will ich sie anrufen, aber um drei Uhr morgens sollte man niemanden mehr stören.

„Ich bin's!"

„Aurore? Es tut mir leid wegen gestern. Ich war verhindert."

„Du mußt mir nichts erklären, ich weiß Bescheid."

„Willst du mich nicht mehr?" fragt sie zärtlich.

„O doch. Ich will dich, um Freude zu haben."

Wir diskutieren einige Minuten, dann kommt ihr Ehemann heim. Wir legen auf und wünschen uns noch einen schönen Tag. Ich werde sie nicht vor dem 4. Juni sehen. In 30 Tagen, 720 Stunden, 43 200 Minuten.

Übersetzung: Laura Méritt

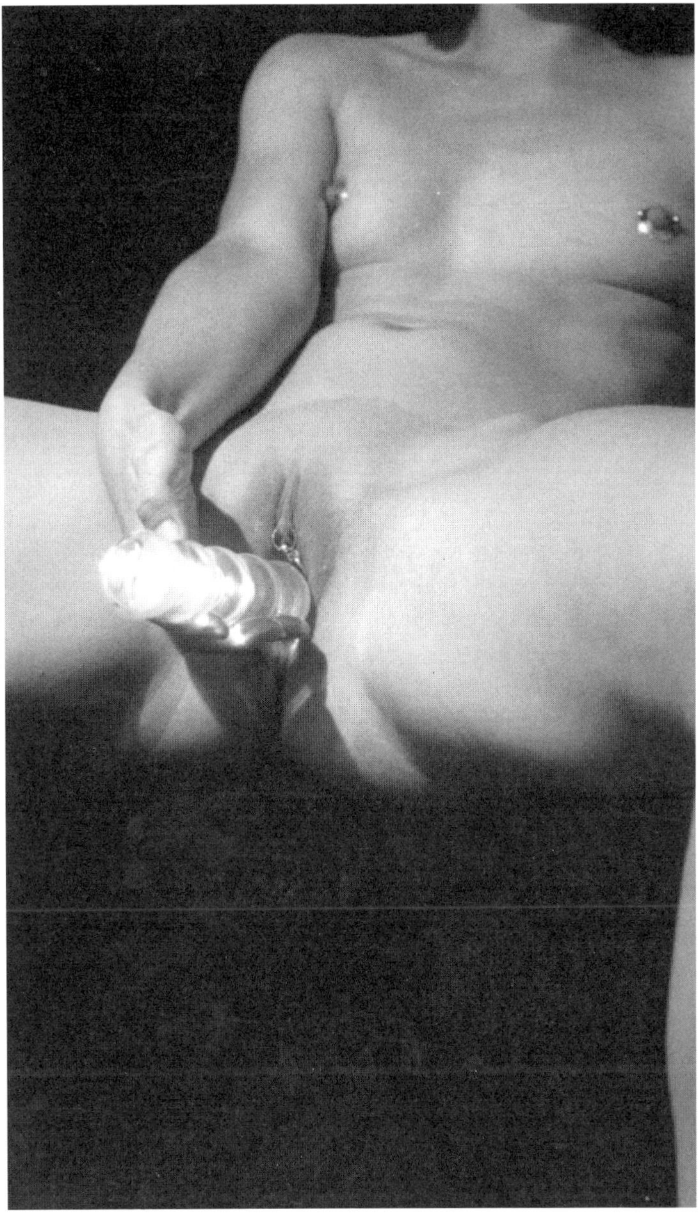

Kugelstab aus Plexiglas

Indian Summer

Rebecca Tember

Am Ende eines schmutzigen Korridors, direkt neben der unsäglichen Toilette, fand ich die Tür. Sie ließ sich schwer zurückschieben. Die Abteile dieser uralten Eisenbahn hatten noch sechs Sitz- und vier Schlafplätze; ich aber war in ein Coupé plaziert worden. Es war vielleicht auch besser so.

Ein Duft von Sandelholz stieg mir in die Nase. Auf der Bank gegenüber saß eine wohl proportionierte Person in den Vierzigern, indische Mittelklasse. Sie hatte ihre Beine im Lotussitz überkreuzt, schwang ein Räucherstäbchen und sang leise vor sich hin. Nachdem ich mit einem gewissen Kraftaufwand die Tür geräuschvoll zugeschoben hatte, öffnete sie ihre Augen und lächelte mir nickend zu.

„Ich habe zu Ganesha gebetet!"

Ich wischte den Dreck von meinem grauen Plastiksitz und schaute aus dem schmutzigen Fenster: Überall sah ich Menschen, die mit ihrer ganzen Habe in Form eines Kleiderbündels ihr Leben lang in der Hocke verharrten, einen alten Mann, der sich Essen auf einem Kerosinstövchen kochte, und „Chai Chai"-schreiende Tee- und Essensverkäuferinnen, die ihre Körbe den Reisenden, die sich aus den Fenstern hängten, entgegenstreckten. Der Zug fuhr mit einem Ruck los.

„Aus welchem Land kommen Sie?"

Mein Gegenüber versuchte mit mir ins Gespräch zu kommen. Ich stellte mir all die westlichen Individuen vor, die während ihrer spirituellen Suche in Indien landeten, wo sie sich die ein oder andere Füllung für die Leere in ihrem Leben erhofften. Auch ich hatte bestimmte Erwartungen, als ich in Bombay ankam. Ramakrishna daheim im Bett zu lesen war bei weitem weniger aufregend als zu beobachten, wie indische Frauen einen steinernen Lingam mit Butter einschmieren oder mit Milch begießen. An jeder Ecke reiben sie symbolisch den Schwanz von Shiva, Gottheit für Leben und Tod, mit Gleitmittel ein und garnieren die Yoni, das weibliche Symbol, mit Blumen, Obst und Seidenstoffen.

Ich wendete mich der Person zu, die immer noch auf eine Antwort meinerseits wartete, und betrachtete sie genauer. Das Kamasutra, Leitfaden zur Erreichung der Erlösung, unterscheidet sieben Arten von geschlechtlicher Liebe, je nach Größe des Schwanzes und der Möse. Es gibt Hase, Stier, Hengst, Gazelle, Stute, Elefantenkuh. Ohne mich weiter in diese recht merkwürdigen Einteilungen und bewerteten Kombinationsmöglichkeiten zu vertiefen, bemerkte ich, daß meine Mitreisende eine besondere Stellung beim Sitzen eingenommen hatte. Die rechte Ferse hatte sie genau in ihre Mitte gedrückt, als wenn sie den Ausfluß stoppen wollte. Die linke lag auf ihrem rechten Oberschenkel und berührte ihren Unterleib. Ihr Oberkörper war kerzengerade und vollzog fast unmerklich kreisende Bewegungen. Sie atmete rhythmisch ein und aus und schien mit sich zufrieden. Ich stimmte unwillkürlich in die Atmung ein, meine Wirbelsäule richtete sich automatisch auf, mein Kopf hob sich aus der beschaulichen Versenkung und blickte in ein freundliches Gesicht.

„Ich komme gerade von der Beerdigung meiner Tante in Delhi. Sie wollte zwar in Varanasi, der Stadt Shivas, den letzten Atemzug machen, aber das sollte nicht sein."

Sie schob sich eine Betelnuß in den Mund und begann zu kauen.

„Aber erzählen Sie mir von sich und Ihrem Land!"

Aufmunternd legte sie ihre goldberingte Hand auf mein Knie und zeigte ihre gelblichen Zähne. Ich hatte mich ja schon ein bißchen an die unterschiedlichen Distanz-Maßstäbe unserer beider Kulturen gewöhnt, aber das Patschehändchen schien mir doch recht lange liegen zu bleiben, während ihr Blick mich fixierte. Sie atmete tief durch die Nase ein, als ob sie sich eine Geruchsprobe von mir reinziehen wollte. Diese Nase erschien mir plötzlich überproportional präsent, und der rote Punkt auf ihrer Stirn leuchtete mir wie eine Ampel entgegen, die langsam Kreise aussendete und mich unter Hypnose setzte. Ganesha kam mir in den Sinn, die elefantenköpfige Glücksgöttin, Kind von Shiva und

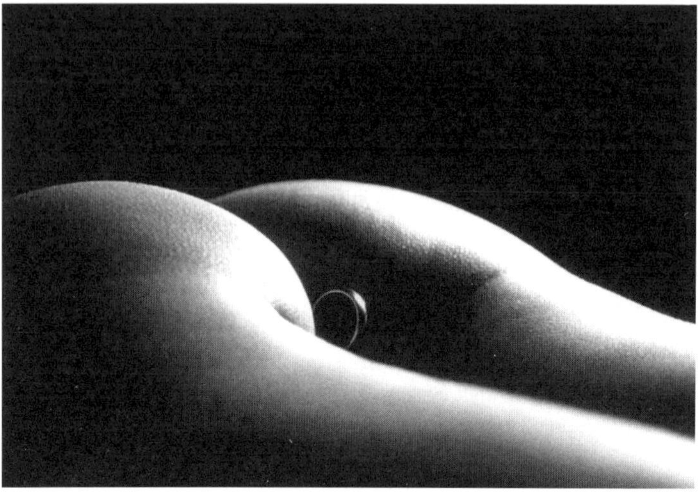

Shakti. Shiva vermutete einen anderen Vater und enthauptete das Kind. Voller Reue ließ Shiva ihm dann später den Kopf des Tieres aufsetzen, das als erstes auftaucht, ein Elefant.

Mir war ganz anders zumute. Hitze stieg in mir hoch. Ich hörte die großen Ohren des Elefanten Luft fächern, gleichzeitig fühlte ich einen Rüssel auf meinem Mund, der wie ein Atemgerät Belebungsversuche startete. Die Mund-zu-Rüssel-Methode funktionierte, und alsbald bewegten wir uns im Takt. Ich atmete tief ein und aus und konzentrierte mich auf die Energiezufuhr für meinen ganzen Körper. Ich fühlte, wie ich regelrecht aufgetankt wurde. Plötzlich setzte sich ein zweiter Rüssel an, wie eine Saugpumpe legte er sich auf meine Yoni. Ein Vakuum entstand, unter dem meine Lippen enorm anschwollen, als wenn auch ich selbst eine Elefantin werden würde. Eine Hand legte sich auf meinen Bauch und zog große Kreise bis über die Oberschenkel, eine andere widmete sich meinem Oberkörper, nachdem sie mich aus meiner stofflichen Hülle befreit hatte. Mir war wohlig.

Von hoch über mir floß eine milchige Flüssigkeit, und ich spürte Nässe an meinem Bauch und meinen Beinen hinunterlaufen. Etwas sehr Angenehmes bohrte sich geschmeidig den Weg in mein Inneres, während ich immer noch artig atmete und das Gefühl hatte, jeden Zentimeter einzeln erfassen zu können. Das Maß wollte aber gar nicht enden, und wie bei einem Zaubertrick verlängerte sich der Stab aufs Unendliche und fand schließlich ein anderes, dunkles Ende unter dem

Sari meines Gegenübers, das es genüßlich in sich aufnahm. Wir schaukelten eine Zeit lang auf dem grauen Doppeldildo und nahmen die zum Teil unvorhersehbar heftigen Vibrationen des alten Zuges mit.

Der Dickhäuter bekam einen ganz zarten Gesichtsausdruck und außerdem eine goldene Kopfbedeckung mit einem Türmchen in der Mitte. Vor den großen Ohren und um den Hals hingen Perlenkettchen herunter, die bei jeder Bewegung klirrten. Mir war, als ob ich rechts und links neben dieser mild dreinblickenden Ganesha zwei weitere Erscheinungen erblickte, die sich zu einem blauköpfigen Shiva und einer wunderschönen Shakti kristallisierten. Während Shiva seine Glöckchen läutete und sein Kopf verdammt dildoesk wirkte, so daß mir schon wieder das Wasser im Mund zusammenlief, hielt Shakti eine Schale mit Blüten und Kerzen in der Hand. Ihr Gesicht verdichtete sich zu einem gescheitelten Spiegel, in dem ich mich zu erkennen glaubte.

Das Dreigestirn versammelte sich wieder in der Figur mir gegenüber, die aufstand, sich mit einer betenden Händehaltung verneigte und einen graziösen Tanz begann. Der zimtbraune Körper war vollkommen in einen transparenten Sari aus goldener Seide gehüllt, durch die eine große Brust hindurchschimmerte. Aus der Tänzerin heraus ragte ein expansionsfähiger Schwanz, der sie wie eine Nabelschnur immer noch mit mir verband. Ich probierte eine kreisende und dann eine zustoßende Beckenbewegung und wartete ihre entfernte Reaktion ab. Sie antwortete mir mit einem Zucken ihrer rot geschminkten Lippen. Ich war begeistert und testete gleich verschiedene Winkel aus, was wohl etwas vorschnell war, denn sie warf den Kopf stolz nach hinten und übernahm die Führung. Mit den Gesten ihrer Hände und den Bewegungen ihres Kopfes zeigte sie mir die Richtung an; das Rollen ihrer Augen gab mir eine zusätzliche Bestätigung. Sie stampfte mit den Füßen, und ich verstand den Hinweis. Jetzt konnte ich langsam die elektrische Ausstrahlung ihrer Erotik spüren. Der Dildo in mir übertrug die Wellen, indem er die Form annahm. Ich steigerte mich in ihren Rhythmus hinein. Sie wand geschmeidig ihren nachgiebigen Körper und drehte sich um. Ich tat es ihr gleich und erfreute mich an dem ersehnten Körperkontakt. Backe an Backe beklatschten wir uns wie die Jubelperserinnen.

Ich konnte zwischen unseren Beinen hindurch direkt in das Pulsieren ihrer Nasenlöcher sehen. Die Flügel öffneten und schlossen sich parallel zu unseren Bewegungen und bebten vor Verzückung. Derweil übte ich mich in der Kunst der Verzögerung und ließ von einer weiteren Liebkosung meiner Clit ab.

Meine Devadasi erhob sich, ließ ihre Hüften kreisen, den Bauch tanzen. Sie drehte sich langsam zu mir um, und mit jeder weiteren Bewegung schlüpfte das triefende Ende unserer Liaison aus ihr heraus. Es fiel aber nicht in sich zusammen, sondern verkürzte und verdickte sich. Mir stand ein angemessener Schwanz. Unter den unermüdlichen Beckenbewegungen der Tänzerin nahm dieser die Form einer Boa an und wand sich nach deren Pfeife. Die ganze Zeit schon hatte sie murmelnde und summende Laute von sich gegeben und mich weiter in ihren Bann gezogen. Beide waren jetzt hinter mir; mein Schwanz hatte sich zwischen meinen Beinen durchgeschlängelt und fühlte sich angenehm glitschig an. Ich wurde in die Schenkelschere genommen und spürte ihre Feuchtigkeit auf meinem Rücken, sie saß auf mir. Hände spreizten meine Backen, etwas züngelte an meiner Lotusblüte und arbeitete sich zischend vor und bespritzte mich. Die Schlange schien rotierende Perlen in ihrem Körper zu haben, die sich unter dem Gesang meiner Reiterin prickelnd durch mein Lusttor schoben. Ich verlor beinahe den Verstand, meine Gebärmutter schien aus ihren vier Wänden zu schmelzen, ich löste mich auf. Wie bei einem Feuerwerk sah ich fantastische Farben und funkelnde Lichter.

Der Zug war stehengeblieben, eine Stimme sprach zu mir: „Varanasi, wir sind in Varanasi. Sehen Sie doch, ist es nicht wunderbar? Die Zeremonie für die Verstorbene. Shiva hat sie zu sich genommen! Sehen Sie doch!"

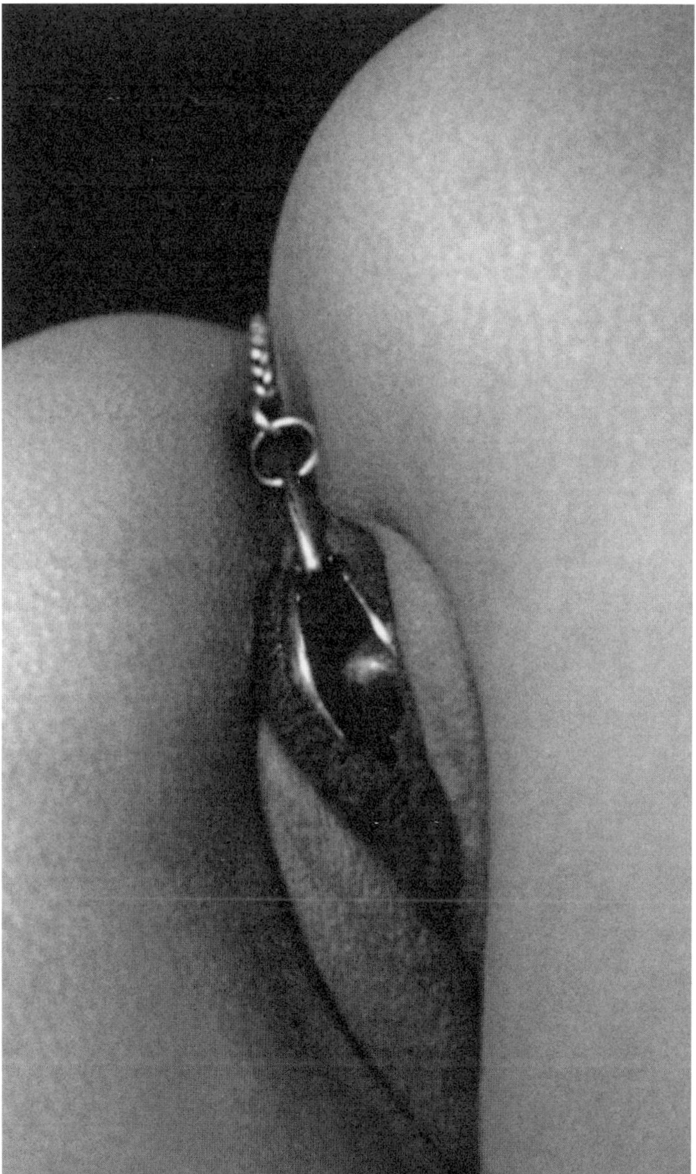

Clitorisstimulierende, tanzende Vaginalkugel

Nimm zwei

Aurore Dorval

Ein Gemisch aus Schweiß und Nikotin empfing mich. Einige Frauen drehten sich nach mir um und starrten mich interessiert an. Ich folgte dem neonbeleuchteten Flur und betrat einen Saal. Die Dekoration ähnelte einem Raumschiff der ersten Generation, der antiquierten Kitschjahre um 2050. Ein kleiner Roboter saß an der Schaltzentrale. Der Musik folgend, ging ich die Treppe hinunter.

Im Zentrum des Hangars stand ein Käfig, in dem circa dreißig Tänzerinnen eine Show abzogen. Einige hielten sich an den Stangen fest, schüttelten ihre Mähnen mit geschlossenen Augen und machten wilde Beckenbewegungen. Andere ließen die Stäbe lasziv zwischen ihren Beinen gleiten.

Überall waren Frauen, die auf den Bühnen konvulvierten oder sich auf den Diwanen räkelten. Sie faßten sich um die Taille, fielen sich um den Hals oder küßten sich. Der Anblick all dieser femininen Körper weckte meine Begierde.

Ich bahnte mir einen Weg zur Bar und rief der Bedienung zu:

„Eine Bloody Mary!"

Nachdem die Barkeeperin die diversen Reserven durchsucht hatte, kam sie zu mir zurück:

„Tut mir leid, wir haben keinen Tomatensaft mehr."

Ich zog eine Grimasse. Ich wollte nichts Gewöhnliches wie einen Whiskey Cola oder einen Gin Tonic. Ich überlegte, auf was ich wirklich Lust hatte. Den Abend hatte ich mit japanischem Essen begonnen. Der Kellner im Restaurant brachte mir zwei Lachsröllchen und ließ die Reiskugeln für mich hüpfen, was mich fast beeindruckt hätte. Zum

Essen trank ich warmen Sake, den ich lange im Mund kreisen ließ, bevor ich ihn herunterschluckte. Der Geschmack der Sojasoße kam mir in Erinnerung. Ich wollte etwas Salziges trinken. Nachdem ich mich endlich entschieden hatte, mußte ich lachen. Eigentlich sollte ich einen Saft von einer Frau bestellen. Ich wartete auf meine Margarita und schob mir eine Handvoll Erdnüsse in den Mund.

Eine große Brünette beobachtete mich und warf mir einen verspielten Blick zu. Ich hörte sofort auf, mein Futter weiterzumalmen, und bereute, daß ich mich mit diesen Trockenfrüchten vollgestopft hatte. Ich mußte einer Kuh oder einem Hamster ähnlich sehen, auf jeden Fall wirkte ich bestimmt nicht sonderlich sexy. Man sieht ja immer ein bißchen blöd aus, wenn man das Maul voll hat. Ich riskierte ein Lächeln. Vergebliche Mühe, denn ich hatte noch Essensreste zwischen den Zähnen. Ich wollte in den Erdboden versinken. Ich riß der Bedienung meinen Drink aus der Hand, drehte mich um und lehnte mich diskret an die Theke, um alles hinunterzuspülen und zu gurgeln. Erleichtert gab ich kurz darauf ein Zeichen mit meinem leeren Glas. Man brachte mir ein neues – Wodka Ananas. Die Fruchtscheibe legte ich lässig auf den Tisch, dann hob ich die Augen, um die Brünette zu suchen. Sie war noch da. Ich bedankte mich bei ihr mit meinem schönsten Lächeln, sie zwinkerte zurück.

Ihre Nachbarin war etwas kleiner, mit kurzen, nach hinten gestrichenen Haaren und Strähnen über die Wange. Ihre lustigen Augen fixierten mich.

Plötzlich brach ein Sturm der Begeisterung unter den anwesenden Frauen aus, der durch die Ankündigung eines Musiktitels ausgelöst wurde. Alle preschten auf die Piste und tanzten sehr eng. Die beiden Frauen von der Bar tranken in aller Ruhe ihr Glas aus, stiegen dann auf eine Bühne und nahmen sofort eine aufreizende Haltung an. Ich war hypnotisiert von diesem Gruppenrhythmus, zu dem sich die Frauen gierig aneinanderrieben.

Die Größere trug ein kleines Schwarzes, das von dünnen Trägerchen über ihrem Rücken gehalten wurde. Ihre langen Haare fielen ihr kaskadenartig auf die Schultern oder loderten wie Flammen um sie herum, wenn sie ihren Kopf wild schüttelte. Ich war sehr beeindruckt von ihrer Muskulatur und den düsteren Tätowierungen, die ihr animalisches Wesen betonten.

Die Kleinere war das perfekte Pendant dazu: Sie trug die gleichen Tatoos - ein Liebesbeweis, eine Art, sich der anderen zugehörig zu zeigen. Sie bewegten sich mit den gleichen Gesten in perfekter Symmetrie. Nur die Farbe des Kleides unterschied sie – rot und schwarz. Allein in der Welt tanzten sie ineinander verschlungen. Ich hatte mich wie eine Nachtwandlerin langsam in ihre Richtung vorgearbeitet und war dann genau unter ihnen, unfähig, einen Schritt auf ihre Bühne zu wagen.

Der nächste Musiktitel wurde gespielt, und ich blieb einfach stehen, um die beiden zu betrachten. Sie lächelten mir hin und wieder zu, exhibitionierten sich schamlos. Die Große nahm ihre Begleitung von hinten, hielt mit der einen Hand ihren Kopf, während sie ihr die andere Hand auf den Bauch legte. Sie stieß und tanzte im Takt. Die Kleine öffnete den Mund, sie stöhnte. Ihre Augen waren geschlossen, verschwitzte Haare hingen ihr ins Gesicht. Die beiden schienen wie in Trance, von Spasmen geschüttelt. Völlig unbewußt hatte ich angefangen, mich zu streicheln, und hörte nicht auf, bevor ich mir Erleichterung verschafft hatte. Jedesmal, wenn ich glaubte, die Wellen zu bändigen, durchfuhr es mich wie ein Brennen. Ich hätte alles gegeben, um mit diesen beiden im Bett zu landen. Während ich diesen Wunsch noch in Gedanken formulierte, flüsterte die Kleine ihrer Freundin etwas ins Ohr. Die andere hob den Kopf und sah mich an. Ich wich einen Schritt zurück, mein Herz hüpfte. Blut hämmerte gegen meine Schläfen.

Am Ausgang riefen sie ihr Schiff; die Maschine landete auf dem leuchtenden Boden vor der Vergnügungsstätte. Die Türen öffneten sich, wir nahmen Platz. Die große Brünette fuhr. Sie schaute ab und zu in den Rückspiegel, um unsere ersten Annäherungsversuche zu beobachten.

In ihrer Wohnung bot mir Marie, die Kleinere, ein Getränk an. Ich nahm ihr Gesicht zärtlich in die Hand und preßte meine Lippen auf ihre.

Sie nahm mich bei der Hand und führte mich in den Salon, der sehr sanft beleuchtet war, eine Nachttischlampe stand auf dem Boden. Ich zog Marie in diesem Halbdunkel aus und ließ ihr Kleid langsam zu Boden gleiten. Sie knöpfte mein Hemd auf, griff hinein und legte ihre Finger auf meine Brust. Unsere Münder fanden sich, unsere heißen Zungen vermischten sich. Einen langen Augenblick verharrten wir in dieser Pose, die Augen in voller Konzentration geschlossen. Eine Hitze stieg von meinem Bauch auf, ergriff meinen Körper und verbrannte meine Wangen. Ich hatte Feuer gefangen. Ihre Hände massierten meine Brust, rieben meine aufgerichteten Nippel mit ihren Handflächen, die sich extrem empfindlich zeigten. Mir wurde schwindelig von all

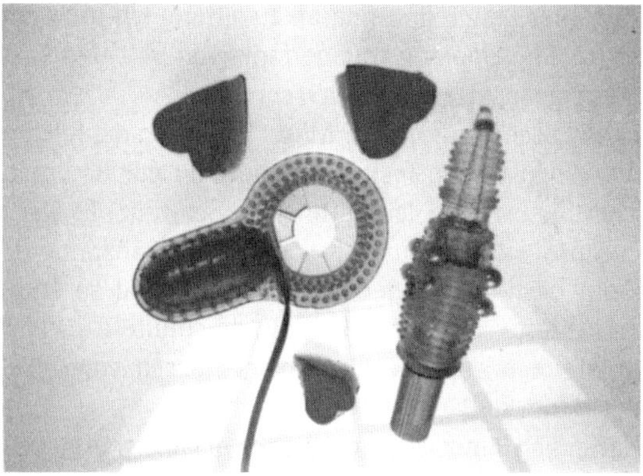
Foto: Franke & Goeltl

den Zärtlichkeiten. Ich spürte jede Bewegung in allerschärfster Weise; bei der leisesten Berührung unserer Zungen schien ich ihr Wesen zu sondieren, in sie abzutauchen.

Ich hatte Sarahs Anwesenheit nicht sofort bemerkt. Geräuschlos hatte sie sich genähert und einen Moment abgewartet, bevor sie am Spiel teilnahm. Sie stand hinter mir und zog mir das Hemd aus, ich ließ den Kopf nach hinten fallen. Sie beugte sich vor und umarmte mich zärtlich um die Taille.

Marie drückte ihren Mund auf eine meiner Brüste, saugte, hauchte und knabberte daran. Jede Lustwelle hob mich ein Stück höher; ich fühlte meine Beine entschwinden. Obwohl ich Sarah fast die Luft wegnahm, so fest hielt ich sie um den Hals, kniete sich die andere vor mir nieder, zog meine Hosen runter und spreizte meine Beine. Als ihre Zunge auf meiner Clitoris lag, durchfuhr es mich so stark, daß meine Zähne gegen Sarahs knallten. Sie aber verwöhnte mich so zärtlich, daß ich mich aufgab. Sie sah meine Kräfte schwinden und schob ihre Hände unter meine Achseln. Marie hielt meine Backen in ihren Händen und führte meine Möse zu ihrem Mund. Sie leckte mich wie eine verdurstende Hündin.

Ich atmete immer stärker. Sarah sammelte mein Stöhnen und die Vibrationen, die mein Bauch von sich gab. Sie balancierte ihre Hüften langsam vor und zurück und wiegte meinen Körper. Die Freudenwellen wurden immer heftiger und schneller. Ich schwitzte und verflüssigte mich, wollte jedoch den Orgasmus noch nicht zulassen, und so drückte ich eine erstaunte Marie von mir. Ich kniete mich ihr gegenüber, nahm ihr Gesicht in die Hand und zog sie an mich. Ich schmeckte meinen Saft auf ihrer Zunge und fing an zu zittern. Ich grub ihren Mund um, sie ächzte. Ihre Lippen waren getränkt von Saft und Speichel und das Rot ihres Lippenstiftes längst verschmiert.

Etwas Kaltes zischte auf meiner Möse: Sarah zog die Riemchen eines Gürtels an meinen Beinen fest. Ich schaute an mir hinunter und sah im Zwielicht eine Erektion. Ich hatte einen Schwanz! Es war ein wunderbarer Silikonschwanz, ein realistischer der größeren Art. Ich war also ganz gut bestückt. Kleider machen Leute, und so entdeckte ich sofort meine Kräfte; eine neue Energie durchflutete meinen Körper. Sarah ermunterte mich, indem sie meinen Arsch vorschob und mir zuflüsterte: „Nimm sie!"

Marie hatte sich hingelegt und befahl mir gleichermaßen: „Nimm mich!"

Ich gehorchte bedingungslos. Das Ende meines Schwanzes legte ich an ihre nasse Möse ab und strich ganz langsam über sie, zog kleine Kreise um ihr flammendes Inferno. Ich tauchte die Eichel ein, zog sie wieder heraus, tauchte wieder ein und amüsierte mich über Marie, die sich hin und her wand und mich anflehte. Dann stieß ich plötzlich zu, und sie schenkte mir einen Aufschrei der Erleichterung. Ich ging erst ganz regelmäßig vor und steigerte mich dann in härtere Zuwendungen. Ich hörte sie keuchen, kleine Schreie und laszive Töne ausstoßen. Ich kannte nur noch ein Begehren: sie zum Höhepunkt zu bringen. Ich hatte das Gefühl, die Lust meiner Partnerin gleichzeitig zu provozieren und zu beherrschen, was mich leicht verwirrte, aber auch noch anspornte. Mir kam es so vor, als wäre der Schwanz die Verlängerung meiner Clitoris, und die Vorstellung verdoppelte meine Kräfte. Ich sammelte soviel Luft, ich schnappen konnte, und blies sie mit einem festen Stoß aus. Schweiß rann mir das Gesicht hinunter und tropfte auf das von Marie, die sich in Verzückungen badete. In meinem Kopf drehte sich alles, das Blut pochte mir unvorstellbar laut gegen die Schläfen, trotzdem machte ich unermüdlich weiter.

Sarah hatte sich in eine Ecke des Salons zurückgezogen und beobachtete uns aus ihrem Sessel heraus. Sie feuerte mich an:

„Ja, fick sie! Tiefer, tiefer! Bring sie zum Kreischen!"

Es amüsierte sie, daß ich ihre Freundin wie eine Verrückte bis in die Eingeweide penetrierte. Marie hatte ihre Beine wie einen Schraubstock um meine Taille geklemmt, schöne Beine wie Rosenstengel, die immer noch vor Freude zitterten. Mit einem Ruck richtete sie sich auf allen vieren auf und hielt mir ihren Hintern hin. Ich warf Sarah ein Auge zu, die ihren Whiskey genüßlich in der Hand drehte und mir lächelnd zunickte.

Ich streichelte Maries wunderschönen Arsch, dann zog ich die Backen auseinander. Ihr Loch war mit dunklen Haaren übersät. Mit zwei Fingern verstrich ich die Nässe der Möse auf und um ihr Loch herum. Marie wiegte sich und masturbierte in ungeduldiger Erwartung ihre Clitoris. Sie verstand meine Geste und beugte sich weiter nach vorne. Sie war bereit. Ich ließ einen Finger hineingleiten, dann einen zweiten, der von diesem obskuren Mund sofort verschlungen wurde. Mit einer langsamen und rhythmischen Vor- und Zurück-Bewegung dehnte ich die Wand und führte ihr ständig Nässe zu. Ich nahm meinen Schwanz in die Hand, streifte ein neues Gummi über und versenkte die Eichel in ihrem Loch. Sie stöhnte auf, und ich forcierte sie ein bißchen. Sofort reagierten ihre Muskeln und hielten den Schwanz fest, immobilisierten ihn. Ich zog ihn wieder heraus.

Sarah kam und übergoß uns mit Gleitgel, meine Eichel wurde besonders eingerieben. Ich gab Marie einen Schlag auf die Arschbacken:

„Bist du bereit?"

Ich nahm wieder Haltung an und tauchte in sie ein. Der Schwanz verschwand sofort, sie stöhnte auf. Ich ging sehr vorsichtig vor, achtete auf die kleinsten Reaktionen ihres Körpers, ihr Atem dirigierte meine Penetration. Nach kurzer Zeit fing sie an zu schreien, beschimpfte mich, beschimpfte sich, „geile Hure" und „läufige Lesbe". Ich verlor die Fassung. Es machte mich verrückt, sie mit dieser Harpune zu besitzen. Ich spürte die Wellen in mir aufsteigen, fühlte meine Kraft in ihr. Ich reagierte auf ihre Aufforderung und zog sie mit beiden Händen brutal an mich, meinen Kopf nach hinten geworfen. Schweiß brannte in meinen Augen, ich war kurz davor zu explodieren. Alles in mir brannte, zog sich zusammen und schmetterte gegen meine Haut.

Sarah drückte sich jetzt an meinen Rücken, und ich spürte ihre Möse auf meinem Hintern, ihre Hände auf meiner Taille. Sie drückte mein Becken gegen Marie, verstärkte meine Bewegungen. Marie wurde von endlosen spasmischen Zuckungen ergriffen, schrie und weinte gleichzeitig, fuhr in die Höhe und streckte sich dann unter Schluchzern. Ich sah Blitze hinter meinen verschlossenen Augen und ergab mich der Wucht meines Ganzkörper-Orgasmus.

Sarah bedankte sich bei mir, aber ich hörte nichts. Ich fiel auf den Teppich, zerrissen, leer, erledigt.

Übersetzung: Laura Méritt

Foto: Annie Sprinkle

A

Accuvibe

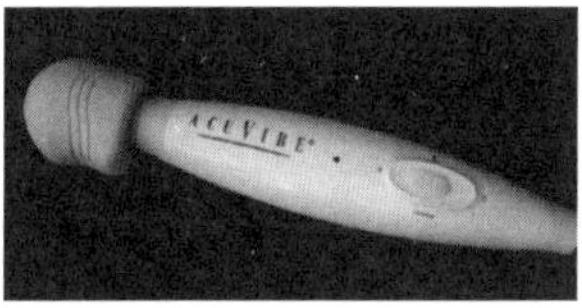

Zweistufiger → Stabvibrator aus den USA, der daher einen Adapter benötigt, um sich an den Stromkreislauf anzupassen. Er ist kabellos und für neun Stunden aufladbar, kann also problemlos ins Picknickkörbchen und mit auf die Wiese. Alle zwanzig Minuten bitte eine Abkühlpause einlegen! Der lila Kopf des → Massagegerätes ist nicht ganz so flexibel wie der des → Zauberstabes und sollte vorsichtig gehandhabt werden. Dessen Aufsätze für die → G-Fläche und den → Analbereich müssen außerdem mit einer Socke oder einem Nylonstrumpf gestopft werden, damit sie passen. Striptease also inklusive!

Adams Family

Der Sippe zugehörig sind auch → New Yorker, Prinzessin, → Lil und Pal. Die → naturalistischen Dildos von → Scorpio Production sind aus besonders weichem → Silikon. Es empfiehlt sich, beim Einspannen der Dildos in einen Gürtel Gummiringe zu verwenden, damit das weiche Material nicht bricht. Ein Adam der Größe 4 oder 5 eignet sich deshalb in Kombination mit Übergewicht nicht für den Gebrauch im Gürtel.

Alligator-Klemmen

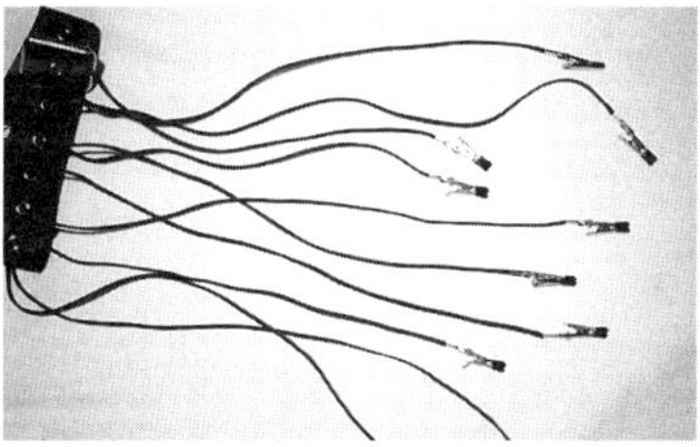

Dieses Brustnippel-Spielzeug hat breite, flache Zangen, die mit einer Schraube festgedreht werden. So kann man auch den Klemmgrad einstellen. Der Name Alligator kommt von den Zähnen auf dem Clip, dessen Enden aber mit Vinyl-Kappen ausgepolstert werden können.

Anal

Unser Allerwertester ist mit zahlreichen sensiblen Nervenenden versehen. Eine anale Stimulation wird deshalb von vielen als genauso entzückend empfunden wie eine genitale. → Analstöpsel sind ideal für eine Prostata-Massage, die sexuellen Genuß wie sexuelle Gesundheit garantiert. Anales Spielzeug sollte aus Sicherheitsgründen eine weiche, saumlose Oberfläche und einen Sockel haben, der das rektale Entschwinden vermeidet.

Beim Kauf eines Analspielzeuges fragen Sie sich, ob Sie gerne ein oder zwei Finger in den Arsch reinstecken. Mögen Sie es, den Finger vor- und zurückzubewegen oder lieber ruhig zu halten? Bewegungsfreudige können sich mit → Analperlen, Dildos oder schlanken → Buttplugs anfreunden. Die Ruhebedürftigen können sich mit einem pyramiden- oder rhombusförmigen Stöpsel ausruhen und still genießen. Falls Sie schon einen Vibrator haben, testen Sie die Reaktionen am Eingang.

Anale Einführung

Nicht nur für „Anal"-phabetInnen ist die Vorbereitung wichtig. Entspannung ist die Voraussetzung für ein freudiges Erleben und Genießen. Lassen Sie sich genug Zeit, Ihre Schließmuskeln zu entspannen. Benutzen Sie großzügig Gleitmittel. Führen Sie nur glattes Spielzeug ein, das einen Sockel hat und daher nicht außer Acht geraten kann. Falls der Dildo länger als 10 cm ist, sollte er aus flexiblem, weichem Material sein, damit er sich in die rektalen Kurven legen kann. Bei Lochwanderungen immer ein neues Gummi aufziehen bzw. das Spielzeug waschen gehen! → Safer-Sex

Anal-Gürtel

→ Analstöpsel können in Extra-Vorrichtungen im Gürtel getragen werden, die entweder fest integriert sind oder bei Bedarf in den Gürtel eingelegt werden. Es existieren auch Gürtel für die anale Trägerschaft. Pyramiden oder rhombenförmige Analstöpsel eignen sich nicht zum Einspannen in einen Gürtel, falls Sie mit einer anderen Person spielen wollen.

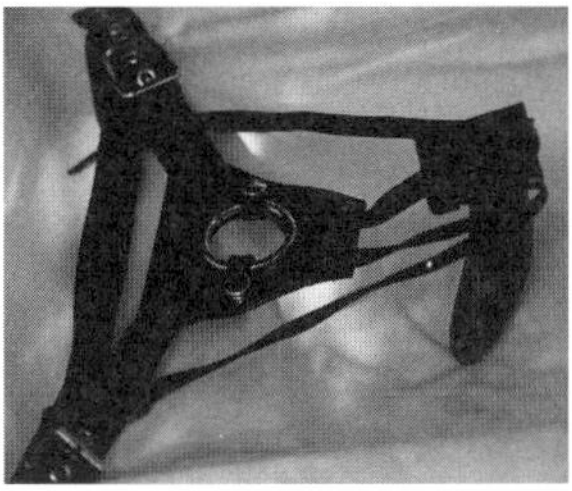

Diese Formen sind nicht zum wiederholten Stoßen durch die Analöffnung gedacht, sondern möchten in Ruhe gelassen werden, wenn sie ihren Platz erreicht haben. Es empfehlen sich leicht geneigte Dildos, die sich den rektalen Kurven anpassen. Beziehen Sie das Fassungsvermögen Ihrer PartnerIn für die Größe und den Durchmesser mit ein. Überlegen Sie, wieviele Finger schon Visite gemacht haben, und rechnen Sie ein paar Zentimeter für den Gürtel dazu. Wenn Sie unterschiedliche Körpergößen haben, kommen Sie mit Extralängen außerdem besser ran.

Analkugeln

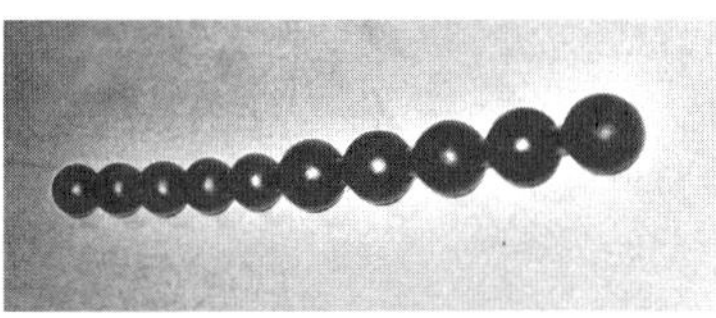

Diejenigen, die das Gefühl mögen, wenn sich der Sphinkter-Analmuskel entspannt, damit etwas reinschlüpfen kann, können mit mehreren aufgereihten Kugeln wiederholt aufjauchzen. Aufgepaßt bei Plastikkugeln mit scharfen Nähten, die außerdem schwer zu reinigen sind. Ganz in → Silikon getauchte Kugeln sind hygienisch und empfehlenswert.

Analperlen

Allein zuzuschauen, wie die einzelnen Perlen der Kette im Loch verschwinden, oder sie reinzustecken und rauszuziehen ist ein Schmaus. Manche lieben es beim Orgasmus, die Perlen mit Schwung zu entfernen, und verstärken dadurch die Kontraktionen. Andere ziehen die Perlen lieber einzeln raus und wandeln es in ein Vor- oder Nachspiel um. Perlenketten aus Gummi sind porös und sollten mit einem Kondom überzogen werden, das um die letzte Perle verknotet wird. Wenn die Perlen auf einer Baumwoll- statt auf einer Nylonschnur aufgereiht sind, empfiehlt sich das gleiche aus Gründen der Hygiene.

Anal-Pleaser

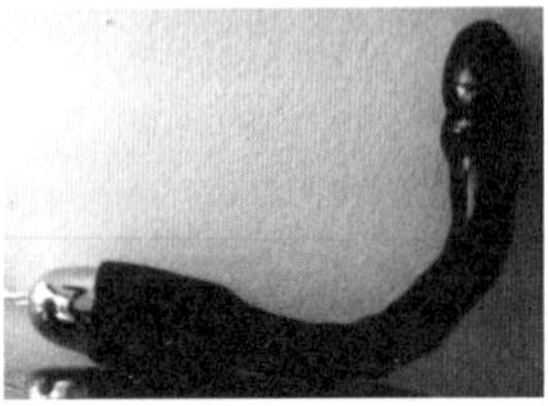

[engl. to please: arsch-freundlich] Vibrator aus Gummi mit einem verstellbaren Rückgrat, das sich gezielt auf die zu erreichenden Punkte und Flächen einstellen läßt und daher auch möseal gut kommt.

Anal-Stöpsel

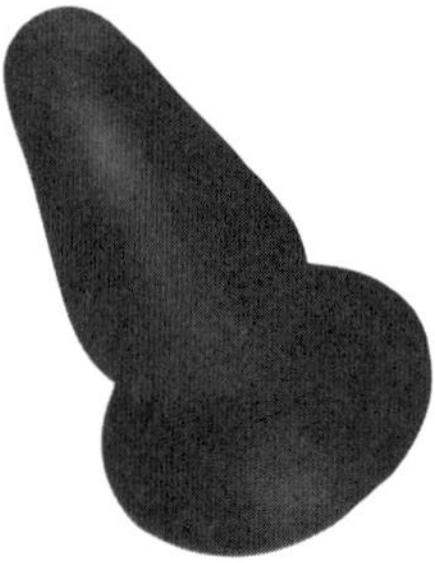

Das Spielzeug ist speziell für den analen Genuß konstruiert und sollte immer einen Sockel haben, damit es nicht im langen Darmkanal verloren geht.
Arschstöpsel [engl. → Buttplugs] üben Druck aus und vermitteln das Gefühl des Ausgefülltseins, was viele schätzen und beim Masturbieren, Penetrieren (vaginal) oder „Oralieren" einsetzen, also wenn Sie sich mit dem Mund zu schaffen machen. Mit einem analen Spielzeug versüßen sich manche auch den monotonen Alltag.

Einige Stöpsel sehen wie Pyramiden aus, die auf einer schmalen Säule stehen. Diese Stöpsel sind „pret-à-porter", also gut zu tragen. Hat der Schließmuskel die breiteste Stelle verdaut, umgibt er den schmalen Hals, und der Rest wird vom Körper gehalten. Andere beliebte Formen sind → Wellen oder Tannenbäume, deren Enden immer größer werden. So kann der Anus sich auf jede Welle einzeln freuen, sich wiederholt an- und entspannen und sich langsam dehnen. Struktur zum Erspüren bieten auch → Korkenzieher mit unterschiedlichen Ausformungen über den Schaft hinweg oder auf eine Schnur gezogene Perlen, die man lustvoll rein- und rausploppen lassen kann.

Manche ziehen es vor, einen glatten Dildo einzuführen und ganz ruhig zu spüren. Beim Aufnehmen sollte man darauf achten, daß der Dildo zur Vorderseite des Körpers zeigt. Die breiteste Stelle läßt sich durch leichte Drehung bereitwillig überspringen und auch beim Rausgehen langsam mit Wackeln aus dem Schließmuskel helfen.

Anal-Vibratoren

Vibrationen sind eine willkommene Vorbereitung auf die anale Penetration und sind auch währenddessen gern gesehen. Milliarden von Nervenenden können nicht irren. Sie sind genauso kitzelig wie ihre Schwestern von der Clit, und sie sitzen wie diese an der Öffnung und im vorderen Drittel. Ein vibrierender → Analstöpsel kann den Schließmuskel entspannen, so daß eventuell auftretende Widerstände abgelenkt werden. Anale Erregungen können mit → batterie- oder → netzbetriebenem Spielzeug intensiviert werden. Einfache → zylindrische Batterievibratoren sollten mindestens 17cm lang sein, so daß Sie diese die ganze Zeit festhalten können. Angenehmer zu handhaben sind Vibratoren mit externer Steuerung sowie einer Nabelschnur. Über die glatten Vibratoren können noch Noppen-, Rillen- und Perlenhüllen gestülpt werden, um so mit zusätzlichen Reizen zu experimentieren. Vibratoren mit Netzanschluß vermitteln eine kräftige und penetrierende Massage und stimulieren den ganzen Genitalbereich, Arsch inklusive. Hält man das Gerät an den Sockel eines Anal-Stöpsel, leitet dieser die Sensation weiter. Es existieren auch → doppelköpfige Massagestäbe, bei dem der eine Kopf für den Anus, der andere für die Genitalien zuständig ist. Die äußere Anwendung dieser sehr starken Vibratoren erreicht die gewünschte Beruhigung des Nervenkostüms und führt zu absolut entspannender Aufregung. Für die Prostata kann der → G-Flächen-Aufsatz genau der Richtige sein. Manchen ist er allerdings zu kurz. Prostata-Reize sollten durchschnittlich ca. 6-8cm lang sein und zur Körpervorderseite gerichtet werden. Analvibratoren sind für clitorale und vaginale Stimulation gleichermaßen geeignet.

Animus

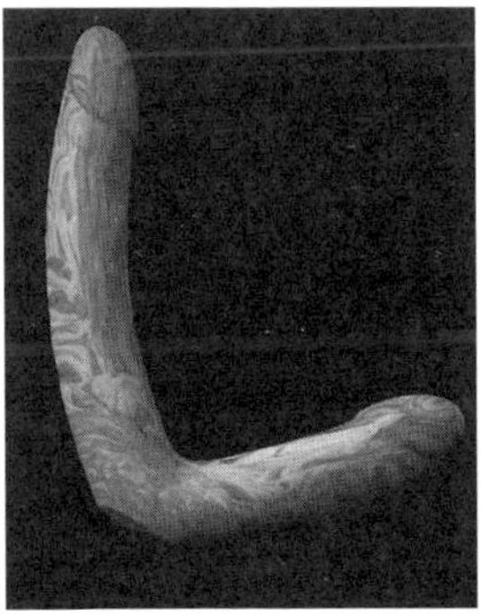

Schwanzförmiger → Doppeldildo aus → Silikon, der ergonomisch in der Möse Platz findet, so daß das andere Teil heraussteht. Er erlaubt diverse Stellungen, ohne daß die Enden immer rausflutschen. Die Dildos sind unterschiedlicher Länge, so daß sie auch einer einzelnen Person eine Auswahl bieten. Das andere Ende läßt sich gut als Steuer benutzen. Manche lieben es, den Animus ganz ohne Befestigung in der Unterhose zu tragen.

Artista

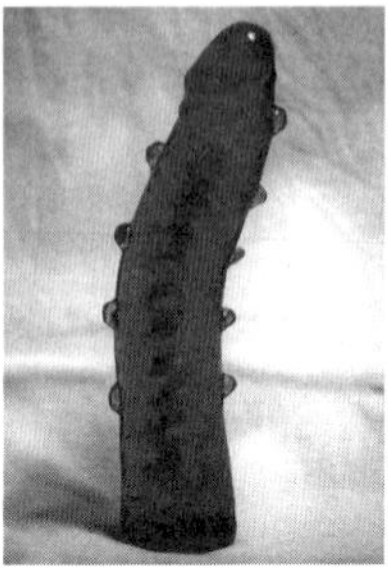

Besonders bewegliches Modell mit verstellbarem Rückgrat und kleinen Noppen auf der Oberfläche. Der Dildo kann so verbogen werden, daß er z.B. die → G-Fläche erreicht. Leider ist er ohne Sockel, also nicht in einen → Gürtel einzuspannen und nicht für anale Spielchen geeignet.

Artista-Doppel

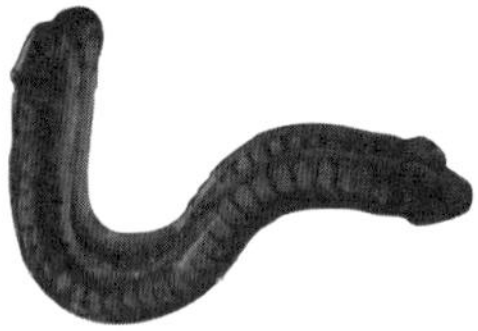

Doppeldildo aus → Jelly mit verstellbarem Rückgrat zur Vermeidung artistischer Stellungen.

Aufblasbare Dildos

Man führt sie anal oder vaginal ein und pumpt sie mit einer Handpumpe bis zu doppelter Größe auf. Oft dehnen sie sich aber einseitig aus und vermitteln nicht das erwartete Wachstum.

Aufsätze

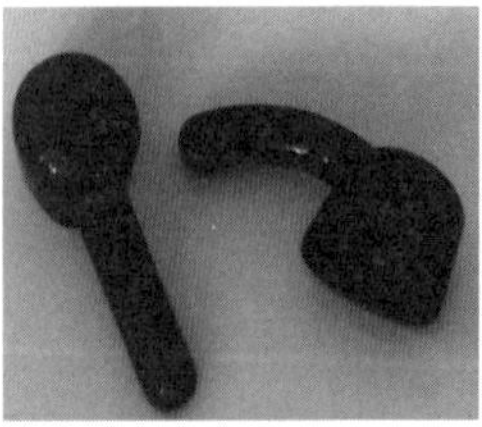

Es gibt sie entweder für → Gürtel, um zusätzliche Dildos unterzubringen, oder für → Vibratoren, mittels derer man besondere Flächen erfühlen oder besondere Reize erzeugen kann. → Zauberstab (Analaufsatz, G-Flächen-Aufsatz aus Gummi oder aus Silikon, Tulpen-Aufsatz für Dildo/Penis), → Eroszillator (Noppen-, Prickel-, Zungen- und Aufsatz für die Nippel).

B

Banane

Silikondildo aus dem Obstkörbchen ohne Verfallsdatum; als vitamimöse Südfrucht kann sie in verschiedenen Härtegraden eingesetzt werden und auch postkoital zur Stärkung dienen.

Batterie-Vibratoren

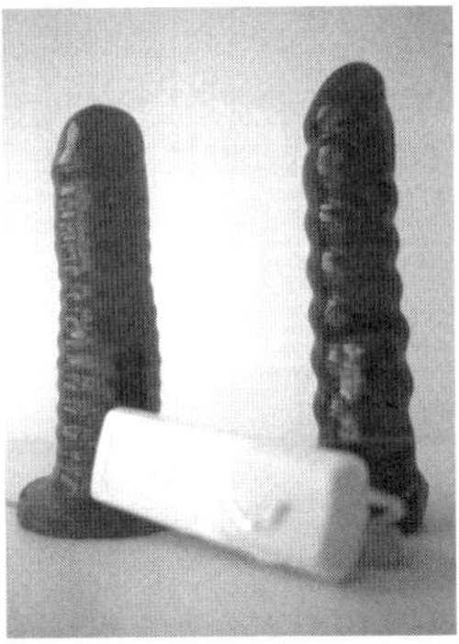

Klassische Batterie-Vibs sind das Lieblingsspielzeug der Nation. Sie sind praktisch und transportabel. Reserve-Batterien nicht vergessen! Frauen wie Männer genießen die angenehmen Vibrationen bei mösealer oder analer Einführung oder lassen sich äußerlich in Erregung ziehen. Die Intensität der Schwingungen kann je nach Art der verwendeten Batterien und deren Anzahl sehr unterschiedlich sein. Viele Vibratoren haben eine stufenlose Regelung, der Unterschied zwischen der niedrigsten und der größten Geschwindigkeitsstufe ist allerdings relativ gering. Wer lieber stärker unter Strom steht, greife zu → netzbetriebenen Vibratoren.

Ben-Wa-Kugeln

Die Kugeln aus Asien kreisen hierzulande zum Amüsement vieler Eingeweihter immer noch als Geschicklichkeitsübung in der Hand. Das entzückende Lächeln der Damen kommt allerdings kaum aus der Handfläche, sondern aus tieferen Regionen. → Kugeln

Bent with the Wind

[dt. im Wind gebogen] Peggy Hurst hat sich die Veränderung der Welt durch die sexuelle Energie der Frauen vorgenommen. Perfekt designte Dildos, die der weiblichen Anatomie gerecht werden, sind das Medium. Wer würde da nicht Trägerin der Dildo-Botschaft werden und die Philosophie der Lust mit pädagogischem Eros verbreiten? → Private Dancer, → Shakti, → Bumerang

BH-Einlagen, vibrierende

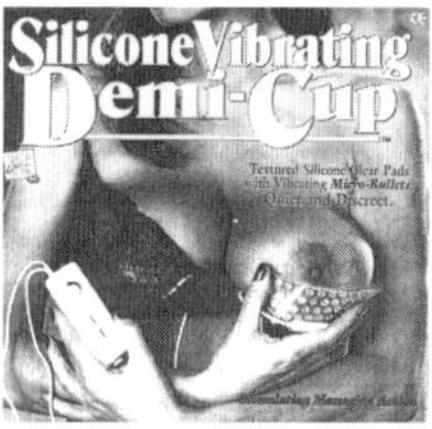

Sie passen in jeden BH und reizen mit Silikonnoppen. Die Nippel können sich ganz schön aufregen, wenn mit dem Steuergerät ordentlich Speed gegeben wird. Unterm T-Shirt nimmt's für Außenstehende obskure Formen an.

Billy

Der Aufreißer. → Naturalistischer Dildo aus → Silikon mit einer → Clit-Stimulation.

Birne

→ Edelstahlspielzeug in der Form einer Birne. Mit einer Schnur versehen kann erstmals ausgependelt werden, welche Person oder welche Öffnung die auserwählte ist. Das schwere Fallobst dient zur nötigen Bettschwere, aber auch zum Training der Mösen-Muskulatur. → PC-Muskel

Boa

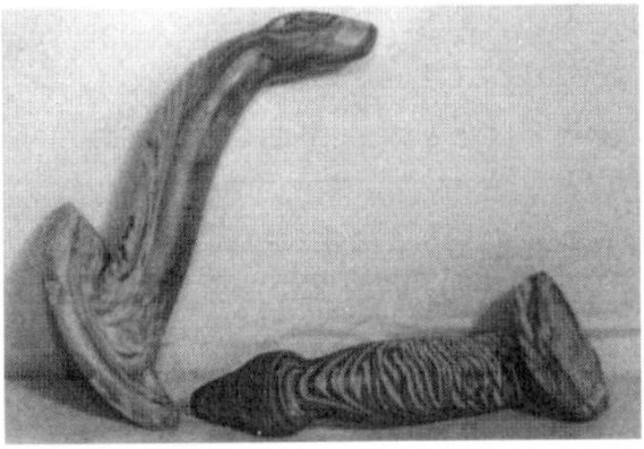

Diese paradiesische Schlange hängt gern an der Tür und züngelt den Ankömmlingen entgegen. Sie ist aber auch sehr beweglich und erforscht gern deren Innenleben auf alle Punkte und Flächen hin.

Boxer-Harness

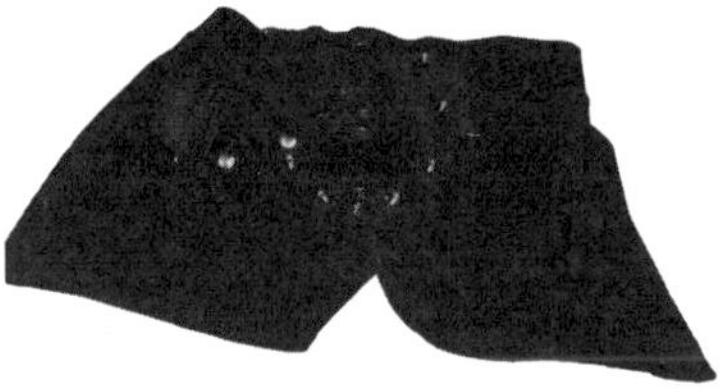

Boxer-Short mit abknöpfbarem Dildoschutz. Das sieht nicht nur schwer nach was aus, da ist dann auch was dahinter. → Packing

Bullseye

[dt. Bullauge] → Naturalistischer Dildo aus der Macho-Gruppe.

Bumerang

Doppeldildo aus → Silikon mit ergonomischer Form, die es erlaubt, eine Seite einzuführen und die andere rausstehen zu lassen. Sehr experimentierfreudig.

Butterfly

[dt. Schmetterling] Vibratoren, die mittels Riemchen wie ein Slip angezogen werden können. Der Schmetterling hat ein bis zwei Brummstellen, die direkt auf der Clit bzw. in den Möseneingang vibrieren, zuweilen mit kleinem Dildo. Er trägt sich ganz bequem beim Ausgehen, ist aber leider nicht schockresistent, um es in Kombination mit einem → Gürtel inkl. Dildo für eine andere Person zu tragen.

Buttplug

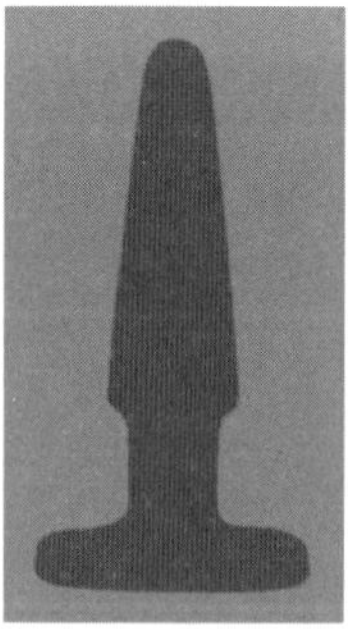

Auch Assplug [dt. Arschstöpsel], ist ein kurzer Gummistöpsel und wird als → Dildo für den Arsch benutzt. Er ist kegelförmig, verjüngt sich am unteren Ende, so daß sich der äußere Schließmuskel um den Nacken des Buttplugs legt und ihn festhält. Ein flacher, scheibenförmiger Sockel verhindert das Hereinrutschen in das Rektum. Wie Dildos bestehen Buttplugs aus verschiedenen Materialien und sind in unterschiedlichen Größen, Formen und Farben und auch → aufblasbar sowie als Vibrator erhältlich.

C

Camping-Gurt

Dildo-Gurt aus waschbarem Rucksackstoff, der nicht viel wiegt und ein praktisches Reise-Accessoire darstellt. Auch bei Diebstahl eher zu verschmerzen als das gute Stück zu Hause! Man fühlt sich allerdings immer ein bißchen an Mountain-Climbing erinnert, auch Bergsteigen genannt.

Cleopatra

Kurvenreicher Dildo aus → Plexiglas mit Extra-Ständer. Hier will man die einzelnen Formen der Schönen ganz genau erspüren. Ein sehr experimentierfreudiges Liebesleben wird Cleopatra nachgesagt, die sowohl vibrierende Papyrustüten zu genießen als auch mit reizvollen Gürteln umzugehen wußte.

Clit-Ball

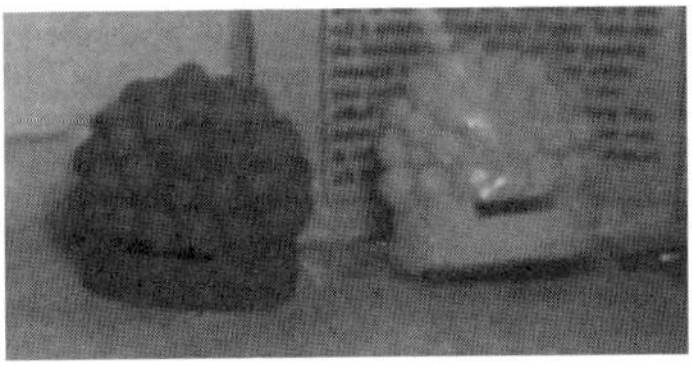

[dt. Clit-Bällchen] Das sehr weiche Bällchen aus → Silikon sieht wie eine Brombeere aus und kann zur Massage der Clit oder anderer Stellen verwendet werden. Gleitmittelgetränkt fühlt es sich sehr gut an und bringt manchen ein erstes Ereignis. Mittels eines Lederbändchens, das durch zwei Öffnungen im Sockel des

Bällchens gezogen wird, ist es möglich, das Bällchen an einem Dildo oder einem Vibrator zu befestigen. So können diese zur Freude der Clit aufgerüstet werden. Ganz alltäglich läßt sich das Bällchen dezent in der Unterhose tragen und vermittelt angenehme Gefühle beim Spaziergang. Man kann es auch im → Gürtel an einem Riemchen befestigen.

Clit-Clip

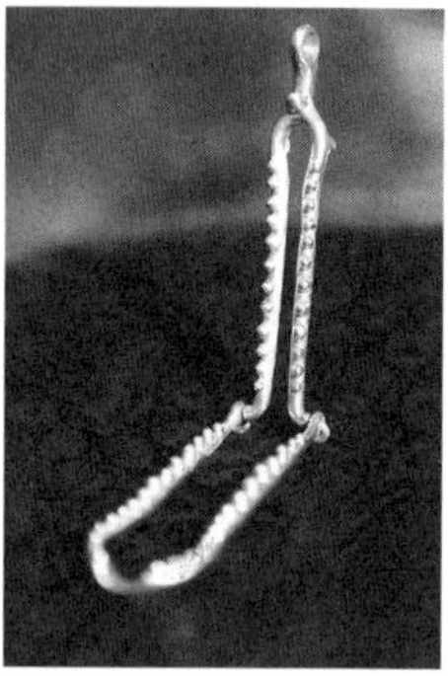

Diese Mösenspange wurde exklusiv von Biank Rodalquilar kreiert (s.S. 66). Die großen Lippen werden darin eingespannt, aufgeklappt und der Bügel geschlossen. Einge gewisse Spannung und Sensibilisierung wird dadurch erzeugt. Bei jeder Bewegung wird frau an dieses Spielzeug zwischen den Beinen erinnert. Jeder Schritt wird zum Schreiten, das Niederlassen in einem Sessel zum Genuß, der Körper zeitlupenhaft empfunden.

Clit Lane

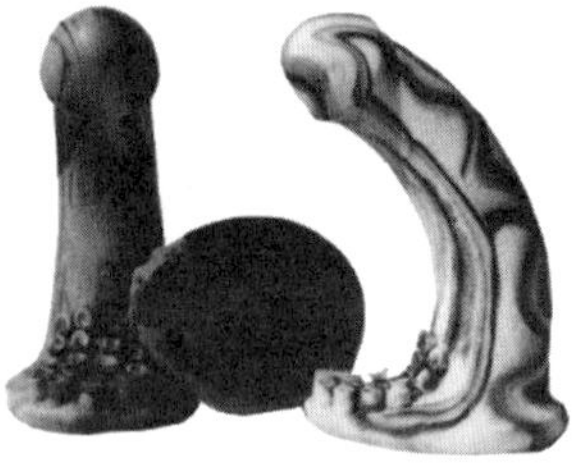

[dt. Clit-Gasse] → G-Flächen-Dildo mit besonders geneigter Form aus → Silikon; Noppensockel zur → Clit-Stimulation, der auch als Seifenhalter im Bad dienlich ist. Ein Hohlraum bietet Vibrationen Entfaltungsmöglichkeit.

Clit-Spiel

Bezeichnung für ein am Vibrator oder Dildo anzubringendes oder fest angebrachtes Accessoire, das zur Stimulation der Clitoris dient. Die Reizung kann man für sich selbst und/oder für eine andere Person auch im → Gürtel gebrauchen. → Reizringe

Clit-Stimulation

Meist sind dies über Dildo oder Schwanz überzuziehende Ringe mit vibrierenden Patronen oder ähnlichem, die durch eine Schnur mit einem Batteriekästchen verbunden sind. Der Stein des Anstoßes liegt bei aller gutgemeinten Stimulation eben in der Bewegung. Je heftiger die Personen in Aktion sind, um so eher kommt es zu Wackelkontakten und Störungen. Am besten also schön stillhalten.

Cockringe

[engl. cock = Schwanz] Ringe aus Gummi, Metall oder Leder, die auf den Schwanz aufgezogen werden und das Blut zwar hinein-, aber nur schlecht wieder hinauslassen. Darüber hinaus sehen sie auch recht hübsch aus. Die Ringe sind auch Bestandteil von → Gürteln, in die man Dildos einspannen und damit fixieren kann. Cockringe aus Leder oder Gummi existieren als einfache Bändchen, als Zwillinge (zweifache) oder Trillinge u.v.m. bis hin zu ganzen Schnürkorsagen für den Schwanz, die zuweilen einen Workshop erfordern, um sie sachgerecht anzulegen.

Commander

[dt. Befehlshaber] Der → naturalistische Dildo versteckt sich im modischen Camouflage-Look. Wenn nötig, kann er in tiefe Abgründe vorstoßen, dazu trägt er einen Helm. Für Military-Spielchen oder zur sozialen Abrüstung wunderbar einsetzbar.

Cop-Gurt

Wer schon immer mal Polizistin oder Geheimagentin à la Jane Bond oder Emma Peel spielen wollte, sollte sich dieses Ausgeh-Utensil zulegen.

Man ist immer gerüstet, kann den Dildo bei Bedarf mit entsprechender Hüftbewegung unter der Achsel ziehen und in anderen Fällen auch das Handy reinpacken.

Cowgirl

Für Western-Fans das allerschönste Toy mit eingearbeiteten Details wie Cowboyhut, -stiefel und Lasso. Dazu kann man dem geliebten Pferdchen dann ordentlich die Sporen geben.

Crystal Anos

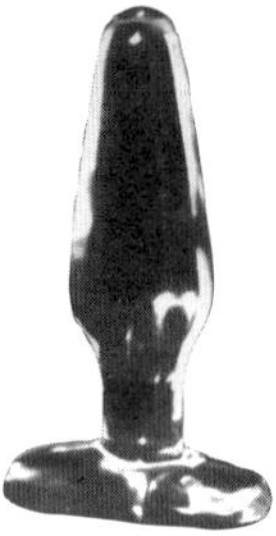

Kristallklarer → Analstöpsel aus → Plexiglas in einer typischen Analform für stille GenießerInnen.

Crystal Hook

[dt. Kristallhaken] Multifunktionaler → G-Flächen-Dildo aus → Plexiglas. Die eine Seite ist schwanzförmig und als → naturalistisches Spielzeug einsetzbar, die andere Seite kann als praktischer Griff gehandhabt werden oder zur → G-Flächen-Stimulation dienen.

Cybercock

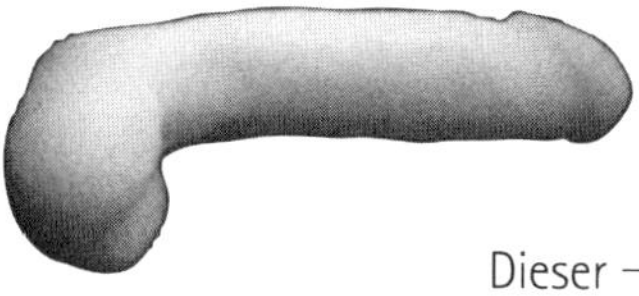

Dieser → naturalistiche Dildo besteht aus → Cyberskin und fühlt sich wie Haut an. Bei geschickter Plazierung wird die Clit zwischen den Eiern stimuliert, und ein Märchen aus tausendundeiner Nacht wird wahr.

Cyberdoppel

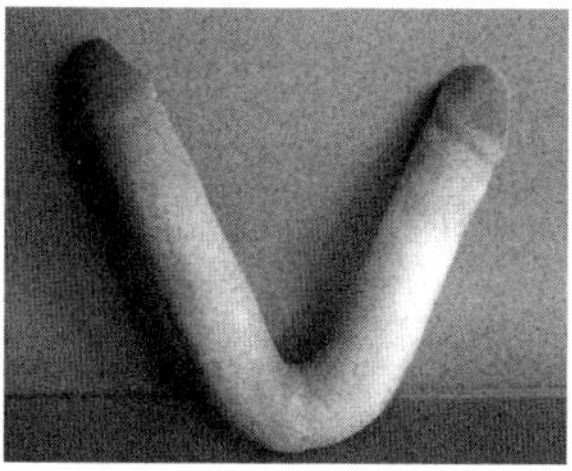

→ Doppeldildo aus → Cyberskin, der ein bewegliches Gelenk besitzt, mit dem beliebige Winkel einstellbar sind. Sehr benutzerinnenfreundlich.

Cyberskin

[engl. skin = Haut] Ein neuartiges Material, das sich „thermales Plastik" nennt und aus einer Mischung aus Silikon und PVC besteht. Es hat innen einen harten Kern und außen eine weiche Schicht, die sich hautähnlich anfühlt. Sie gibt nach, ist sehr strapazierfähig und erwärmt sich beim Einführen. Spielzeug aus Cyberskin bedarf der Pflege, sonst nützt es sich wie Radiergummi ab. Also bitte: waschen, legen, fönen! Es gibt Extra-Puder für das gute Stück, was ein bißchen an vergangene höfische Zeiten erinnert! Spannt man die Cybertoys in einen Gürtel ein, empfiehlt es sich wegen des weichen Materials, Gummiringe zu verwenden.

D

Dammit

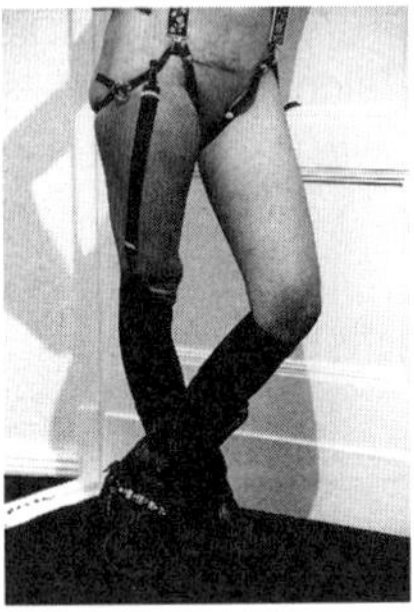

[dt. verdammt] Das Wortspiel bezeichnet den sicheren Zustand beim → Safer-Sex, den man mit Hilfe der → Dentaldämme erreichen kann und dann regelrecht verdammt ist. Die Lederstrapse dienen der Befestigung der Leckläppchen, damit die Hände frei für andere Tätigkeiten bleiben.

Delphin

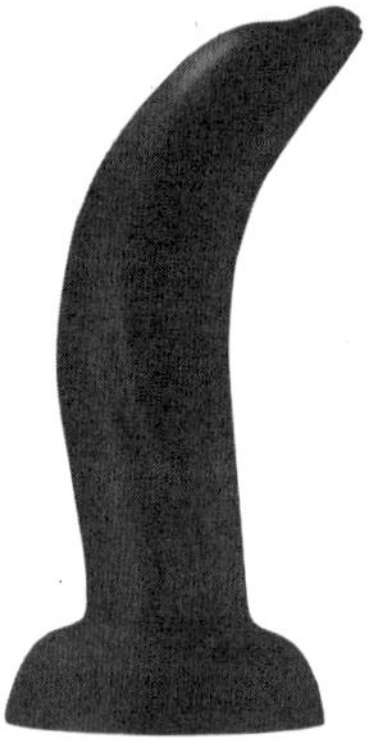

[gr. delphi = Gebärmutter] Dildo aus Silikon. Wenn die Priesterin sich breitbeinig hinstellte, um das berühmte Orakel von Delphi zu erfahren, dann las sie dieses aus den Säften der Möse. Delphine und → Wale gelten seit jeher als Fruchtbarkeitssymbole, die gleichzeitig für Intelligenz und Kreativität stehen. Die Formen waren mit der → Schwimmerin die ersten drei Spielzeuge aus → Silikon, die in den Siebzigern von „Dills for Does" designt wurden. Mittlerweile gehört der Delphin zur Basisausrüstung einer jeder Dildothek und ist zum beliebtesten Spielzeug der Nation gekürt.

Dental Dam

[dt. Dentaldamm] Ursprünglich wurde dieses viereckige Gummiflies in der Zahnmedizin eingesetzt, um bei der Amalgamentfernung das Verschlucken von gefährlichen Resten zu vermeiden. Wie es nun im Aids-Zeitalter den Aufstieg in die Sexualabteilung geschafft hat, bleibt

nicht nachvollziehbar. Die Dentaldämme sind äußerst ungeeignet für den Leckverkehr, da sie nicht nur pirellireifen-dick sind und hier tatsächlich nichts mehr zu spüren ist, das Material läßt sich auch schwierig auseinanderziehen, und die viereckige Form ist äußerst ungünstig zwischen den Beinen zu plazieren. Auch die beibehaltene Bezeichnung „Dentaldamm" zur Praktizierung von → Safer-Sex bei Frauen läßt nicht gerade Lust aufkommen. Eine praktikable Lösung für Safer Oralsex gegen Bakterien, Viren und andere Krankheiten stellen Leckläppchen dar, die → Lollies genannt werden.

Dildo

Das Wort Dildo leitet sich und seine Funktion aus dem Lateinischen dilettare = erquicken, erlaben ab. In früheren Zeiten wurden Dildos bei der Sexualerziehung eingesetzt, damit das erste Mal nicht schmerzhaft, sondern lustvoll erlebt werden konnte. Dildos sind auch hervorragende Geburtshelferinnen, da sie die Vaginalmuskeln dehnen und trainieren. Dildos vibrieren nicht von alleine. Manche haben einen Hohlraum für ein vibrierendes → Ei und können nach Wunsch zum → Vibrator werden. Dildos mit einem Sockel liegen gut in der Hand und können in einen → Gürtel eingespannt werden. → Harikata

Dildo-Ball

Auf einem aufblasbaren Gummiball ist ein Dildo angebracht, auf dem man hüpfen und reiten kann. Die Bewegungen verleihen dem Dildo die nötigen Schwingungen und entsprechende Stoßkraft. Es läßt sich auch ein Gesundheitsball präparieren, indem ein Klettgurt mit einfügbarem Dildo angebracht wird.

Dildo-Bewußtsein

Die Kraft der Einbildung unterscheidet uns von der tierischen Sexwelt. Imagination ist ein Bewußtseinszustand, in dem Grenzen jeglicher Art überschritten werden können. Sobald Sie einen Dildo angelegt haben, werden Sie unwillkürlich in die Magie dieser Visualisierung einbezogen werden. Je nachdem wie sehr Sie sich einlassen können, werden Sie Empfindungen spüren, als wäre es ein lebender Teil Ihres Körpers. Dann haben Sie Zugang zu der Empathie und dem Verständnis aus der Perspektive einer anderen Person erlangt. Sie haben sich selbst bereichert.

Dildo-Blasen

In Rollenspielen läßt sich das Liebkosen eines Dildos hervorragend einsetzen und Phantasien ausleben. Hier können Sie als Schwuler Ihrem Freund einen blasen, als Frau Ihrer Freundin den Schwanz saugen oder Ihrem Freund beim Fellatio zugucken und und und ...

Dildo-Neid

Dieses Freudsche Phänomen kommt in den besten Familien vor. Freunden Sie sich mit dem Liebling Ihrer PartnerIn an und ergründen Sie die Bedürfnisse Ihrer Geliebten. Vielleicht können Sie bald schon selbst mit dem Dildo umgehen und sich selbst und/oder Ihre PartnerIn beglücken. Dann haben Sie es und sich wieder in der Hand.

Dildo-Sack

In einen schweren, mit Schrot gefüllten Ledersack wird der ausgewählte Dildo in die Vorrichtung gespannt und in die gewünschte Position gebracht. Die Schwere des Sacks verhindert, daß dieser oder der Winkel verrutschen, und Sie können freihändig hoppeln.

Diva

Dilda mit einer Botticelli-Frauenfigur, die mal mit und ohne Clit-Spiel ausgeht und wie alle Diven sehr dekorativ in der Wohnung rumstehen kann.

Doppeldildo

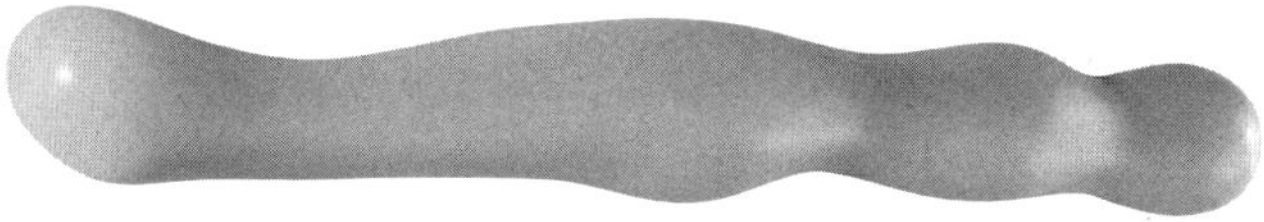

Er besteht aus einem 30-50cm langen Schaft mit einem Kopf an jedem Ende. Gedacht ist, daß eine Person das eine Ende vaginal oder anal einführt und eine zweite Person das andere, um sich zum gemeinsamen Orgasmus zu schaukeln. Schon der einzelne Orgasmus will hier hart erarbeitet sein, und eine Person muß allemal Hand anlegen. Bei der Wahl des Doppeldildos sollte daher auf eine ausreichende Länge geachtet werden, damit ein gewisser Spielraum und Zugriffsmöglichkeiten gegeben sind und die Enden nicht immer rausflutschen. Das Gerangel um Gleichberechtigung kann so vermieden werden. Paare mit unterschiedlichen Präferenzen werden zu einem Doppeldildo mit verschieden großen Enden und/oder Formen greifen, so daß man auch für den Eigenbedarf zwei Modelle zur Auswahl hat. Ergonomische Formen und/oder Gelenke erlauben zudem größere Bewegungsfreiheit. Denken Sie daran, daß bei allen artistischen doppelten Rittbergern auch noch → vibrierende Einsätze mit ins Spiel gebracht werden können, z.B. → Animus, Artista, Bumerang, Cyberdoppel, Duett, Nexus, Wünschelstab, Wünschelrute. Doppeldildos finden sich schon im Paleolithikum, damals noch in Form von geschnitzten Schwänzen und archäologisch als Ritualobjekte definiert. Manche prähistorischen Doppelstäbe haben sogar schon benutzerinnenfreundliche Griffe oder eine Öffnung, die zur Befestigung eines → Gürtels diente. → Geschirr

Doppelgürtel

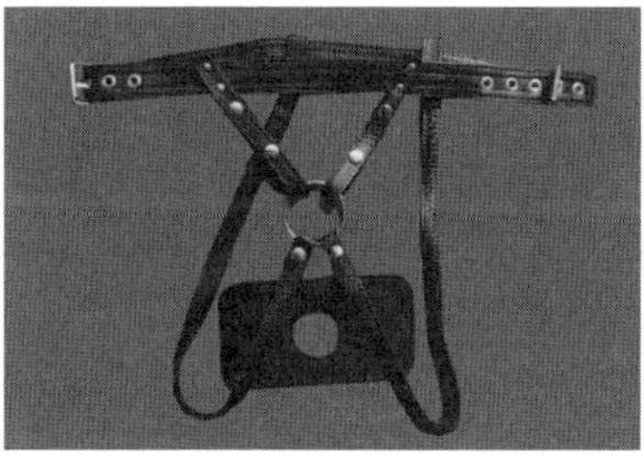

→ Gürtel, in die zwei Dildos eingespannt werden können. → Doppeldildos lassen sich je nach Form ebenfalls einspannen. Es existieren Gürtel, die eine zweite Vorrichtung fest integriert haben und bei denen ein Klettverschluß den zusätzlichen Dildo hält. Andere Gürtel haben die Möglichkeit, einen → Aufsatz für weitere Dildos durch die vorhandenen Riemchen einzuspannen.

Doppelkopf

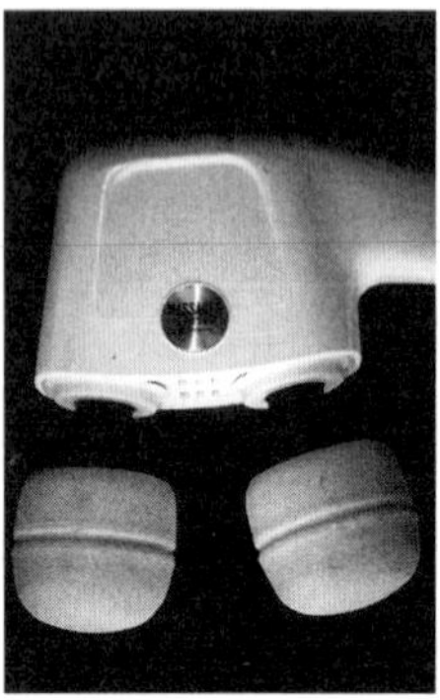

Der schwere, starke → Stabvibrator hat zwei Tennisball-Köpfe, die auf zwei Geschwindigkeiten laut vibrieren. Der Abstand zwischen den beiden ist so, daß sowohl anal als auch genital ordentlich was rüberkommt. Mit den zusätzlichen Aufsätzen werden multiple Penetrationen und Vibrationen möglich! Wenn Sie ein Mann sind, paßt Ihr Schwanz ganz und genau zwischen die Köpfe, aber Vorsicht ist geboten: Er könnte zerrieben werden. Die Intensität reicht für zwei Personen, und die Kopfwinkel erlauben dies perfekt. Falls Sie Ihre Rückenschmerzen nicht schon vergessen haben, könnten Sie diese links und rechts der Wirbelsäule entlang zum Hinschmelzen bringen.

Doppelvibratoren

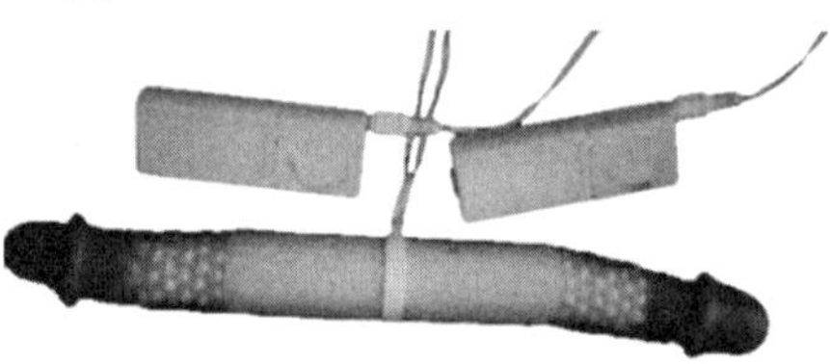

Zwei miteinander verbundene Vibratoren lassen sich von den zwei Beteiligten getrennt regulieren, so daß jede Person ihre eigene Steuerfrau ist. Das Vergnügen kann ganz auf Seiten der Mösen sein (vaginal/vaginal) oder arschfröhlich daherkommen (anal/anal), auch anal-vaginale Kombinationen versprechen Wohlergehen. Wenn die Spitzen eingeführt sind, können Sie zur besseren Handhabung in die Mitte fassen und mit oder ohne Vibrationen den Vergnügungsstab hin- und herbewegen. Leider sind die Doppelvibratoren oft viel zu klein konstruiert, ein Gerangel um mehr bleibt da nicht aus.

Duett

Silikon-Doppeldildo in leichter Wellenform, der relativ starrköpfig ist. Man wünscht sich zuweilen ein weicheres Vorgehen oder mehr Flexibilität. Manche mögen jedoch die Gradlinigkeit des Hardliners.

Duale Vibratoren (2- bis 3fache Vibrationen)

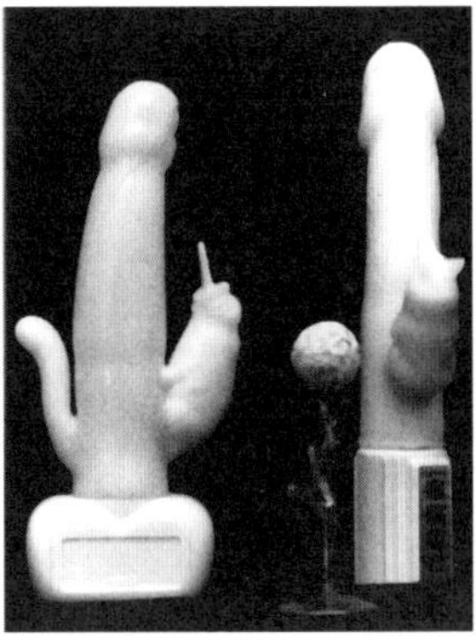

Sie sind für mehrere Bereiche in rührender Weise zuständig, entweder in der Kombination clitoral/vaginal oder vaginal/anal. Aus Fernost eingewandert, kommen sie in ganz entzückenden verspielten Tierformen zum Einsatz. Hintergrund ist das japanische Verbot, Genitalien abzubilden, was die Phantasie der ProduzentInnen anregte. Tip: Führen Sie den mit Gleitmittel befeuchteten Dildo ein, während der Vibrator ausgeschaltet ist. Drehen Sie dann die Regelung langsam auf, und halten Sie den Vibrator fest, damit er nicht rausrutscht. Er bleibt auch da, wo er hingehört, wenn Sie ganz vornehm Ihre Beine übereinanderschlagen, während Sie auf dem Rücken liegen. Wenn Sie brav Ihre → PC-Muskeln trainiert haben, können Sie den Vibrator in sich halten und sogar die Vibrationen zum Anhalten bringen. Die clitoralen Vibrationen können Sie aber auch verstärken, indem Sie mit der Hand Druck auf das zuständige Tierchen ausüben. → Perlen-Vibratoren

Durchmesser

Er stellt einen durchaus wichtigen Aspekt dar, denn man kann ihn nicht wie die Länge eines Dildos manipulieren, indem man ihn z.B. nicht ganz reinsteckt. Mit der Zeit empfiehlt es sich, diverse Durchmesser für diverse Gelegenheiten und vor allem Zustände in der Spielzeugkiste parat zu haben. Dazu passend sind die Ringe in diversen Durchmessern zu haben, die beim Tragen von → Dildos im → Gürtel noch zusätzlich stabilisieren.

Duschaufsatz

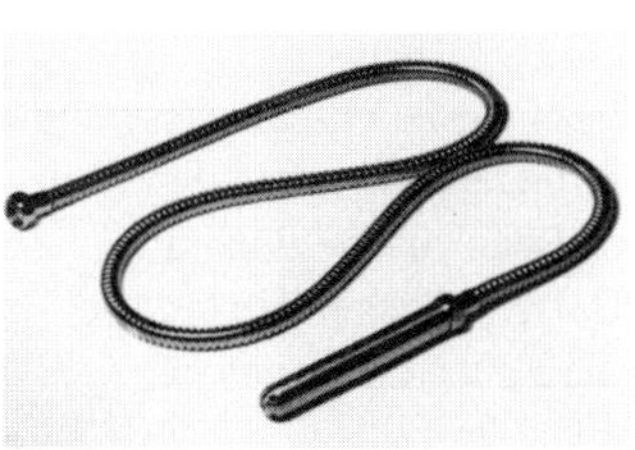

Aluminium-Aufsatz, der auf jedes Gewinde im Bad paßt und Wasser in die Möse oder Darm sprenkelt. So läßt sich nicht nur eine „Intim-Dusche" lustvoll durchführen, es vermittelt zusätzlich das Gefühl einer Fontäne oder eines Wasserspiels. Vorsicht bei unterschiedlichen Druckverhältnissen oder unregelmäßigen Temperaturschüben, das kann unangenehm werden!

E

Edelstahl

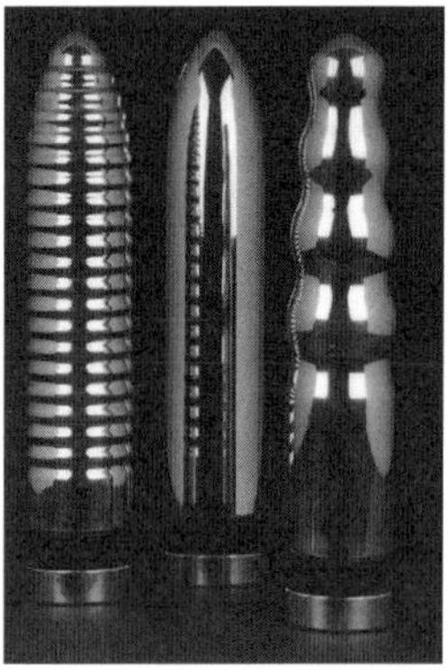

Spielzeug aus Edelstahl strahlt eine kühle Erotik aus. Die Schmuckstücke erwärmen sich aber sehr schnell und halten die Temperatur. Einige Spielzeuge sind extra für AllergikerInnen behandelt und nickelfrei.

Edelstahldildos

Sie sind nicht nur echt cool, sondern auch noch heavy, also schwere Typen. Diese schönen Dildos werden von vielen gerade wegen ihrer Gewichtigkeit geschätzt, weil sie dadurch ein angenehmes Gefühl der Fülle vermitteln und manch einer die nötige Bettschwere bescheren. Wer mit ihnen spielen will, sollte aber vorsichtig damit umgehen, damit keine Verletzungen entstehen.

Eier

Eier sind nun mal weibliche Fruchtbarkeitssymbole und lassen sich ehrerbietend einsetzen. Ein vibrierendes Ei kann einen Dildo zu einem Vibrator machen, in einem Gürteltäschchen ein bis zwei Personen in Erregung ziehen oder auch ganz eigennützig Schwingungen verbreiten. Sie können das Ei unerkannt unter Ihrer Kleidung spazieren tragen und bei Bedarf z.B. von Ihrer Hosentasche aus an- und abstellen. Es läßt sich auch wunderbar mit anderen Spielzeugen wie z.B. einem → Dildo kombinieren. Ziehen Sie nicht an der Schnur, wenn Sie das Ei rausziehen wollen. Es könnte kaputt gehen. Gehen Sie in die Hocke, entspannen Sie Ihre Muskeln und greifen mit den Fingern danach, während Sie ausatmen. Eier in steinerner Ausführung beispielsweise lassen sich einführen und das Spüren lernen. Geburtsvorbereitungen werden zuweilen mit immer größeren Dimensionen bis zum Straußenei gemacht. Sie können das Ei auch auf ein Kissen betten, sich drüber setzen und brüten oder versuchen, es mit der Möse aufzunehmen.

Elefant

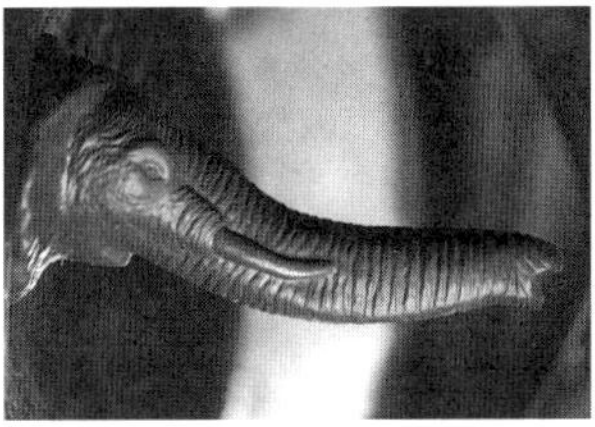

Diese majestätischen Tiere gelten als besonders potente LiebhaberInnen. Als → strukturierter Silikondildo ist das dickhäutige Modell für größere Auffangbecken genau das Passende. Der große Kopf mit den schönen Ohren ist allerdings nicht für Gürtel geeignet.

Engelchen

Dieser Engel kommt als Sexspielzeug natürlich wie berufen. Die → batteriebetriebenen Vibratoren aus → Silikon wollen himmliches Vergnügen bereiten. Die Form ist nicht ausschlaggebend, es macht allein die Vibration.

Eroscillator

Dieser → netzbetriebene Vibrator hat den bronzenen Charme einer Zahnbürste, vier Meter Leine, dreistufige Schwingungen und vier verschiedene Aufsätzen: einen Perlenprickel, eine Lustzunge, einen geriffelten Reizkopf und Trichternoppen (für die Nippel, was sonst!).

Schweizer Präzision (vermutlich landeseigene Sexualkenntnisse) ist hier sieben Jahre lang eingeflossen und hat uns den oszillierenden Kopf beschert, der sechsunddreißigtausendmal pro Minute schwingt. Das brachte den SchweizerInnen leichtere, schnellere und bessere Orgasmen. Wer hätte das gedacht!

Explorer

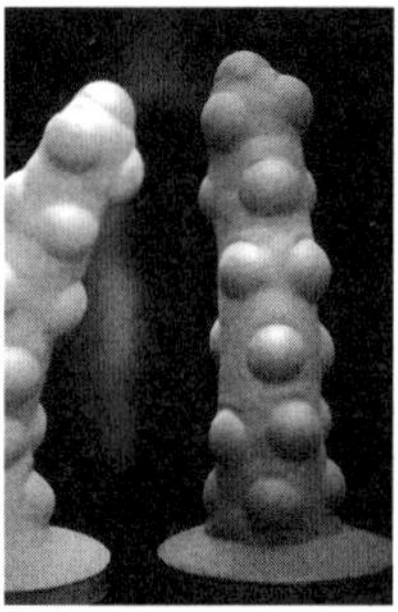

[dt. Erforscher] Dieser Dildo mit ausgeprägten Halbkugeln ist ganz hervorragend dafür geeignet, die Möse das einzelne Erspüren der Mondlandschaft zu lehren.

F

Familienjuwel

Das „beste Stück" ist heutzutage der Lieblingsdildo aus dem Spielzeugköfferchen. Vor vielen, vielen Jahren produzierte ein amerikanisches Ehepaar unter diesem Namen die ersten sehr realistischen Schwänze mit zart gepinselten blauen Adern und Säcken. „Family Jewels" waren es auch, die verschiedene Hauttöne von der Eichel bis zum Schaft verteilten und generell drei Tönungen einbrachten, nämlich kaukasisch, mulattisch und schwarz.

Farben der Erotik: gelb – blau – rot – schwarz

Rot ist und bleibt die Farbe Nummer eins für die Erotik, erfreuen uns doch unsere Genitalien in den wunderschönsten Rot- bis Brauntönen schon im ruhenden Zustand und bieten eine noch größere Palette, wenn sie erblühen. Rote Lippen spiegeln die Schönheit der Mösenlippen wider und rot ist der Lebenssaft, der aus der Samthöhle fließt. Letztere Assoziation sollte auch mit der Ausstattung von viktorianischen Bordellen erweckt werden, die ganz in rotem Samt gehalten waren. Das rote Licht weist heute noch den Weg in die Höhle.

Gelb war zu hellenischen, altertümlichen Zeiten die Farbe der Sexualität, da sie auf die anregenden Ausflüsse hinwies. Hetären und Kurtisanen blondierten sich damals schon die Haare, um ganz verkopft den Weg zu weisen und die Leuchtfunktion eines Glühwürmchens (ital. lucciola, Bezeichnung für Huren) zu übernehmen. Auch heute noch ist das Blondieren sehr beliebt, wenn es auch nicht immer so bewußt als sexuelles Lockmittel eingesetzt wird.

Im 18. Jahrhundert war die Farbe blau die Farbe der Erotik, was noch an verschiedenen Ausdrücken abzulesen ist. „Blue movies" sind Pornofilme, die in ein warmes Blau getaucht waren; die „bibliothèque bleue" beinhaltet die erotische Büchersammlung. Der „Blues" erzählt von Liebe und Sex, „feeling blue" heißt, sich vor Verlangen verzehren. Die blaue Stunde ist das Zwielicht, das die Begehrenden nach draußen drängt, und der blaue Montag wurde heiß ersehnt, um die Geliebte zu treffen, nachdem man das Wochenende mit der eigenen Familie verbringen mußte. So macht man blau, um die Arbeit zu schwänzen oder zu mösen. Blau ist die beliebteste Farbe bei Spielzeugen.

Schwarz wie die Nacht sind die verborgenen Gelüste, und so steht diese Farbe für das Dunkle in uns, das auch selbstbewußt nach außen getragen werden kann, so wie es die SM-Szene demonstriert.

Federn

Die zartesten Fingerberührungen können nicht das wohlige Gefühl hervorrufen, das eine über den Körper gestrichene Feder bewirkt. Achten Sie darauf, daß die Federn nicht mit Massageöl in Berührung kommen.

Fesseln

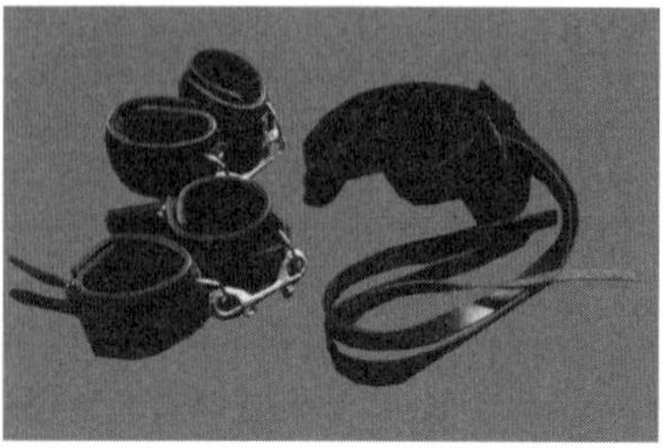

Eine Fesselung kann sehr reizvoll sein. Vielleicht möchten Sie Ihre PartnerIn hilflos sehen, sie necken und auf die Folter spannen, was da an Auf- und Abregungen alles auf sie zukommt. Oder Sie wollen einmal ausgeliefert sein und mit gespreizten Beinen eine Untersuchung über sich ergehen lassen. Sie können mit den Armen über den Kopf gelegt an einem Stuhl festgebunden sein, ja sogar an den Schreibtisch gefesselt werden, wo Sie einen Aufsatz schreiben müssen. Falls Sie zum Fesseln Stricke, Schnüre, Schals oder Nylonstrümpfe verwenden, lassen Sie immer genug Freiraum, daß noch ein Finger zwischen die Fessel und das Handgelenk paßt. Glattes Material wie das von Strümpfen und Schals ist schwer wieder auseinanderzuknoten und kann sich weiter zusammenziehen, also Vorsicht. Fesseln sind breit, bequem, manchmal sogar gepolstert und um einiges sicherer als Schnüre. Einige sind durchaus mit der Abendgarderobe kompatibel, die meisten sind sportlich und täglich tragbar. Es gibt sie aus Nylon, Stoff und Leder, mit einer Schnalle, also Loch- oder Klettverschluß. Manche haben lange Bänder oder eine lange Leine, um sie dort anzubringen, wo Sie wollen. Die Qualität und Festigkeit der Fesseln ist sehr unterschiedlich. Billige Stoff-Fesseln reißen leicht, wenn man ein- oder zweimal gezielt draufguckt. Achten Sie darauf, daß der Verschluß verstärkt ist und gut vernäht wurde. Lederfesseln sind angenehm auf der Haut, meistens gepolstert oder plüschig samtig gefüttert.

Fingerlinge

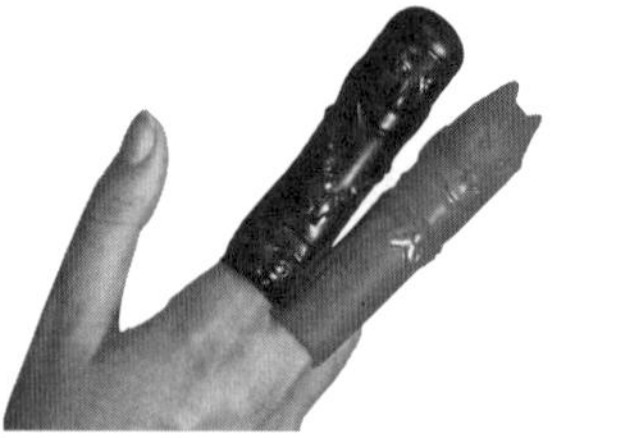

Latex- oder Vinylhüllen, die man über die Finger stülpen und sich so hygienisch und geschützt vortasten kann. Fingerlinge existieren auch als weiche Jellyhüllen mit eingearbeiteter Struktur, z.B. Noppen, Rillen, Perlen, oder aus dickerem Gummi und jetzt auch als lustiges Engelchen und Teufelchen aus Silikon.

Fingervibratoren

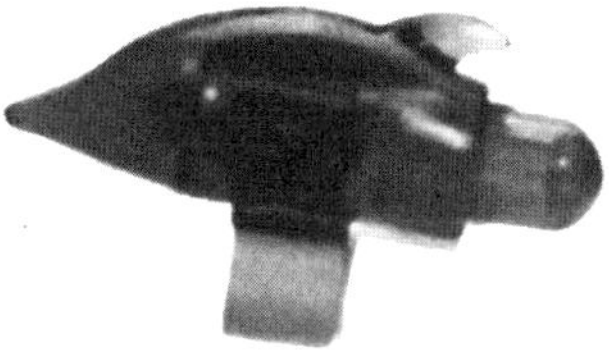

→ Batterie-Vibratoren mit einer Ringvorrichtung, die über einen Finger ziehen und so Erregungen digital ausprobieren kann.

Flexo-Pleaser

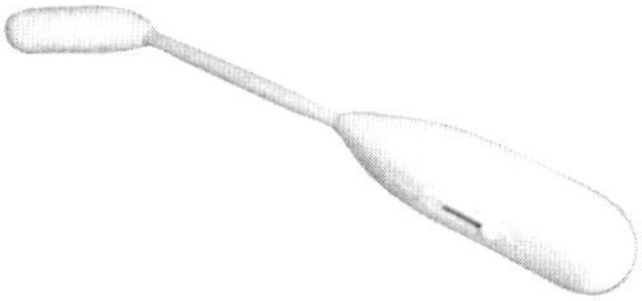

→ G-Flächen-Vibrator in Form einer elektrischen → Zahnbürste mit flexiblem Schaft und vibrierendem Kopf. Er kann auch zur Prostata-Massage eingesetzt werden. Der tampongroße Kopf läßt sich mit verschiedenen Hüllen versehen, die diesen weicher machen und noch zusätzliche Reize bieten (Noppen, Rillen etc.).

Flinker Finger

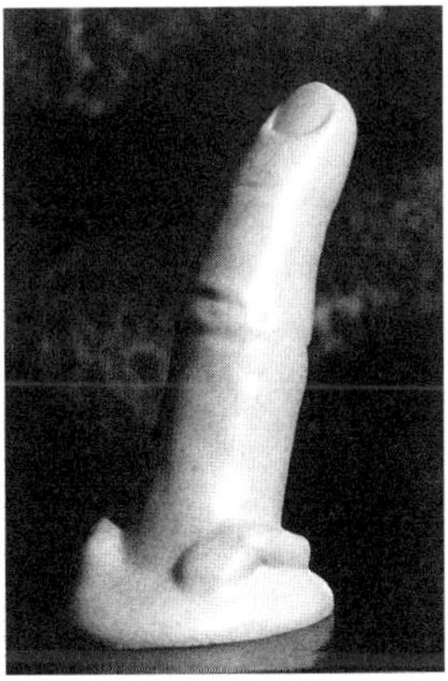

Mit diesem Dildo dürfen Sie nicht nur auf ausgezogene Leute losgehen, sondern auch sicher sein, daß er diesen zeigt, wo's langgeht!

Flipper

Und jetzt kommt Flipper! Diesen Fingervibrator in → Delphinform streift man über einen Finger und berührt damit alle erregbaren

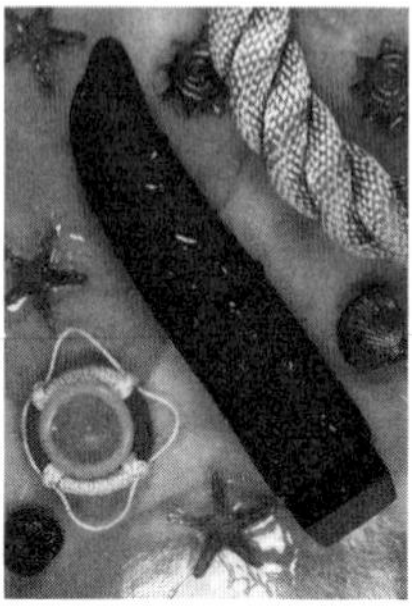

Stellen. Durch die starken Batterien ist der kleine Flipper besonders effektiv. Flipper gibt's auch als → Dildo und → Vibrator.

Frauenfigur

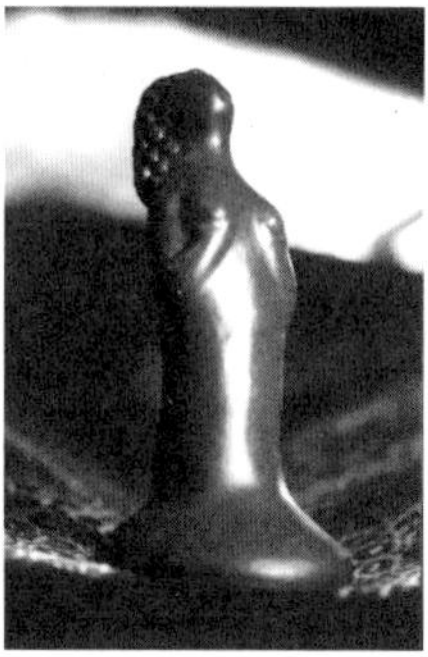

Sie haben spürbare Rundungen, sind vielfältig im Einsatz und daher allseits beliebt. Als Prototypen gelten die → Schwimmerin, Venus und die Botticelli-Diva, die Afro-Lady und Camille Claudel.

Freihändige Vibratoren

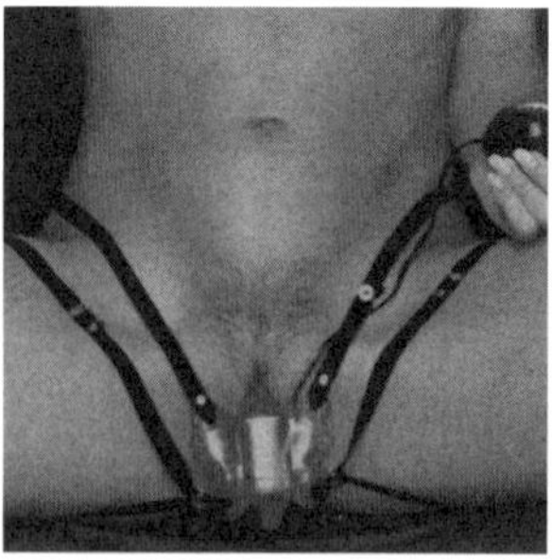

Es handelt sich hier um → Clit-Vibratoren, oft auch noch mit einem kleinen Dildo versehen, die mit Bein- bzw. Taillenriemchen befestigt werden, so daß die Hände frei sind. Personen, deren Hände leicht ermüden oder die in ihrer Bewegung eingeschränkt sind, genießen diese Stimulation. Leider leiern die Gummigurte schnell aus und sollten durch Lederriemchen ersetzt werden. Vibratoren, die nur die Clit bedecken, erlauben zusätzliche eine Penetration. → Butterfly

French Kiss

[dt. französischer Kuß] Rote Silikonzunge, die mit einem Hohlraum für ein vibrierendes → Ei ausgestattet ist und lecker daherkommt. Vermutlich ist sie des Französischen mächtig.

French Tickler

[dt. französischer Kitzler] Die Clitoris-Reizer kommen als Ringe oder weiche Hüllen, die mit Noppen, Rillen, Knöpfen und ähnlichem versehen sind. Man zieht sie über den Dildo und läßt sich „französisch" stimulieren. Viele Frauen fühlen genausoviel wie die Prinzessin auf der Erbse, andere vergleichen die Wirkung mit der des Noppengummis als lächerlich. Anregend im dem Sinne, daß ein Gespräch über clitorale Stimulation aufkommt, sind sie allemal.

Füchslein

Das hübche Tierchen sitzt auf einem Ast und kann dank eines vibrierenden Eis im Innenraum auch noch Erregungen erzeugen. Und wer's Ärschle gern brummen hat, dem oder der sei dieses schlaue Füchslein oder die Zunge → French Kiss nahegelegt

Fukuoku

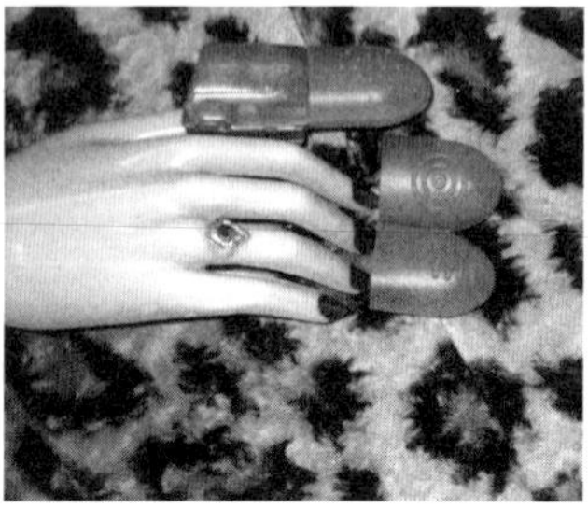

[jap.] Fingervibrator in Form eines Fingers mit drei verschiedenen Aufsätzen (Noppen, Rillen, Kreisen). Das Ausgeh-Utensil kann ganz unauffällig in einem kleinen Täschelchen am Gürtel getragen werden. Lara Croft wäre mit solchem Vergnügen auch gut ausgestattet.

G

G-Fläche

Die weibliche G-Fläche ist zu spüren, wenn man einen Finger in die Möse einführt und die „Komm her, Baby"-Bewegung macht. Die Fläche fühlt sich rauher an als die restliche Umgebung. Wird sie gereizt, hat manch eine das Gefühl, Wasser lassen zu müssen. Schön entspannen, das Atmen nicht vergessen und genießen, was kommt. Die weibliche G-Fläche entspricht der männlichen Prostata. Viele Spielzeuge lassen sich daher auch anal einsetzen (→ Anal). Der weibliche Genuß-Punkt – oder genauer: die Fläche – ist ein schwammartiges Gewebe rund um die Wasserstelle. Bei sexuellem Erwachen schwillt dieses Gewebe an und kann durch die Mösendecke hindurch gespürt werden. Nicht alle Frauen reagieren gereizt; einige orgasmieren durch direkte Stimulation und/oder lassen Freudenflüsse laufen. Das Ejakulat ist kein Urin, sondern eine durchsichtige bis milchige Flüssigkeit, die in Drüsen nahe der Blase produziert wird. Alle Frauen haben diesen urethralen Schwamm. Manche fühlen keinen Unterschied zu anderen mösealen Flächen, andere können „abspritzen" wie eine Fontäne, auch durch Reizung anderer Stellen; es muß nicht immer die gleiche sein.

G-Flächen-Dildos

Die besondere gebogene Form ermöglicht, daß diese Dildos auf die Fläche treffen. Wer gerne etwas härteres Material hat, kann zu → Plexiglas oder Stein-Dildos greifen, ansonsten ist Naturlatex und →

Silikon sehr angenehm. Geneigte Dildos sind auch dafür geeignet, die Prostata zu stimulieren. Bitte sichergehen, daß ein Sockel das Entschwinden verhindert.

G-Flächen-Vibratoren

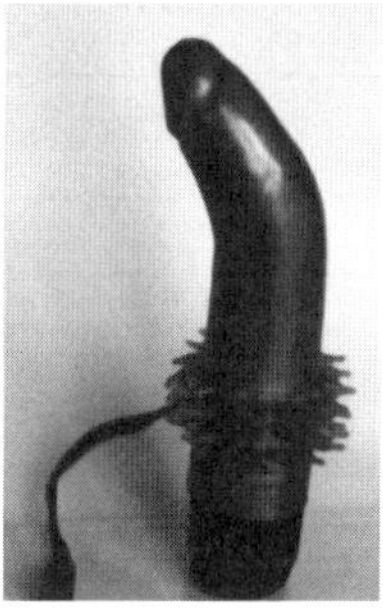

Sie bringen zur Reizung auch noch Vibrationen mit ins Spiel und legen sich am Ende der zylindrischen Form in eine Kurve. Ob ein → G-Spotter sich exklusiv auf die Punktierung konzentriert, der → Zauberstab mit einem Extra-G-Aufsatz seine Magie einbringt, die Noppen am Schaft des Latex-G-Vibs überzeugen oder der G-Perlen-Vib den Möseneingang mit einbezieht – was sich wann gut anfühlt, muß jede für sich selbst herausfinden. Einge Frauen kommen durch Stimulierung der G-Fläche zum Orgasmus, andere reagieren gereizt. Eine gute Stellung zum Ausprobieren ist die Hocke oder wenn Sie von hinten rangehen. Führen Sie den Vibrator einige Zentimeter ein und halten die Spitze zur Vorderwand der Möse. Die meisten Damen lieben eine energische Flächenbehandlung, die dann anstößig wird und die Drüse zum Schwellen bringt. Wenn Sie die Stöße handnah spüren wollen, halten Sie Ihre Hand von außen etwa beim Haaransatz gegen Ihren Munterleib. Die ganze Erregung kann zu erheblichen Ausflüssen führen.

G-Spotter

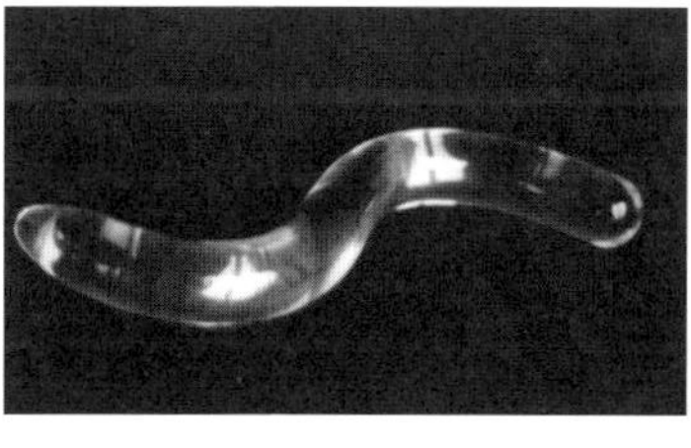

G-Flächen-Dildo aus Glas. Das eine Ende ist abgerundet und punktiert die → G-Fläche. Das andere Ende ist spitz auf die Rosette. Die Form des Dildos ist griffig, liegt gut in der Hand und erlaubt, daß verschiedene Stellen in der Möse punktiert werden, die mit Fingern allein unerreichbar blieben.

Geisha-Kugeln

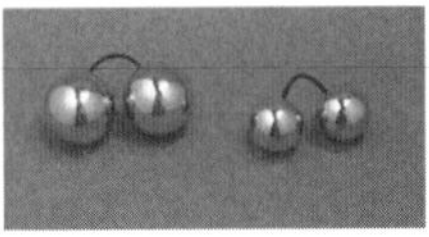

Zwei oder drei Kugeln aus → Edelstahl oder → Silber, die mit einander verbunden sind. Eine Silberkette führt durch eine dritte größere → Kugel, die eingeführt wird. Die zwei raushängenden Kugeln können sich an unterschiedlichen Positionen an der Kette einpendeln und so unterschiedliches Gewicht für die Mösenmuskulatur bedeuten (siehe Bild S. 6 1). Geishas beherrschen das Spiel mit den Kugeln in diversen Stellungen und betören die Zuschauenden. Wie Magierinnen lassen sie Kugeln verschwinden oder zaubern sie wieder hervor.

Gemüse

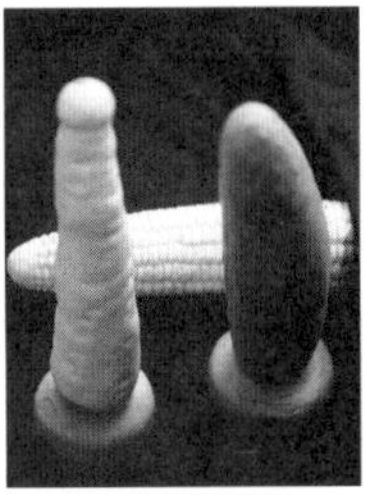

Mutter Natur bietet ein Füllhorn an Dildos, deren wildeste Strukturen von den künstlichen bis künstlerischen Spielzeugen nicht zu überbieten sind. Allein beim Anblick einer exotischen Südfrucht wie der Ananas oder der Schlangenfrucht geht mit vielen die Phantasie durch. Bitte denken Sie aber daran, daß Obst und Gemüse nicht frei von Pestiziden und anderen Chemikalien sind. Es ist daher notwendig, Gummis überzuziehen oder die Früchte zu schälen. In der Mikrowelle lassen sie sich auch erwärmen oder in kochendem Wasser blanchieren, um den gewünschten Härtegrad zu erreichen.

Geschirr

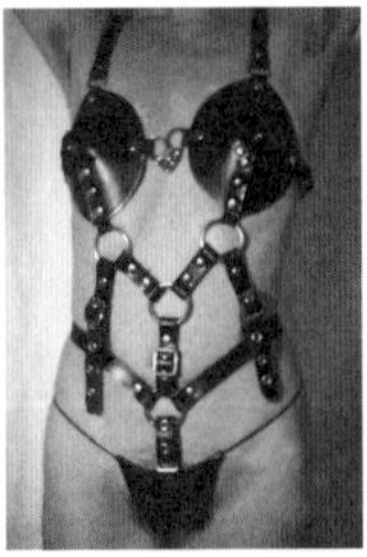

Zuweilen werden auch → Gürtel, in die Dildos eingespannt werden, als Geschirr bezeichnet. In früheren Zeiten glichen diese auch mehr einer Art Pferde-Geschirr. Heute sagt man Geschirr eher zu Oberkörper- oder Ganzkörper-Geschirren, die zum einen sehr dekorativ sexy aussehen, zum anderen aber auch funktionstüchtig sind. Man kann auch hier → Dildos einspannen, Ketten anbringen oder ähnliche Spielchen treiben. → Harness

Gewindestab

Die → Kugeln sind einzeln einsetzbar, können aber auch beliebig kombiniert werden. Der → Edelstahldildo erlaubt, sich je nach Lust und Laune den momentan passenden Dildo zusammenzuschrauben oder sich lieber die Kugel(n) einzeln zu geben.

Glas-Dildo

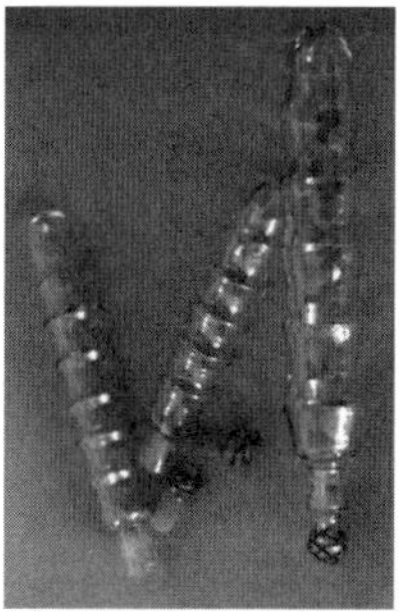

Dieses Spielzeug ist aus bruchsicherem Glas in → Wellen- oder Rillenform mit einem Glasstöpsel als Verschlußmöglichkeit. Glasdildos können mit warmen oder kalten Flüssigkeiten gefüllt werden und so als Wärmflasche von innen oder zu Temperaturspielen eingesetzt werden. Sie eignen sich auch gut zum Rotwein temperieren oder um einen „Clittail" zuzubereiten. Es muß ja nicht immer ein Cocktail sein. Das Spiel mit der Flüssigkeit kann außerdem eine lustvolle psychologische Vorbereitung auf die weibliche Ejakulation darstellen.

Gleitmittel

Mittlerweile ist es unabdingbarer Bestandteil eines jeden Liebesaktes, der genußvoll dahinfließt. Vielen wurde noch beigebracht, daß erregte Frauen automatisch Flüssigkeit produzieren, und wenn sie nicht feucht genug sind, läge es an einem Mangel der Frau. Heute weiß man, daß dem nicht so ist. Sexuelle Erregung muß nicht immer mit Nässe einhergehen. Hormone, Alkohol und andere Drogen, Medikamente und natürlich Streß trocknen außerdem die Schleimhäute aus. Gleitmittel ist zu allen Zeiten, auch wenn genug Feuchtigkeit da ist, hilfreich. Die Clit liebt feuchte Berührungen, und Penetrationen gestalten sich immer angenehmer, wenn es gleitet.

Haben Frauen in früheren Zeiten noch Eiweiß geschlagen und wurde beim *Letzten Tango* Butter benutzt, ist diese doch wie Öl oder Vaseline eine Substanz, die lange Zeit in unserm Körper verweilt, Bakterien wie Pilzen Nährboden bietet und außerdem schwer rauszuwaschen ist. Man sollte daher bei Gleitmittel darauf achten, daß es wasserlöslich und fettfrei ist und keine hautangreifenden Bestandteile enthält. Je weniger Chemikalien (Petroleum), Konservierungsstoffe und Parfüm drin sind, um so angenehmer für unsere empfindlichen (Schleim-) Häutchen. Ein Verfallsdatum weist darauf hin, daß es nicht endlos chemisch zugeht; eine Pharmazeutische Nummer (PZN) garantiert durch Kontrollen, daß die Inhaltsstoffe drin sind, die darauf deklariert sind. Es existieren auch Gleitmittel auf natürlicher Rohstoffbasis.

Gleitmittel auf Wasserbasis sind geschmacksneutral, verursachen keine Flecken, reizen nicht und lassen sich abwaschen. Sie enthalten gereinigtes Wasser, Polymere (Kunststoff) und einen infektionshemmenden Zusatz wie Methyl- oder Propyl-Parabene. Das Fett-Nebenprodukt Glycerin ist für die Schlüpfrigkeit auch manchmal dabei.

Wenn Ihnen das Gleitmittel auf Wasserbasis zu schnell verdunstet, tragen Sie einfach Wasser auf oder spritzen Sie sich mit einer Wasserpistole wieder naß. So reaktiviert sich das Gleitmittel.

Manche Gleitmittel sind dünn und fein, dem Mösensaft ähnlich und für Vaginalsex oder zur Masturbation geeignet. Andere sind dickflüssiger und daher besser für Analsex oder Handgreiflichkeiten, wo es auf einen dickeren Gleitschutz ankommt. Unser Allerwertester ist nämlich viel dünnhäutiger und empfindlicher als die Mösenlandschaft und produziert keine natürliche Flüssigkeit. Um so liebeswichtiger ist Gleitmittel. Es gibt sogar extra „Analgleitmittel", dem betäubende Zusätze wie Lidocain oder Benzocain beigegeben sind. Statt sich aber zu betäuben, sollten Sie lieber lernen, Ihren Schließmuskel zu entspannen und die Gefühle zu genießen.

Silikonhaltige Gleitmittel sind besonders glitschig, werden nicht klebrig und halten so lange wie die ewige Liebe. Sie müssen dann mit Wasser und Seife und einem Waschlappen abgeschrubbt werden, die befleckte Bettwäsche am besten gleich mit. Silikon-Gleitmittel vertragen sich nicht mit Silikon-Spielzeugen, diese machen im Laufe der Jahre schlapp, also Gummis benutzen. Empfindliche bis allergisch reagierende Personen sollten die Ingredienzen genau studieren und auf jeden Fall auf Glycerin verzichten, was in vielen Gleitmitteln enthalten ist. Glycerin schmeckt leicht süßlich und begünstigt Pilzinfektionen.

Kaufen Sie anfänglich kleine Flaschen oder nehmen Sie Pröbchen, um herauszufinden, was Ihnen gefällt. Tragen Sie ein bißchen auf die Innenseite des Handgelenks auf und warten einen Tag lang ab, um eventuelle Reizungen zu bemerken.

- Bioglide: Glycerinhaltiges sogenanntes biologisches Gel. Etwas dickflüssiger.
- Durex: Die Firma London läßt ihre Produkte in Puffs von Huren testen, sie sind daher sehr hautverträglich und greifen auch die Gummis nicht an. Etwas dickflüssiger, mit Haltbarkeitsdatum und PZ-Nummer.
- Eros Man: Auf Silikonbasis; samtig-seidig. Ein Tropfen hält bis zum nächsten Morgen, trocknet nie aus; anal und vaginal einsetzbar; ruft bei einigen Juckreiz und Allergien hervor.
- Eros Man Waterformulation: Etwas dünnflüssiger, angeblich auf Wasserbasis.
- Eros Woman Gel: Dünnflüssig und schlüpfrig; lang anhaltend; ohne Tierversuche.
- Eros Woman Glide: Noch dünnflüssiger als das Gel.
- ID: Mit Glycerin und Silikon, auf Wasserbasis, lang anhaltend. Ohne Tierversuche, vegan.
- KY: Mit Glycerin, auf Wasserbasis, trocknet nicht aus.
- Probe: Besteht aus nur vier Ingredienzen, u.a. aus Grapefruit. Für empfindliche Personen, die nicht gegen Zitrusfrüchte allergisch sind, sehr zu empfehlen. Gibt's in „thick" und „light", beide recht dickflüssig wie Mösensaft, zieht Fäden und trocknet relativ schnell aus. Ohne Tierversuche, seit 1985.
- Sylk: Natürliches Gleitmittel auf Kiwibasis und pflanzlichem Glycerol, mit Verfallsdatum. Relativ dünnflüssig. Sylk wurde von ProFamilia entwickelt.
- Wet: Zuckerfreies und eßbares Gleitmittel, existiert in verschiedenen Geschmacksrichtungen. Wet Platinum enthält Silikon und ist besonders gleitfähig.

Godemiché

(lat. gaudemihi = es freut mich) Im Französischen übliche Bezeichnung für Sextoys, auch abgekürzte Version „les godes" oder „les bienfaiteuses" = die Wohltuenden.

Gummidildos

Herkömmliche Billigdildos sind meist aus Gummi. Gummi ist schwer, porös und nicht leicht sauberzuhalten. Der Schmutz setzt sich schnell in den Luftbläschen unter der Oberfläche fest. Gummidildos sollte man wegen des synthetischen Materials immer mit Kondomen verwenden. Gummidildos haben den Vorteil, daß sie recht flexibel sind und im Laufe der Zeit, durch Wärme und Praxis, sogar noch an Beweglichkeit gewinnen.

Gurke

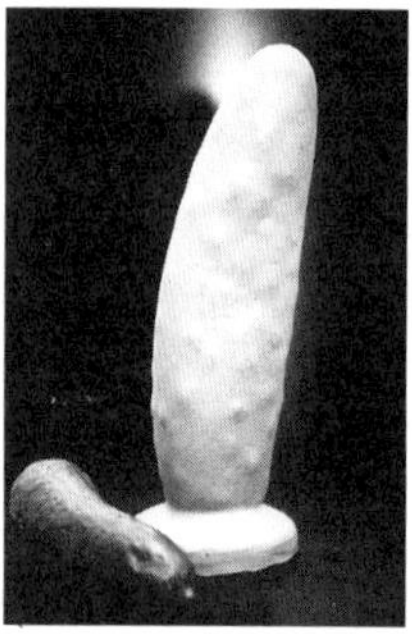

Sauer eingelegte Mixed Pickles sind nicht nur zwischendurch lecker. Die eingeführte Gurke läßt den Mösensaft ganz klassisch laufen.

Gürtel

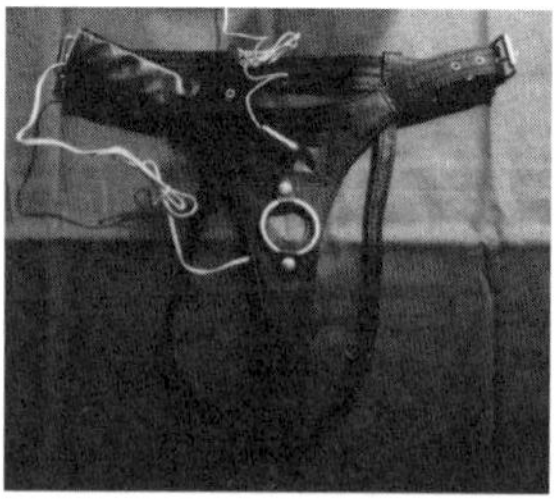

[engl. Harness = Geschirr] Gürtel dienen dem Einspannen von → Dildos. Die Dildos sollten einen Sockel haben, damit sie nicht aus dem Gürtel flutschen. Dildos mit → Eiern oder → Clit-Stimulation sind nur in besonderen Gürteln tragbar. Achten Sie darauf, daß die Gürtel austauschbare Metall- oder Gummiringe haben, damit die Dildos je nach Größe und → Durchmesser stoßfest fixiert werden können. Gürtel sind entweder aus Leder oder aus Synthetik, Rucksack- oder anderem waschbaren Stoff. Manche Gürtel haben lediglich einen Ring als Zentrum, an dem die Gurte befestigt sind (simplex), andere basieren auf einer Leder- oder Stofffläche als Zentrum, das zusätzlichen Halt verleiht. Herkömmliche Geschirre bestehen aus einem billigen, an einem elastischen Gummiband befestigten → Vinyldildo. Bei scharfer Betrachtung sackt das Gummi in sich zusammen, leiert aus und läßt den relativ schweren Dildo fallen.

Zu unterscheiden ist zwischen Gürteln mit einem Riemchen (→ Tanga) und Gürteln mit zwei Riemchen (→ Texas), die auch von Männern getragen werden können. Bei einigen Gürteln ist auch die Rückenleiste austauschbar, so daß bei unterschiedlichen Körpergrößen kein zweiter Gürtel erforderlich ist. Mit einem zusätzlichen Aufsatz können weitere Dildos anal oder/und vaginal untergebracht werden. Neben dem traditionellen Loch-Verschluß exitieren Klett- oder D-Ring-Verschlüsse.

Gürtel existieren für die Taille bzw. die Hüfte (Tieflader) und sitzen dementsprechend höher auf dem Venushügel oder tiefer, als Sattel für den Rücken, aber auch für den Oberschenkel (→ Kniefick) und den Kopf. Auf einem Bild aus dem 19. Jahrhundert erfreut sich eine Chinesin sogar mit akrobatischen Übungen an einem Dildo, der auf ihrem Schuh befestigt ist. Bei diesem Anblick werfen Cowgirls wohl ihre Sporen weg.

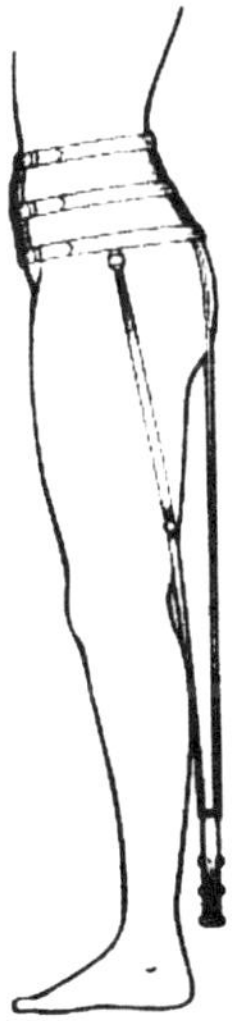

Das erste Patent für einen Sex-Gürtel wurde 1952 vergeben. Der Apparat sollte verhindern, daß ein Pärchen beim Sex durch das Bett wirbelte. Ein langer Riemen war um die Hüfte der vorderen Person gelegt; ein Steigbügel hing in Knöchelhöhe auf der Rückseite des Gürtels. Die hintere Person positionierte sich zwischen den Beinen der vorderen und stabilisierte sich mit dem Steigbügel. In den achtziger Jahren wurde der Gürtel um einen weiteren Steigbügel und einen Stabilisierungsriemen für die Schultern der vorderen Person erweitert.

Bei der Wahl Ihres Gürtels sollten Sie sich für ein kostengünstigeres Stoff- oder Synthetik-Modell entscheiden, wenn Sie „es" nur mal oder hin und wieder probieren wollen. Wissen Sie aber schon, daß Sie eine passionierte Dildo-Trägerin werden und Ihr Geschirr anzulegen lieben, dann greifen Sie gleich zu der lang haltbaren Lösung aus Leder. Vegan lebende Personen haben keine Entscheidungsnöte.

Das Tragen von Gürteln: Frauen tragen sie bei Frauen und bei Männern, Männer tragen sie bei Männern und bei Frauen. Es kann Gefühle von „absolut lächerlich" bis „super kraftvoll" oder „ganz natürlich" auslösen. Und es stellt die Geschlechterrollen auf den Kopf. Gegürtelte Frauen können auf „das" Machtsymbol zwischen ihren Beinen runterblicken und Erwartungen an die Weiblichkeit verwerfen. Männer, die sich einen Dildo umschnallen, stecken die Priorität ihres eigenen Spielzeugs zurück, und diejenigen, die sich anal penetrieren lassen, können eine empfangende Rolle einnehmen. Das Wechseln der Positionen ist besonders wichtig für die sexuelle Gesundheit, denn stetes Verharren in z.B. der zustoßenden Rolle führt zu regelrechten Verkrampfungen. Viele heterosexuelle Männer lassen sich zunehmend von ihrer Partnerin penetrieren und wechseln wie schwule Männer mit Dildos ab. Damit können sie nicht nur eine Erektion für den Partner aufrechterhalten, sondern gleichzeitig alle Löcher stopfen. Diese Varianten stellen eine enorme Bereicherung für die holde Männlichkeit dar, und wir freuen uns, daß der Dildogürtel als urtypischstes lesbisches Accessoire solchen Anklang findet.

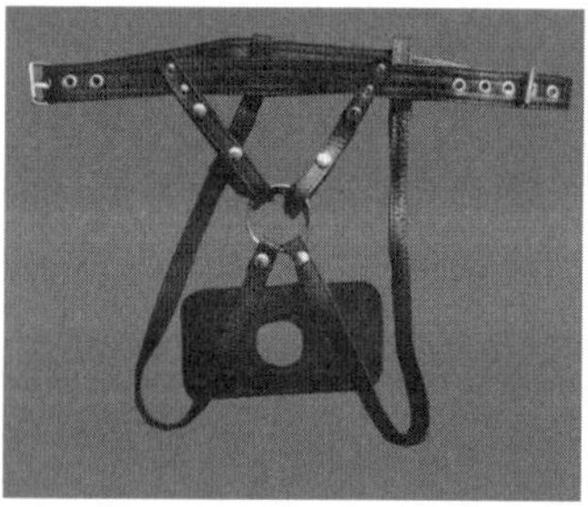

Gürtel-Gelage: Was alles an Kombinationen zu einem Dildo-Gürtel möglich ist, bleibt Ihrer Phantasie überlassen. In die Vorrichtungen für einen Dildo (auch in die → Aufsätze für die TrägerIn selbst) können Vibratoren eingespannt werden, die über eine externe Steuerung verfügen. Damit gewinnen Sie zusätzliche Schwingungen. Einige Gürtel haben schon besondere Täschelchen eingearbeitet, in die man → vibrierende Eier o.ä. einsetzen kann. Je nachdem, ob die TrägerIn oder die EmpfängerIn die Vibrationen erfassen möchte, kann man Vibrationsringe, -eier und ähnliche Erregungen ins Spiel bringen. In manchen Fällen erreichen diese alle Beteiligte.

Tips: Das Tragen eines Gürtels mit Dildo will geübt sein. Es läuft am besten, wenn Sie voll dabei sind und die Koordination mit Spaß und

Phantasie übernehmen. Dennoch kann es passieren, daß der Dildo rausrutscht und Sie erst nach geraumer Zeit bemerken, daß Sie lustvoll Löcher in die Luft stoßen und Ihr Gegenüber in sich reingrinst. Nehmen Sie es mit Humor – Lachen entspannt – und Sie können locker weitermachen. Es empfiehlt sich auch, einen recht langen Dildo für den Stoßverkehr zu wählen, damit dieser nicht bei jeder Rückwärtsbewegung zum Luftholen rausgleitet. Außerdem veranschlagt der Gürtel einige Zentimeter für sich. Kleinere Dildos sind ideal für eine Variante, bei der man nicht zustößt, sondern sich in den Hüften wiegt und gleichzeitig engeren Körperkontakt sucht. EinsteigerInnen bevorzugen einen starren, festen Dildo, der sich leichter manövrieren läßt als weichere. Gleitmittel macht auch hier die Affäre schlüpfrig und erleichtert das Reinkommen.

H

Handschuhe

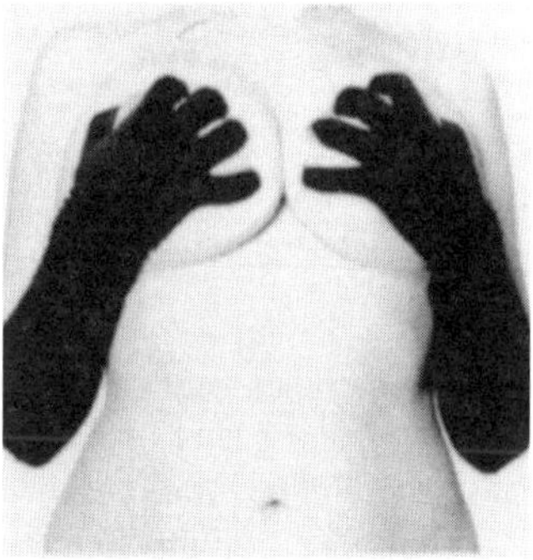

→ Safer-Sex-Maßnahme gegen Bakterien, Viren und andere Infektionen. Handschuhe gibt es zum Einmalgebrauch in verschiedenen Größen aus Latex oder Vinyl, auch in verschiedenen Farben. Gummi-Handschuhe zum mehrmaligen Gebrauch müssen immer wieder desinfiziert werden.

Harikatas

[dt. Dildos] Harikatas haben in Japan eine lange Tradition und tauchen selbst in Sprichwörtern auf. Die Dildos werden von Frauen wie von Männern gleichermaßen benutzt. Für Männer existieren spezielle Hohldildos, die diese überziehen und somit der anderen Person verschiedene Größen und Dicken anbieten können. Junge Frauen bzw. Mädchen benutzen „kujigarata" zur allmählichen Weitung und zum

Training der Mösenmuskulatur, so daß das erste Mal nicht ein schmerzhaftes Erlebnis darstellt.

Harness

[dt. Geschirr] → Gürtel, in die Dildos eingespannt werden können. Harness kann aber auch Ganzkörpergeschirr bedeuten, das hübsch aussieht und funktional eingesetzt werden kann.

Holzdildos

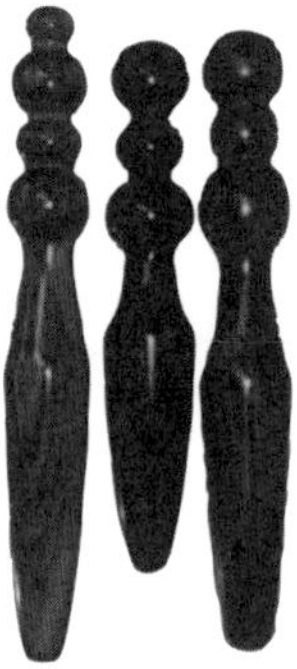

Sie haben oftmals die wellige Form der → Virgin oder sind kegelförmig. Wenn Sie mit Kind und Kegel fortziehen, dann haben Sie zweifelsohne das Wichtigste eingepackt. Die Sportlichen unter uns treffen mit diesem Modell sicherlich öfters alle Neune. Bitte achten Sie darauf, daß ein Naturholz verwendet wurde, das natürlich saftet und nicht splittert. Hin und wieder kann man dieses mit einem natürlichen Öl einreiben.

Honiglöffel

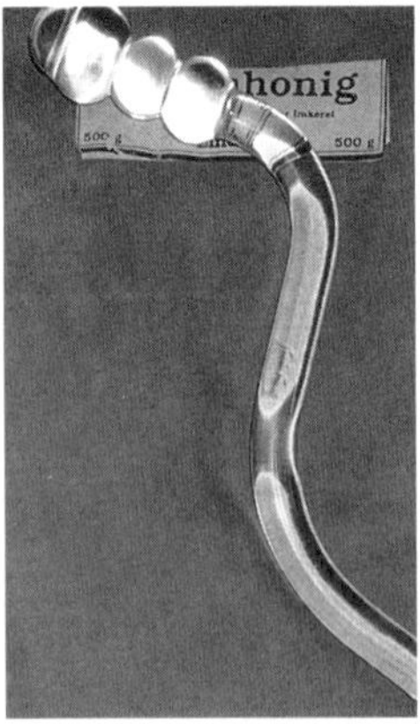

Dieser Dildo aus → Plexiglas sieht passenderweise an einem Ende wie ein Honiglöffel aus und kann so zum Rühren und Tunken im leckeren Saft lustvoll eingeführt werden. Dabei kann die Möse gleich die Durchmesserveränderung spüren, bevor die → G-Fläche unter den Reizen hinfließt. Für Letzteres sind beide Enden geeignet. Auch anal ist der Dildo ein besonderes Erlebnis.

Hündin

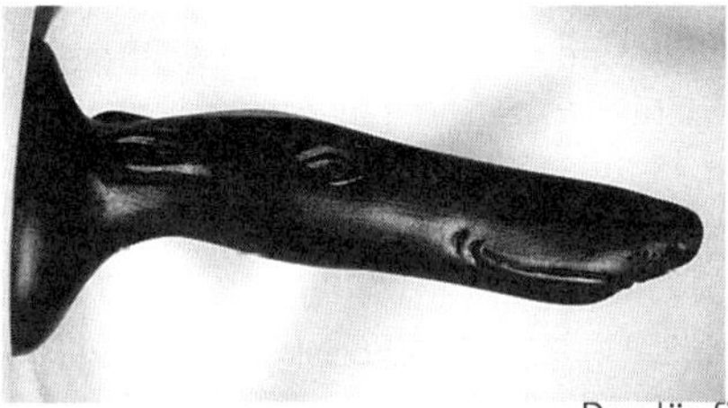

Das läufige Modell läßt sich allseits einsetzen und erfreut Herrchen wie Frauchen. → Strukturierter Silikondildo

I – J

Ipso

Dildo aus → Plexiglas im Rillen-Design in und unterschiedlichen → Durchmessern. Wird gerne als Analstab eingesetzt.

Japanische Vibratoren

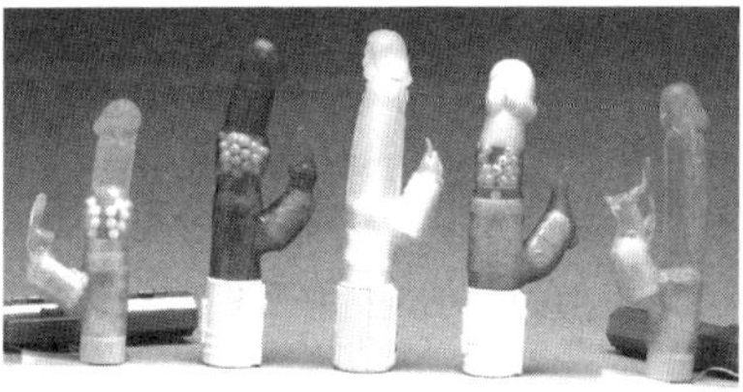

Sie zeichnen sich durch ganz besonderen Einfallsreichtum und High Tech aus. Es gibt Vibratoren, die man digital einstellen kann, so daß sie sich nach rechts und links drehen und hüpfen und

stoßen können, was leicht zu Überforderung führt. Es sei auch darauf hingewiesen, daß die Haltbarkeit dieser High-Tech-Produkte nicht sehr hoch ist. Von der Formgebung her sind die fernöstlichen Vibratoren sehr symbolisch. Da das japanische Recht die detailgetreue Nachahmung von Genitalien verbietet, hat man sich in die Tier- und Pflanzenwelt begeben. Skorpione, Bienchen und Maikäfer summen unter dem Oberbegriff → Butterflys. Die dualen → Perlen-Vibratoren haben einen Schaft in Form eines Alligators, Blütenstengels oder einer weiblichen Person (→ Madonna) und einen Seitenarm in Form eines Kleintieres wie Mäuschen, Ratte, → Delphin etc. Die Geschlechter scheinen hier nicht so oppositionell gegenüberzustehen, was man auch an der Produktion und Benutzung von Spielzeugen ablesen kann und vielleicht aus der langen Sexualtradition herrührt. Es ist sehr beliebt, bei Männern → Dildos, → Vibratoren und → Reizringe einzusetzen, auch den eigenen Schwanz in diverse Hohldildos bzw. Hüllen einzuführen, so daß die andere Person verschiedene Größen erfahren kann, was wiederum auch anregend auf eine(n) selbst wirken kann. → Harikatas

Jeans-Harness

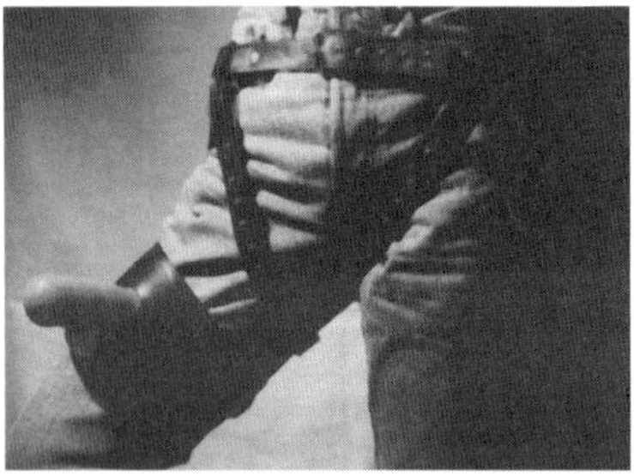

Der → Gürtel für über die Jeans, der darauf hinweist, daß hier gerne im → Geschirr gearbeitet wird. Er sieht sexy aus, und man kann auch Schlüsselbunde oder ähnliches anbringen.

Jelly

Das Material ist weich wie Weingummi, preisgünstig und in besonders grellen Farben erhältlich. Unter der Oberfläche ist es voller Luftbläschen, was heiter und sprudelig daherkommt. Nachteilig wirkt sich zuweilen der Geruch des chemischen

Materials aus. Es empfiehlt sich, die Spielzeuge erst einmal in diversen Säften einzulegen und so andere Duftnoten ins Spiel zu bringen. Gummis überzuziehen ist hier unbedingt angebracht. Untersuchungen haben ergeben, daß zum Teil giftige Lösemittel und Weichmacher verwendet wurden, die durch die Haut in den Körper dringen bzw. ausgasen, auch wenn der Dildo nicht benutzt wird!

K

Kaktus

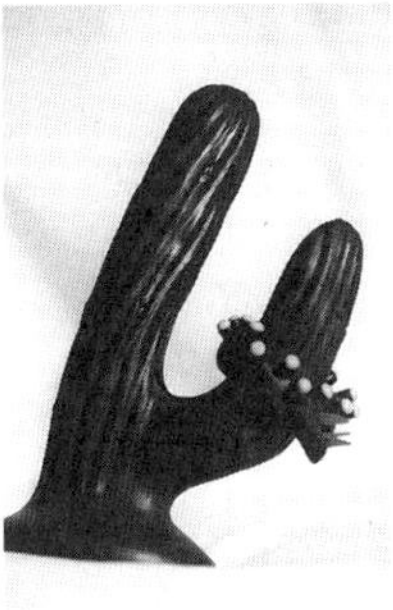

Wunderschöner → Doppeldildo mit eingearbeiteten Blüten, der beide Löcher stopfen kann, aber auch einzeln einzusetzen ist. Der kleine Auswuchs kann auch über die Clit gleiten, während der große drinnen beschäftigt ist.

Kamasutra-Produkte

Die → Puder und → Öle sind sicherlich in allen erdenklichen Stellungen auftragbar und können allein beim Einnehmen der Position erregend wirken. Das Honigpuder „Honey-Dust" kann man ablecken und auch vor dem Baden auftragen; das Liebesöl für diverse Geschmäcker erwärmt sich durch Blasen, vielleicht während oder nach dem Essen? Das Balsam aus Minzgel wirkt anästhesierend und angenehm kühl, z.B. auf den Brustwarzen. Testen Sie all diese Fläschelchen und Döschen erst einmal mit einem Pröbchen, ob Sie sie vertragen. Es geht nicht mit natürlichen Mitteln zu.

Katze

Sie ist das Tier, das alle spielen, wenn sie denn ein Tier beim Sex darstellen wollen. Die Katze mit ihrem anschmiegsamen, weichen Wesen steht für Genußfähigkeit; sie kann aber bei Bedarf die Krallen ausfahren. Im Französischen heißt die Katze „la chatte", ein Synonym für Möse.

Kegel-Übung

Zur Vorbereitung auf ein genußvolles Erleben können Sie die Kegel-Übung machen und Ihre Beckenbodenmuskulatur trainieren. Die Blutzirkulation wird so gesteigert, was zu erhöhter genitaler Sensibilität führt. Mit einem starken elastischen Muskel können Sie sich an einem Spielzeug festsaugen und z.B. auch Orgasmen zurückhalten, um sie noch stärker zu erleben. Bei der Kegel-Übung spannen Sie die Mösenmuskeln an, so wie Sie es beim Stoppen Ihres Wassers tun, und atmen tief ein. Dann entspannen Sie die Muskeln wieder und atmen in die Möse aus. Das können Sie auch ganz bewußt mit Ihrem Schließmuskel tun. Und los geht's: Einatmen und anspannen, ausatmen und entspannen. Schön über den Tag verteilen (sechsmal, dreißigmal, jaja), im Auto an der Ampel, zwischendurch auf dem Schreibstuhl, im Kino und wo auch immer es Ihnen einfällt.

Die Übung ist nach einem Gynäkologen namens Arnold Kegel benannt, der in den fünfziger Jahren das Muskeltraining bei Blaseninkontinenz verschrieb und feststellte, daß dies hervorragend im Bereich der Sexualität funktionierte. Hier bewirkte die Stärkung des Dammgürtels nach einer Geburt, daß einige Frauen wieder sexuell empfinden konnten, die vorher über Unannehmlichkeiten klagten. Hilfreich sind die Übungen nicht nur bei sexuellen Störungen wie hormonellen oder menstruellen Beschwerden, sondern auch bei Konzentrations- und Lernstörungen, schlechtem Schlaf und Depressionen. → PC-Übungen sind schon Bestandteil uralten Yoga-Wissens. Die → Kundalini-Energie wird zur Entfaltung der Sexualität mit dem PC-Muskel aktiviert.

Kegelcisor

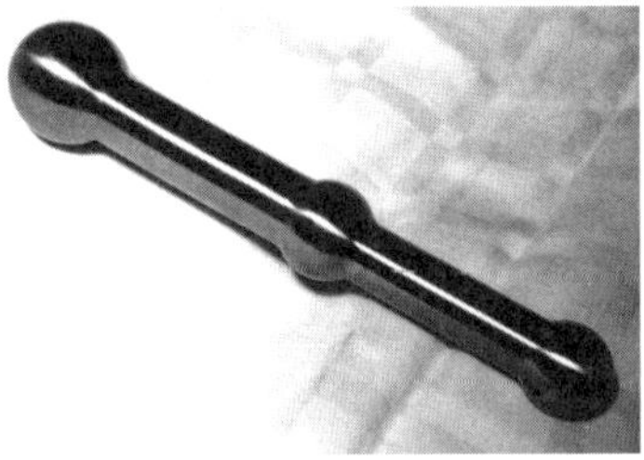

Auch → Sexerciser. Übungsstab zur Stärkung der → PC-Muskulatur. Der Kegelcisor ist ein chromüberzogener Messingstab, der an eine Hantel erinnert und daher auch als Vagina-Hantel oder Trainingsgerät bezeichnet wird. Das schwere und kühle Spielzeug wird auch gerne als lustbringender → Dildo eingesetzt.

Keuschheitsschloß

Wer einmal in das mittelalterliche Gefühl der absoluten Hörigkeit schlüpfen will, der sei ein Schloß um ihre Sexualität gelegt und die Schlüsselgewalt abgegeben. In exklusiver Variante (wie vom Photographen Biank (Bild S. 44) nimmt es wenig Platz ein und behindert die alltägliche Bewegungsfreiheit nicht.

Kniefick

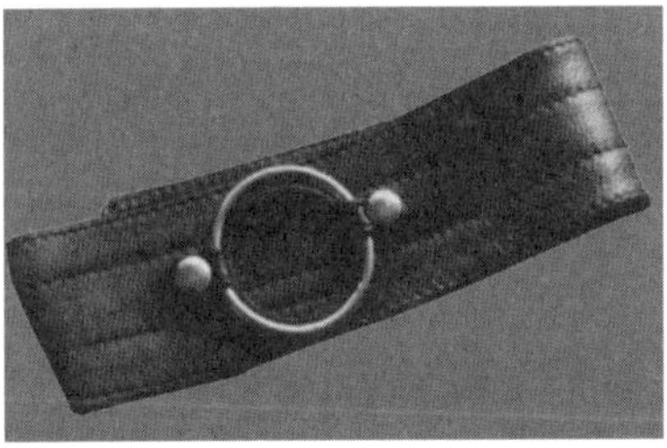

Wer schon immer mal die tiefere Bedeutung von „Fick dich ins Knie" kennenlernen wollte, kann sie jetzt mit Hilfe des Oberschenkelgurtes inklusive Dildo fühlen lernen. Dank des praktischen Klettverschlusses kann jeder Büro- oder Küchenstuhl zu einer animierenden Hilfestellung umfunktioniert werden. Den Kniefick gibt's in verschiedenen Ausführungen mit einem breiten oder zwei schmalen Bändern, aus Leder oder Synthetik. Er eignet sich hervorragend zum Muskeltraining der Oberschenkel und sorgt für willkommene Abwechslung.

Kondome

Die einzigen, die für Spielzeuge gemacht sind, kommen von der deutschen Aids-Hilfe, sind durchsichtig und heißen Hot Rubber. Es empfiehlt sich, Spielzeugen Gummis überzuziehen, da man nicht weiß, welche (Spät-)Wirkungen diverse Materialien nach sich ziehen. Beim Lochwechsel bei sich selbst oder einer anderen Person sind Kondome eine angenehme Erleichterung, wenn man nicht jedes Mal abwaschen bzw. desinfizieren will. Tip: gleich mehrere Gummis anziehen, dann kann eins nach dem andern abgezogen werden. Verschiedene Farben übereinander ergeben außerdem einen hübschen Regenbogen.

Korkenzieher

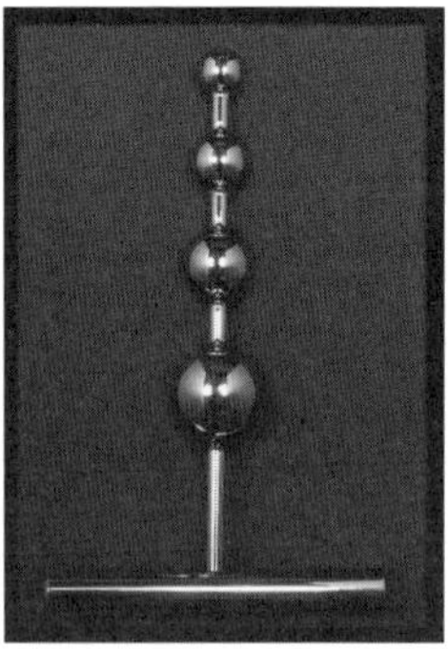

Dildo aus → Edelstahl in Form eines Korkenziehers. Die vier unterschiedlich großen → Kugeln können einzeln erspürt werden und dienen der Sensibilisierung. Der Griff erleichtert das Ein- bzw. Ausführen des Dildos, wobei durch die Muskeln Widerstand geleistet werden kann und diese so trainiert werden (→ PC-Muskulatur). Das kühle Material hat seinen eigenen Reiz und vermittelt Temperaturempfinden.

Königinnenstab

Mehrere Kugeln unterschiedlicher Größe sind beliebig auf einem Gewindestab kombinierbar. Mit diesem → Edelstahldildo fühlen Sie sich wie die Herrscherin über Tag und Nacht.

Kugeln

Mittels Kugeln unterschiedlicher Gewichtsklassen kann frau vaginal üben, üben, üben und dabei die → PC-Muskulatur stärken, um intensivere Orgasmen zu erleben. Es existieren Kugeln aus → Silikon, → Edelstahl, → Silber und verschiedenen Steinen, die zum jeweiligen Sternbild passend ihre Schwingungen verbreiten. Abzuraten ist von Plastikkugeln, die eine verletzende Naht oder eine sich durch die Mösensäure auflösende Legierung haben. Zum Üben kann man z.B. am Bändchen der eingeführten Kugel ziehen, während frau versucht, diese nicht rausflutschen zu lassen. Fortgeschrittene tragen schwerere Kugeln, setzen weitere Spielzeuge mit ein und können sich noch großem Gelächter hingeben.

Kugelkette

Hier sind die Kugeln wie an einer Perlenkette aufgereiht und können in aller Genüßlichkeit einzeln oder als Ganzes mit einer schnellen Bewegung beispielsweise rausgezogen werden. Der Hygiene halber achten Sie darauf, daß die Schnur aus einem abwaschbarem Material wie z.B. Nylon oder besser → Silikon besteht.

Kugelstab

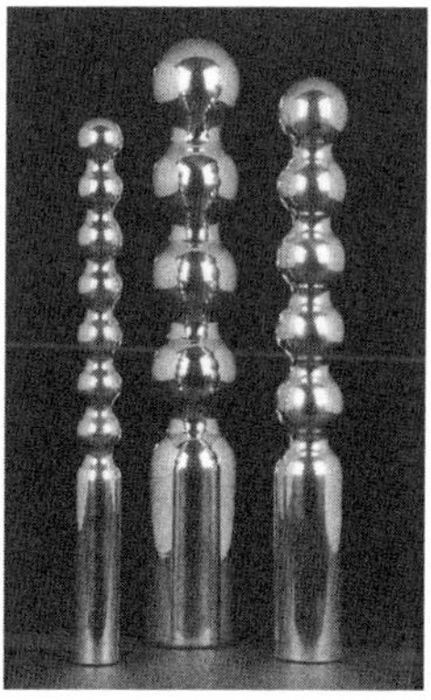

Der klassische Kugelstab besteht aus mehreren gleichgroßen Kugeln, die hintereinander mit mehr oder weniger Zwischenraum aufgereiht sind. Aus weißem, grauem oder rosigem → Marmor ist er im Sommer wie Winter immer von gleich angenehmer Temperatur. Und wenn Marmor, Stein und Eisen bricht, hilft doch neben ewiger Liebe auch die Haftpflichtversicherung. Silbern wird ein Kugelstab auf ebensolchem Tablett der Prinzessin gereicht, die ihn vielleicht gar nicht etikettengerecht verschlingt. Besondere Maße lassen sich bei Kugelstäben individuell anfertigen, auch gedrehte Stäbe sind machbar.

Kundalini

Yoga-Überlieferungen berichten von der sagenumwobenen Schlangenkraft, die vom → PC-Muskel aus den Rücken entlang aufsteigt. Die alten Yogis beschworen mit Kundalini nicht nur die sexuelle Energie herbei, sie erreichten Bewußtseinserweiterung. Bei der „Haltung der Vollendung" sitzt man mit aufgerichteter Wirbelsäule im Schneidersitz. Dabei drückt die rechte Ferse fest auf den Damm bzw. die PC- oder Mösenmuskulatur, die linke Ferse liegt auf dem rechten Oberschenkel und berührt den Unterleib. Zur Erweckung der Kundalini spannt eine Yogi den Muskel nach bestimmten Atemzeiten rhythmisch an. Wenn die Schlangenkraft alle Chakren (Energiezentren) durchlaufen hat und im Kopf ankommt, ist der Zustand höchsten Glücks (Samadhi) erreicht.

L

Latex

Naturlatex ist ein sich sehr angenehm anfühlendes, weiches Material, das mittlerweile auch farbig existiert. Es wird aus dem Milchsaft des Gummibaums hergestellt und ausschließlich in Europa produziert. Latexdildos bestehen aus einer Latexhülle, die im Innern mit Schaum gefüllt sind. Latex ist nicht porös, läßt sich daher gut reinigen. Falls Sie aber – aus welchen Gründen auch immer – → Öl auf ihren Dildo gießen, bleibt eine erbärmliche Gummimasse zurück. Merke: Öl zerstört Latex. Übrigens wird jetzt schon dazu aufgerufen, in Latex-Kondome und Dildos als ökologische Kapitalanlage zu investieren. Sie tragen damit zur Erhaltung des Regenwaldes bei!

Lederdildos

Sie wurden schon zu Helenas Zeiten 360 v.Chr. in der Küstenstadt Milet produziert und haben bis heute ihren Reiz nicht verloren. Die

Attraktion beruht aber mehr auf ästhetischen als auf praktischen Aspekten. Lederdildos sind handgenäht, und diese genähten Säume sind schwer sauberzuhalten. Färbemittel und andere Chemikalien, die zur Behandlung des Leders benutzt werden, können die Haut und unsere kostbaren Innereien angreifen. Lederdildos immer nur mit Kondomen benutzen! Es gibt sie generell nur in schwarz; sie sind ausschließlich in speziellen Ledergeschäften erhältlich.

Lil & Pal

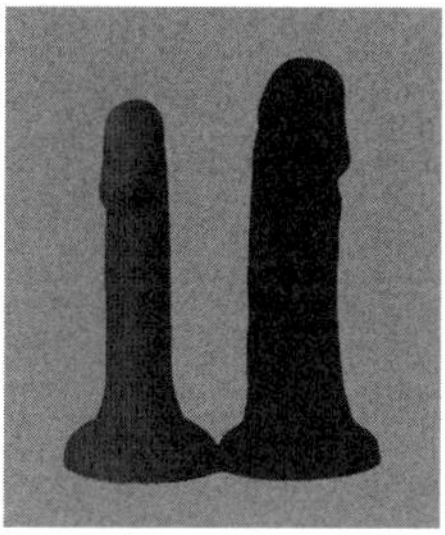

Die kleinen Softies sind → naturalistische Dildos aus besonders weichem Material und gehören zur → Adams Family. Sie eignen sich besonders zum In-der-Hose-Tragen und sind bei Trans-Personen sehr beliebt.

Liquid Latex

Der flüssige Kautschuksaft kann aus dem Topf direkt auf den Körper gestrichen werden und als schickes Fetisch-Outfit herhalten. Bitte vorher einölen bzw. rasieren, wenn keine Enthaarungskur gewünscht ist. Auch wenn das Material, je nachdem, wie dick es aufgetragen wurde, sich dann langsam auflöst, ist man erst mal gut angezogen. Will man ein ganzes Kleidungsstück auf den Körper zaubern, erfordert das schon künstlerische Fertigkeit. Zum Experimentieren und zur spannenden Auflösung sehr wirkungsvoll.

Little Heart

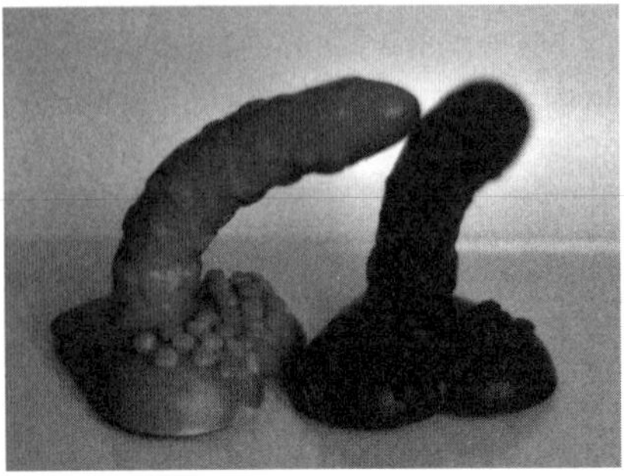

[dt. kleines Herz] Der → naturalistische Dildo ist durch und durch beherzt. Als Valentinsmodell bringt er Herznoppen am Schaft und im Sockel. Der Sockel ist zudem ergonomisch dem weiblichen Venushügel angepaßt, so daß es zu keinerlei Reibungen oder gar blauen Flecken kommen kann, falls dies nicht gewünscht ist.

Lollies

Auch Lollyes [engl. lolly = Lutscher, yes = ja] Die Mösenleckläppchen dienen dem → Safer-Sex beim Oralverkehr und sind in verschiedenen Geschmacksrichtungen erhältlich, z.B. Wildbeere, Vanille, Cola. In den USA wartet man auch mit Capuccino, Mokka, Zimt etc. auf. Die Lollies sind hauchdünn und rechteckig, so daß sie funktional angewendet werden können. Bei Pilzen, Viren und anderen Malaisen unabdingbarer Schutz. In den USA existieren Weiterentwicklungen der Lollies mit Klebeflächen an den Ecken, so daß sie an den Körper gehaftet werden können.

Lollymaske

[dt. Oraldamm] Die Maske aus kondomdünnem Latex mit Auswölbungen für die Zunge und die Nase wird über den Kopf gestreift. Auf der Rückseite ist ein Loch für den Pferdeschwanz vorgesehen. In diesem Sicherheits-Outfit können Sie Ihre Freundin mit den bedrohlichen Worten überfallen: Hände hoch, oder ich leck dich!

M

Magic Wand

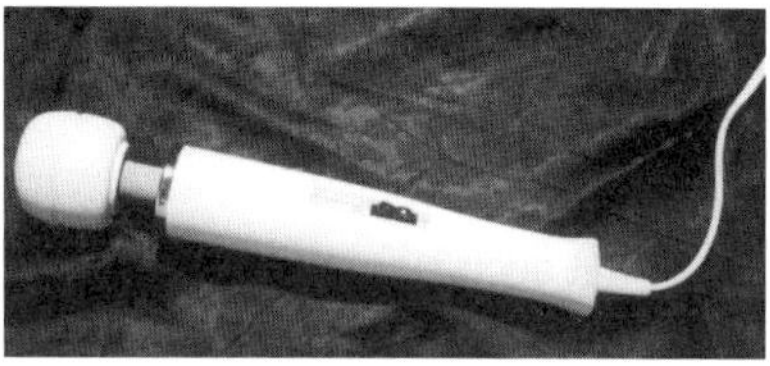

[dt. → Zauberstab] Der Daimler unter den → netzbetriebenen Vibratoren. Die Form eines Mikrofons erlaubt intensive Interviews z.B. mit der Möse auf zwei Geschwindigkeitsstufen. Die Schwingungen des beweglichen, tennisballgroßen Kopfes sind flächendeckend und nicht so punktuell wie bei → batteriebetriebenen Vibratoren. Die Vibrationen sind zudem so stark, daß sie – an einen (im Gürtel befindlichen) Dildo gehalten – diese weiterleiten oder locker zwei Personen versorgen. Es existieren diverse Gummi- oder Silikon-Aufsätze für die → G-Fläche oder den Analbereich. Der → Massagestab läßt sich tatsächlich für alle Arten von Verspannungen einsetzen. Etwas nachteilhaft sind das Gewicht und das Geräusch des Apparats. Das amerikanische Modell braucht einen Adapter für unseren europäischen Stromkreislauf.

Madonna

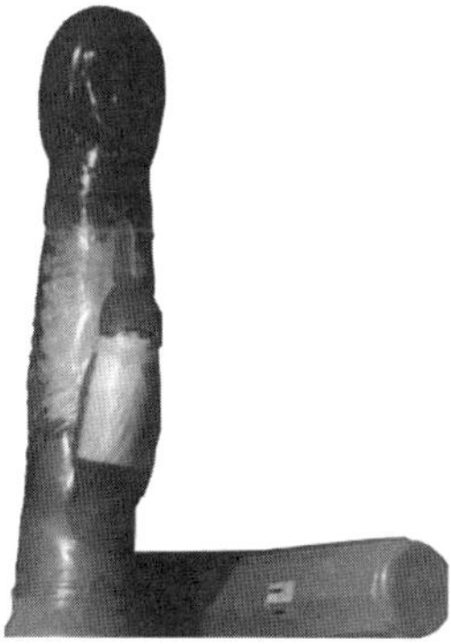

→ Perlen-Vibrator in Form einer → Frauenfigur, in deren Leib sich die Kügelchen drehen und deren vorgelagerte Zunge die Clit bedient.

Maiskolben

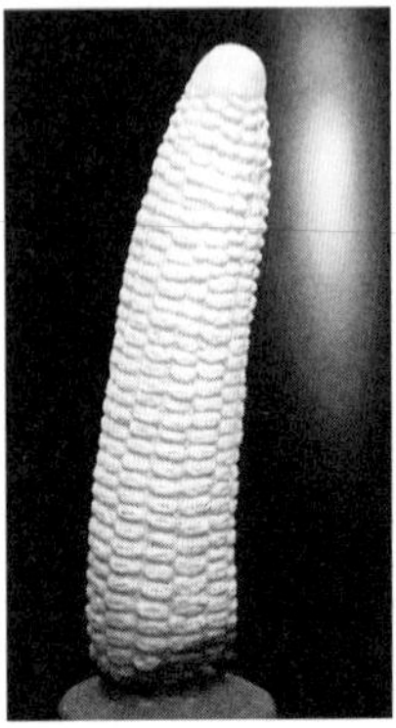

Mutter Natur hat auch hier schon die Dildoform sogar mit Noppen vorgegeben. Wer das leckere Gemüse haltbar erwerben will, hat eine ganzjährige Dekoration für das Gemüsefach.

Marmorstab

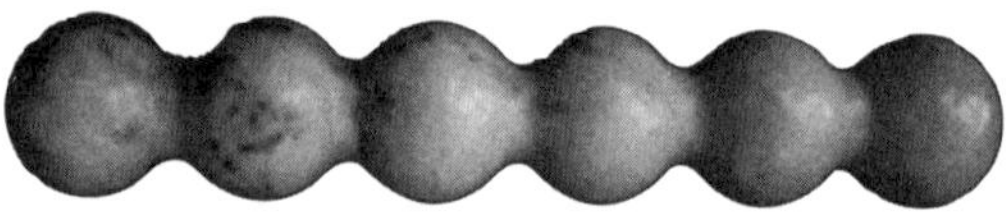

Das schöne Stück läßt sich als → Doppeldildo benutzen, erfreut aber auch durch langsames Erfühlen jeder einzelnen Kugel oder Rille. Marmor ist ein Stein, der die Außentemperatur schnell wieder abgibt. Leider ist Marmor zerbrechlich.

Massagegeräte, schwedische

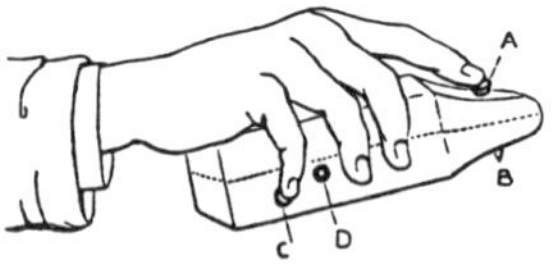

In früheren Zeiten haben Barbiere angeblich nach getaner Arbeit den KundInnen damit eine Kopfmassage verpaßt. Man steckt die Hand durch Drahtschlaufen, so daß das Gerät auf den Knöcheln liegt, und massiert los. Der Hautkontakt wird durch die vibrierende Hand beibehalten. (Männer lieben es, ihren Schwanz damit zu streicheln.) Allerdings wird die Hand durch das Gewicht schnell taub.

Massagestab

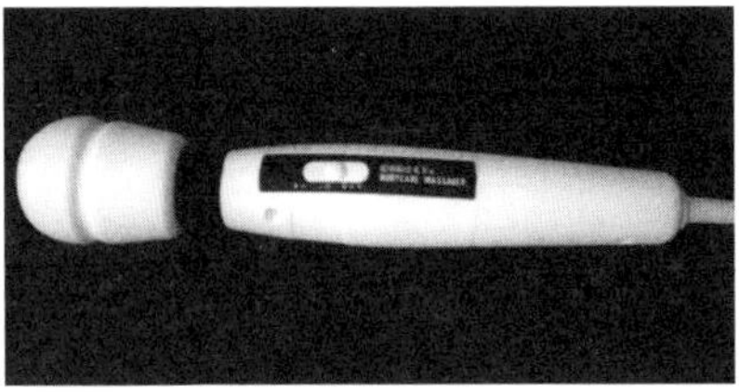

Mittlerweile werden die qualitativ hochwertigen Hitachi-Zauberstäbe von diversen Firmen nachgebaut. Die → netzbetriebenen Vibratoren passen jetzt zwar auf unsere deutsche Dosen, haben aber weniger starke Vibrationen und sind eher als Light-Version zu bezeichnen. Auch der Massagekopf ist weniger flexibel.

Masturbationsmaschine

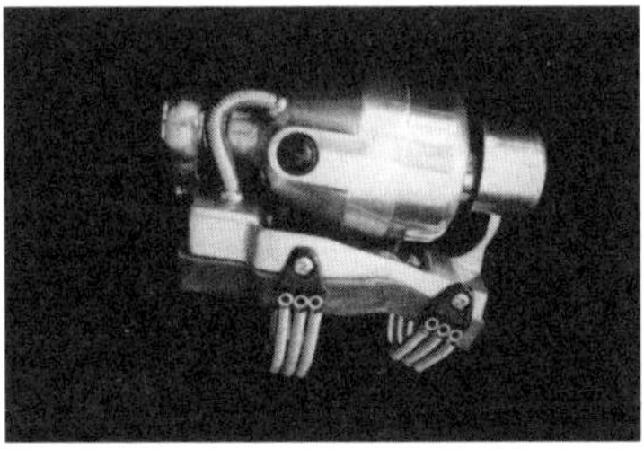

Dieser → netzbetriebene Vibrator aus dem Vibrationsmuseum sieht aus wie ein Fön aus uralten Zeiten. Die damit ausgerüstete Hand mutiert zum Ufo und ist zu sensationellen Höchstleistungen fähig! Allerdings fällt nach Gebrauch der Maschine die Hand ab.

Metallplug

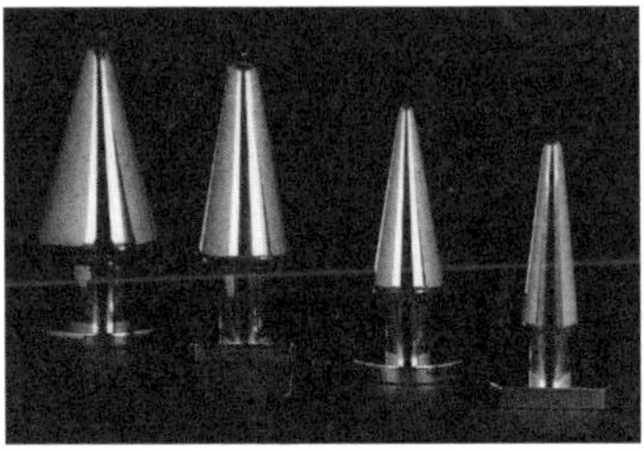

Analdildos aus Metall oder → Edelstahl sind kühl und massiv und erzeugen einzigartige Gefühle. Da sie sehr schwer sind, sollten Sie vorsichtig damit umgehen, damit Sie sich nicht verletzen und Ihr Steißbein angeschlagen wird.

Mixer

Das Praktischste an der wundervollen neuen Spielzeugwelt ist, daß sich viele Dinge multifunktional einsetzen lassen. Hat frau früher noch Küchenutensilien sexuell angewendet, benutzt sie heute Spielzeuge zum Sahneschlagen und Obst shaken. Die Vibratoren, die aussehen wie ein Handmixer, sind daher weit verbreitet und in jedem Katalog zu bestellen. Sie sind sehr leise und werden mit einem reichhaltigen Zubehör geliefert. Die Vibrationen sind recht intensiv und punktuell, wenn auch örtlich begrenzt. Experimentieren Sie mit den diversen Geschwindigkeiten.

Mond

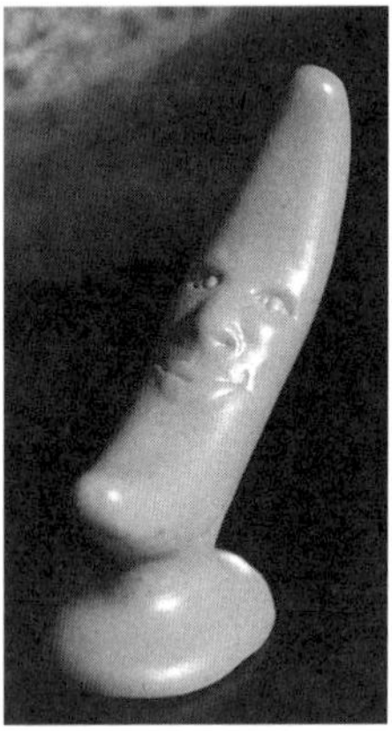

Dieser Halbmond eignet sich besonders zum genußvollen Einschläfern. Wer aber noch Aufregung haben möchte, kann die Sichel auch für die → G-Fläche oder andere muntere Stellen benutzen. Im Sockel sind benutzerInnenfreundliche Fingerwölbungen eingegossen, so daß man alles gut im Griff hat.

N

Natural Contourer

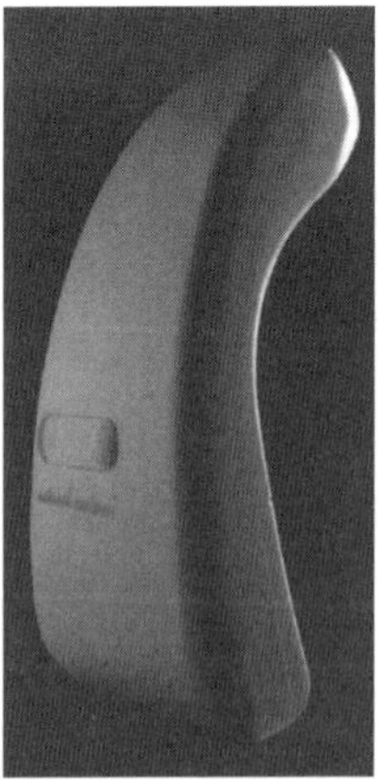

[dt. Natürlicher Konturer] → Batteriebetriebener Vibrator. Filmemacherin Candida Royalle entwickelte diese Kunstobjekte, die jede Zoll- und Familienkontrolle überstehen. Manch eine hat schon die Tastatur des darin vermuteten Handys gesucht oder wollte sich damit die Beine rasieren. Drei Geschwindigkeiten, ergonomisch geformt für den Venushügel.

Naturalistische Dildos

Eine der beiden Kategorien zur Unterscheidung von Dildos. Die naturalistischen haben im Gegensatz zu → strukturierten eine eher glatte, schwanzartige Form.

Neapolitana

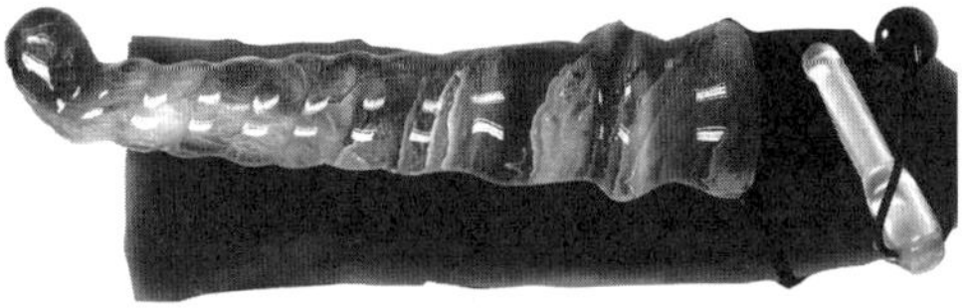

Dieser marmorierte → G-Flächen-Vibrator aus → Plexiglas hat sogar noch einen kleinen Gehilfen für die Arbeit im Untergrund, den Analstick.

Netzbetriebene Vibratoren

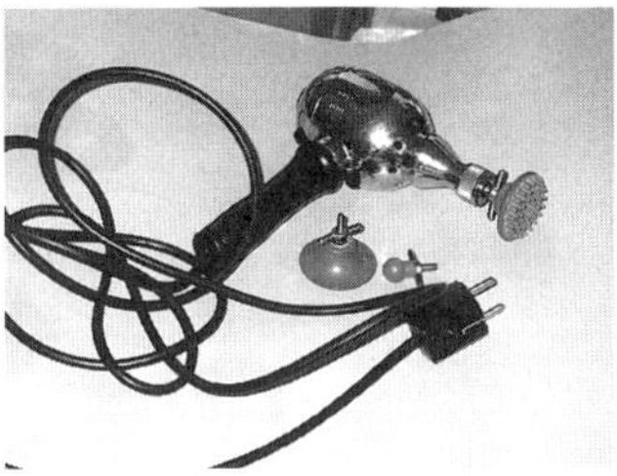

Sie liefern gleichmäßige und dauerhaft starke Vibrationen und sind sehr haltbare Freudenspender. Die Massagestäbe lassen sich zur Behandlung jeglicher Verspannung einsetzen und verhalfen manch einer schon zum Durchbruch. Man hängt allerdings an einer mehr oder weniger langen Leine und ist auf eine Dose angewiesen. → Magic Wand, → Eroscillator

New Yorker

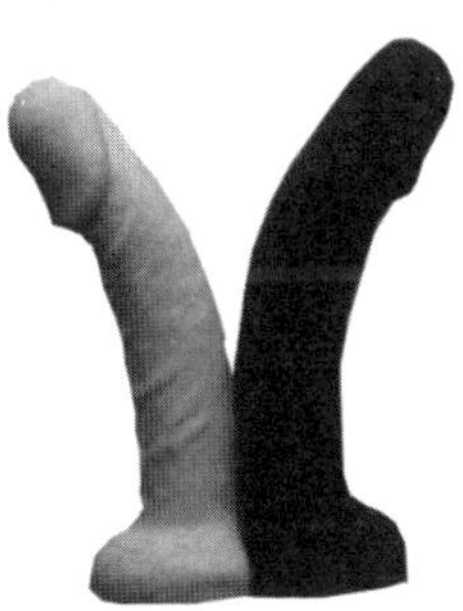

Diese → naturalistischen, besonders weichen Dildos von → Scorpio gehören zur → Adams Family. Besonders pfiffig ist der halbe Sockel, der gut in der Hand liegt und sich als platzsparend im Gürtel, besonders im Aufsatz des → Doppelgürtels erweist. New Yorker sind gut in der Hose zu tragen und aufgrund der weichen Struktur anpassungsfähig.

Nexus

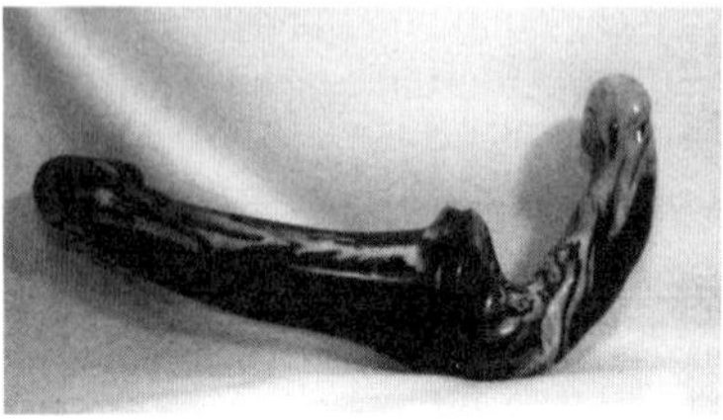

[dt. Verbindung] Schwanzförmiger → Doppeldildo aus → Silikon; anatomisch so geformt, daß das eine Ende paßgerecht ist und das andere zur Penetration freisteht. Auch im Gürtel tragbar.

Nippelhütchen

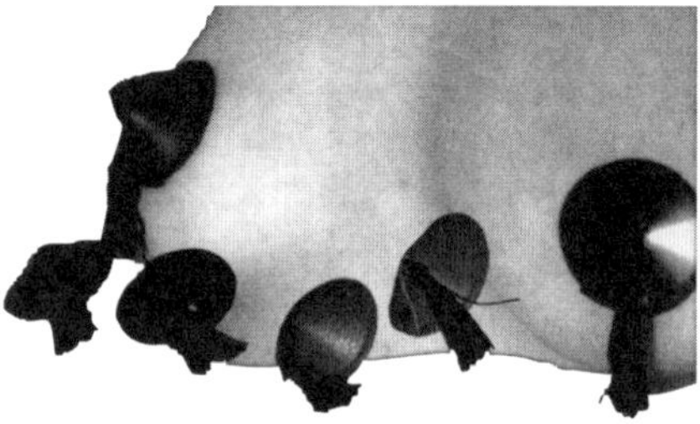

Ehemals als Verbot gedacht, gelten die aufklebbaren Lederspitzen als besonderes Striptease-Detail. Geübte können die Bändchen in verschiedene Richtungen drillern!

Nippel-Aufsatz

Einige Vibratoren haben besondere Aufsätze, die speziell für die Nippel geformt sind und diese reizen. → Eroscillator

Nippel-Klemmen

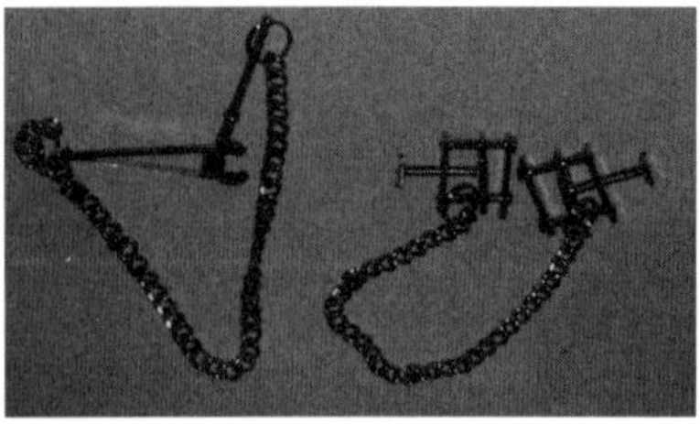

Klemmen existieren in verschiedenen Ausführungen. Die Nippel werden eingespannt; so wird auf sie Druck ausgeübt. Wichtig ist, daß die Spannung auf das gewünschte Maß einstellbar ist. Wäscheklammern

lassen nur eine Stellung zu. Probieren Sie aus, wo und wann Sie die Klemmen ansetzen. Wenn Sie schon sehr erregt sind, fühlt sich eine Klemme anders an. Hinter der Nippelspitze anstatt direkt auf ihr kann es angenehmer sein, und die Klemme fällt nicht so schnell ab. → Alligator, → Tweezer

Nonne

Sie ist besonders für die Katholikinnen unter uns ein „bijou réligieux", ein religiöses Schmuckstück. So hießen die Spielzeuge im Mittelalter noch, als sie ganz offenherzig auch von den Damen der Zunft benutzt wurden.

O

Öle

Massageöle sind für die äußerliche Anwendung gedacht. Solange die Öle nicht mit Latex in Berührung kommen, können sie auch auf die Genitalien aufgetragen werden, denn Öl zerstört Latex. Wenn Sie weitergehen wollen, sollten Sie ein wasserlösliches Gleitmittel benutzen, mit dem Sie auch massieren können. Öle gibt's in verschiedenen Duftaromen wie Apfel, für allergisch Reagierende auch unparfümiert. Massageöle aus rein natürlichen Zutaten werden nach einer Weile schlecht und müssen im Kühlschrank aufbewahrt werden. Testen Sie die Öle erst mit einer kleinen Menge. Sie können es vorher anwärmen, wenn Sie möchten.

Olisbos

[dt. Sexspielzeug] Dildos aus Ton und Glas, in welche die Griechinnen warmes Wasser oder Eselsmilch füllten.

Oraldamm

Ähnlich wie → Dental Dams bietet diese Maske beim Oralverkehr Sicherheit vor Ansteckungen. Sie läßt sich problemlos beim anonymen Leck-Überfall einsetzen und erfreut jedeN GummifetichistIn. → Lollymaske

P – Q

Pack 'n Play

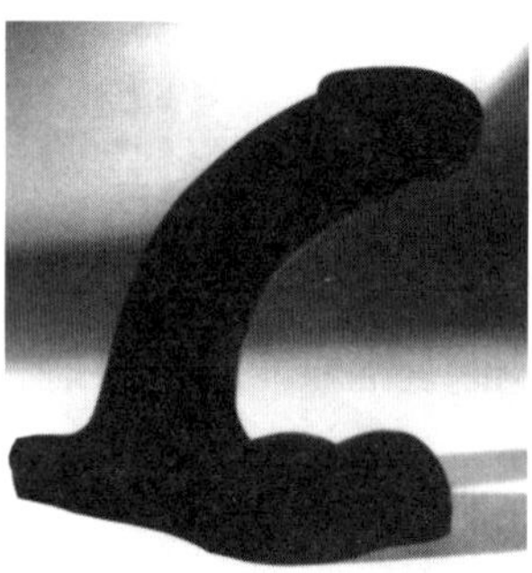

[dt. einpacken und spielen] Ein Modell, das jede Hose zum Schwellen bringt und alle Blicke auf sich zieht.

Packing

[dt. packen] Viele lieben es, sich einen Dildo in die Hose zu packen. Manche sind transsexuell und tragen einen Dildo vor der endgültigen Operation zum Mann. Viele (Frauen) leben auch als Männer, ohne die teure medizinische Umwandlung zu vollziehen, die oftmals unbefriedigend verläuft. Und manche machen es einfach aus Spaß am Rollenspiel. Es gibt jede Menge Anlässe und Gründe, daß es eine so richtig „packt". Nicht jeder Dildo, der sich für den Gürtel eignet, ist auch für die Hose gut. Stramm stehende Versionen heben zwar beeindruckend den Stoff, behindern aber bei körperlicher Bewegung. Soll die Wölbung realistisch aussehen, ist ein kleinerer und weicher Dildo besser untergebracht. Zum Benutzen des Dildos mit einer anderen Person empfiehlt sich ein festerer Dildo, der sich biegen läßt, ohne zu brechen. Ist dieser feste Dildo auch noch lang, kann man ihn mit einer Manschette am Beingurt befestigen und bei Bedarf in den Gurt spannen.

Passatempo

[dt. Zeitvertreib] Italienische Bezeichnung für Spielzeug. Wer würde nicht gerne Zeit verschwenden, um sich den vielseitigen Freuden hinzugeben, die Spielzeuge erzeugen können.

PC-Muskel

Der Pubococcygeus-Muskel ist ein Gewebe, das den Beckenboden unterstützt und die Genitalien umrahmt. Wenn frau den Mittelstrom beim Wasserlassen stoppt, ist es zu spüren. Rhythmisches Zusammenziehen und Loslassen (gute Übung im Verkehrsstau, bei langen Sitzungen im Büro) stärkt diesen Muskel und führt zu intensiveren Orgasmen. Den Mösenmuskel kann man z.B. mit einem → Sexerciser oder → Kugelstab trainieren, was auch bei Blasenschwäche oder nach der Geburt empfohlen wird. → Kegel-Übung

Peitschen-Dildos

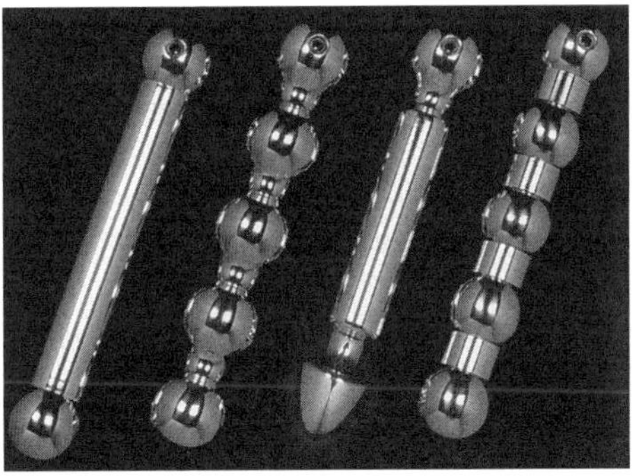

Peitschen, deren Griff als Dildo verwendet werden kann. Im multifunktionalen Fall kann man die Peitschen-Aufsätze austauschen und aus einem bittersüßen Sortiment auswählen. Und wenn Sie die Peitsche knallen lassen können, während der Griff in Ihnen steckt, dann haben Sie überzeugt, daß Sie die Übungen zur Stärkung der Mösenmuskulatur gemacht haben. → PC-Muskel

Penisplugs

Analdildos in Schwanzform, hier aus hochwertigem Aluminium mit ausgeprägt spürbarer Eichel, die ein schweres Völlegefühl vermitteln. → Buttplug

Penisringe

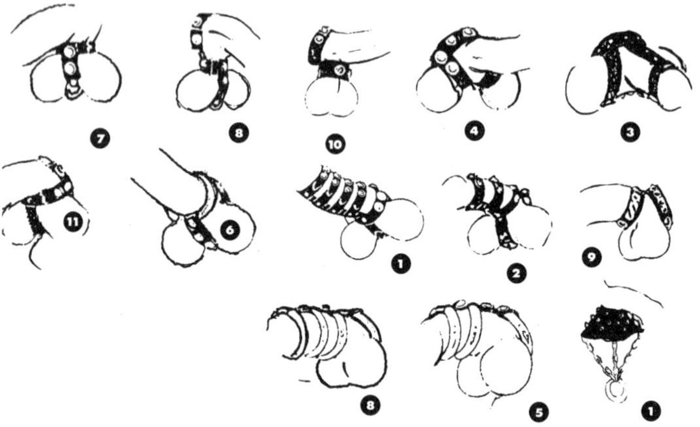

→ Cockringe, die um Wurzel und Sack passen und den Blutabfluß aus dem Schwanz stauen. Es entsteht ein Druck, der das Gefühlserleben verstärken kann. Penisringe helfen außerdem, die Erektion zu verlängern und sogar härter zu machen. Wenn ein zu enger Ring zu lange getragen wird, kann das zu blauen Flecken führen. Besser ist es, abnehmbare Ringe höchstens eine halbe Stunde einzusetzen und das Ganze aufmerksam zu beobachten. Die Ringe aus Metall, Gummi oder Leder streift man über den schlaffen Schwanz, nachdem die Hoden durchgezogen wurden. Metallringe sind was für Erfahrene, denn wenn die Erektion da ist und der Ring vielleicht weh tut, können Sie diesen nur nach einem Orgasmus ablegen. Ansonsten einen Eimer kalten Wassers (Eiswürfel) oder die Metallsäge bereithalten. Auf der Notfallstation Ihres Krankenhauses kennt man das übrigens schon. Leder-Varianten sind da einfacher zu handhaben. Sie haben Druckknöpfe oder Klettverschlüsse und lassen sich jederzeit abnehmen. Es existiert eine sehr große Auswahl an solchen Schwanz- und Eier-Spielzeugen, die auch noch dekorativ aussehen. Die Ringe können auch zur Fixierung der Dildos im → Gürtel eingesetzt werden und sehen an Dildos genauso hübsch aus.

Perlen-Vibratoren

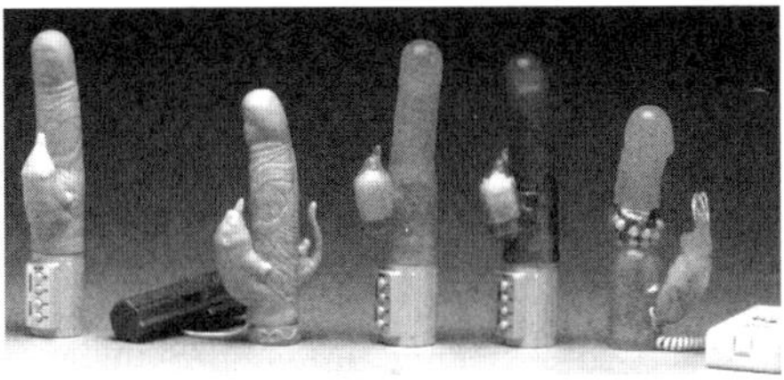

Die sich nach rechts und links drehenden Perlen im Schaft sorgen für ein besonderes Gefühl. Das kleine Tierchen am Seitenarm züngelt unermüdlich an der Clit. Die stufenlose Regelung für beides liegt bei Ihnen, das heißt, Sie können entscheiden, ob der Dildo sich drehen und dabei vibrieren soll, während Sie die Schwingungen an der Clit bestimmen. Es existiert auch eine externe Steuerung oder sogar eine Fernbedienung, mit der Sie z.B. vom Arbeits- bis ins Schlafzimmer reichen und Ihre PartnerIn zum Rotieren bringen können. Perlen-Vibratoren sind auch in der Kombination möseal/anal tätig.

Perlen-G-Vibrator

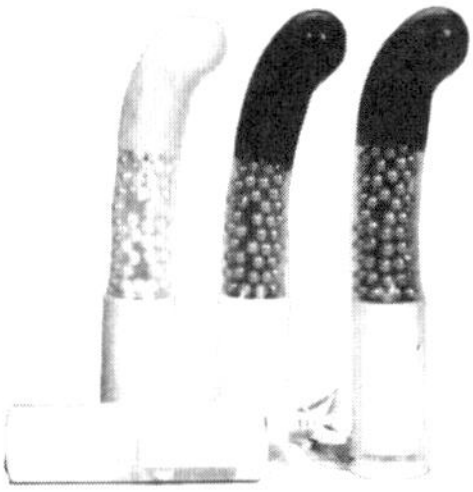

Die Spitze des Vibrators ist der → G-Fläche zugeneigt, während der Bauch voller Perlen sich um den mösealen Eingang bemüht und sich aufregend anfühlt.

Pflege der Spielzeuge

Der Einfachheit halber sollten über alle Spielzeuge Gummis gestülpt werden. Dann erspart man sich die große Wäsche und muß nicht bei jedem Lochwechsel dran glauben. Dildos können im Waschbecken oder in der Badewanne schwimmen, z.T. auch ausgekocht werden. Vibratoren lassen sich mit lauwarmen nassen Tüchern oder mit hautfreundlichem Desinfektionsspray putzen. Es gibt sogar spezielle Reinigungsmittel, die aber auch nicht mehr als sauber machen können. Lederspielzeug muß wie jegliche Ledersachen gepflegt werden. Es existieren Lederseife, Lederfett und Lederöl, um es geschmeidig zu halten. → Reinigung

Phosphoreszierende Dildos

Diese Dildos leuchten auch im Dunkeln, so daß man unter der Decke lesen kann und im Darkroom weiß, wo's langgeht. Bitte unbedingt Gummis überziehen.

Pinguin

→ Strukturierter Dildo aus Silikon, der gerne einmal aus dem Tiefkühlfach des Kühlschrankes in die Berg- und Tallandschaften wandert.

Pisser

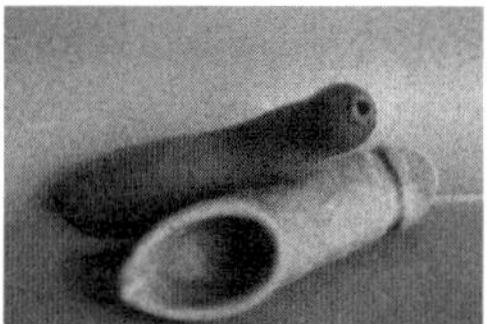

Mit diesen ergonomisch geformten Silikon-Schwänzen geht nichts mehr daneben. Ein Besuch auf der Männertoilette ist absolutes Muß. Nie wieder lange Warteschlangen vor dem Frauenklo, nie wieder Blasendruck auf der Love-Parade! Pisser existieren in beschnittener und unbeschnittener Version.

Plexiglas

ist ein hartes und kristallklares durchsichtiges Material, auf dem die Säfte fließen. Es ist saumlos und leicht zu reinigen.

Pocket-Rocket

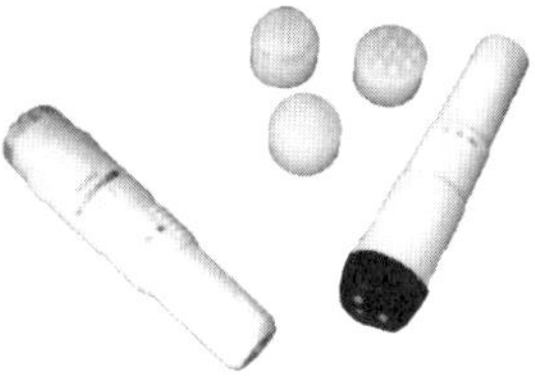

[dt. Hosen-Rakete] → Batteriebetriebener Vibrator. Die plastische Reisebegleiterln. Pocket-Rocket ist ein kleines Kraftwerk mit drei goldenen Punkten unter einer Spike-Haube und existiert mit einer Jellyhülle, die sie weicher und vaginal einführbar macht.

Prinzessin

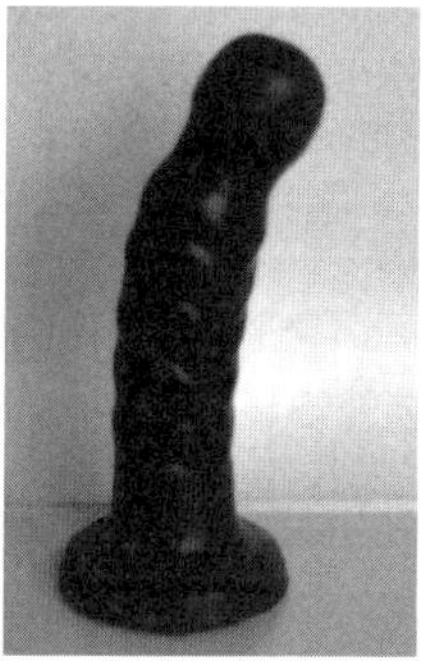

Diese → naturalistische Dilda hat eine königliche Struktur und bezaubert mit jeder Drehung.

Private Dancer

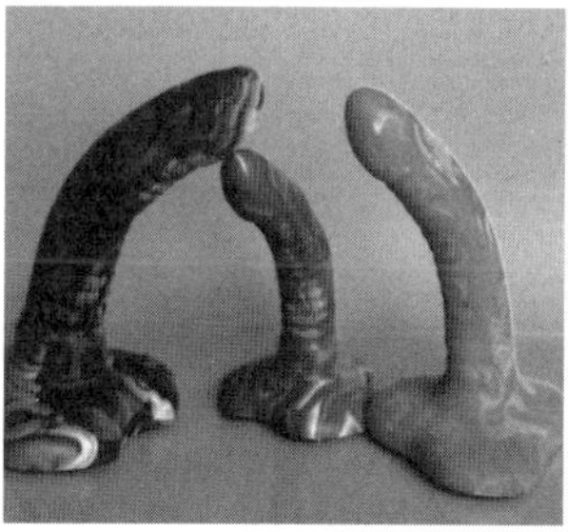

[dt. Private Tänzerln] Dieser → naturalistische Dildo von → Bent with the Wind mit geneigtem (→ G-Fläche) und gerilltem Schaft hat auch noch eine ergonomische Sockelwölbung für den Venushügel. Die Lieblings-Tänzerin kommt mit einem eingegossenen → Saugnapf, der sich an allen glatten Flächen gut befestigen läßt. Er wird die Badewanne rutschfest machen, den Kühlschrank mit einem Geschirrtuchhalter versehen und jede Tür griffiger gestalten. Geben Sie vorher → Gleitmittel drauf, falls die Wand nicht ganz so glatt ist. Nähern Sie sich von Angesicht zu Angesicht und finden Sie die richtige Ebene miteinander! Vielleicht grüßen Sie Ihr Bild im Spiegel und verlieren die Scheu vor sich selbst, entdecken neue Seiten an sich. Bleiben Sie mit sich im Gespräch und zeigen Sie sich einfühlsam. Der Dildo tanzt übrigens nicht nur für Sie alleine, sondern läßt sich gern in einen Dreier einfügen. Machen Sie eine Peformance für Ihre PartnerIn, während sie sich selbst stimuliert und Ihnen zuschaut. Die erotischen Bilder werden Ihnen in Erinnerung bleiben!

Prostata

Sie wird von vielen Männern als sexuelle Freudenquelle erlebt. Die Prostata befindet sich im Rektum hinter dem Steißbein, genau unter der Blase, und produziert Ejakulat. Führt man einen Finger ca. 6 cm ein, kann man die Prostata massieren, indem man durch die rektale Wand Richtung Körpervorderseite streicht. → G-Fläche

Puder und anderes verzehrbares Zubehör

Auftragen und vom begehrten Körper ablecken, so ist es vorgesehen. Einige werden sogar noch warm, wenn Sie sie auftragen oder darauf blasen, was sehr reizvoll wirken kann. Die Geschmacksauswahl reicht von honigsüß bis maschinenölstreng. Selten sind sie aus natürlichen Zutaten. Man sollte vorher ein Kostpröbchen zu sich nehmen, um nicht als ganz geschmacklos zurückgewiesen zu werden. Zum Massieren sind die leckbaren → Öle auch nicht geeignet. → Kamasutra-Produkte

Qigong-Kugeln

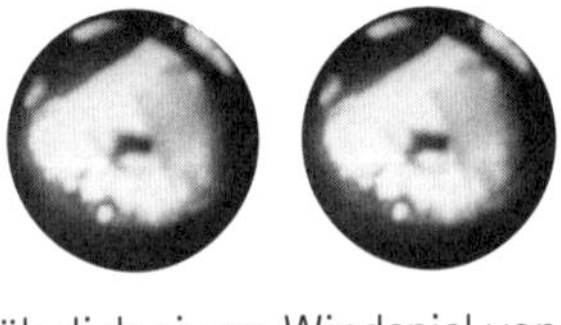

Wenn die → Ben-Wa-Kugeln zu klein werden, greift frau zu der nächst größeren Gewichtsklasse. Qigong-Kugeln sind aus massivem Metall, das auch noch einen lieblichen Ton ähnlich einem Windspiel von sich gibt. Die → Kugeln, die größer als Golfbälle sind und Billiardkugeln gleichen, sollen die Akupressurpunkte stimulieren und die Zirkulation der Lebensenergie durch den Körper verbessern. Geben Sie sich die Kugeln!

R

Radi

Was auch immer noch auf dem Obst- und Gemüsemarkt an neuem Spielzeug zu finden ist, bleibt jeder einzelnen überlassen. Der Rettich hat es hier einer Produzentin angetan, so daß sie ihn in → Silikon gießen mußte.

Randy

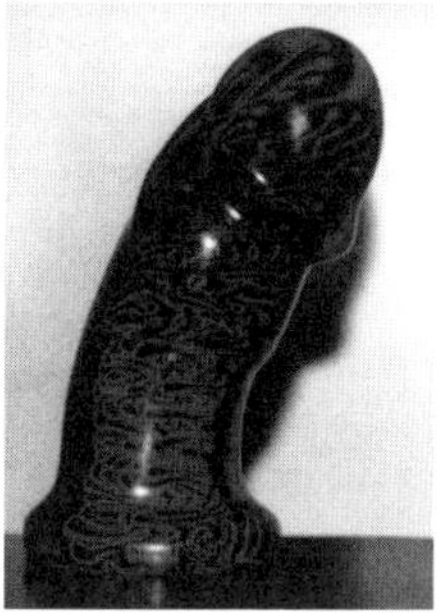

[dt. geil] Das Dildo-Dickerchen aus → Silikon, auch zur Geburtsvorbereitung lustvoll einsetzbar.

Raupe

→ Strukturierter Dildo aus Silikon, auf daß sich eine mal wieder richtig wurmen läßt.

Realistics

Die sogenannten → naturalistischen Dildos sind artifizieller Natur, daher gibt es sie in verschiedenen Größen und Neigungen, mit diversen Häutchen, Ein- bis Zweifach-Eicheln und allen erdenklichen kunstvollen Zusatzformen. Realistics existieren auch nach dem Vorbild von Pornostars, „direkt von einem erigierten Penis gegossen" wie dem von Jeff Stryker. Wegen Übergewicht haben diese oftmals keinen Stand und fallen entweder vom Regal oder brechen bei Benutzung im Gürtel ab.

Reinigung der Spielzeuge

Nach jedem Gebrauch sollte man das Spielzeug zumindest mit einer milden Seifenlauge waschen, gut abspülen und erst wegräumen, wenn es vollkommen trocken ist. Viren und Bakterien lieben Feuchtigkeit. Je nach Oberfläche der Spielzeuge nisten sich Viren in die Poren, die Infektionen übertragen können. Am einfachsten ist es, Kondome zu verwenden. Wechseln Sie jedesmal die Gummis, wenn Sie einen PartnerInnentausch oder einen Lochwechsel vollziehen. Auch wenn Sie das Spielzeug nur für sich selbst verwenden, verhindern Sie durch einen Überzieher, daß Sie sich z.B. selbst infizieren. → Pflege der Spielzeuge

Reisebegleiter

[frz. Les articles de voyage] Das unabdingbare Spielzeug für die Reise muß leicht und praktisch sein und eventuell waschbar, z.B. → Campinggürtel, → aufblasbare Dildos, Taschenvibratoren. Berufstätige Reisende bevorzugen unauffällige Vibratoren in Form eines Handys oder Lady-Shaves, das erspart lästige Zollkontrollen.

Reiz-Ringe

Ringe mit Noppen oder ähnlich spürbaren Formen, die über Dildos bzw. Vibratoren gestülpt werden können und der zusätzlichen → Clit-Stimulation dienen. Sie sind meist aus Gummi oder → Jelly und oft so weich oder mit so kleinen Noppen versehen, daß frau nicht allzuviel spüren kann, auch wenn sie den Weg durch das Gestrüpp schon mal freigelegt hat.

Reiz-Spinne

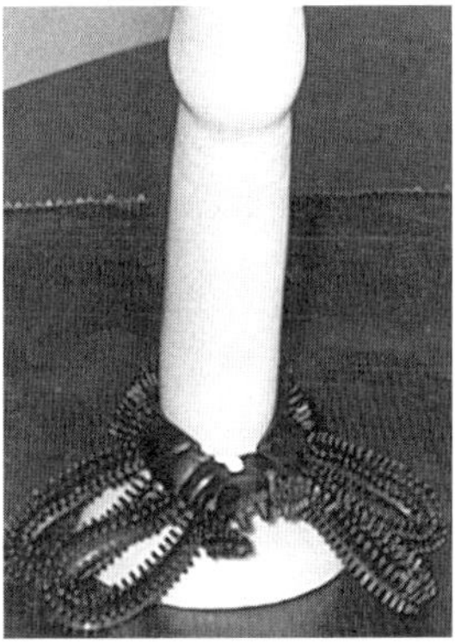

Sie ist ein besonders verspieltes Exemplar der → Reizringe und sieht wirklich hübsch auf dem Ständer aus. Die Funktionalität ist nicht so gegeben, und nicht jede findet es so erregend, eine Spinne zwischen den Beinen weben zu haben.

Ringe

Metall oder Gummiringe geben dem in den Gürtel eingespannten Dildo zusätzlichen Halt. Metallringe sind starr und anfänglich kalt, Gummiringe geben etwas nach und empfehlen sich bei weichem Material wie → Cyberskin oder sehr weichem → Silikon, das sonst gerne bricht. → Cockringe, → Penisringe

Rocket

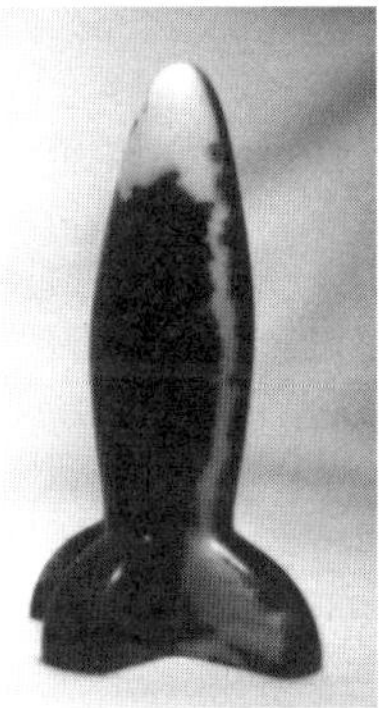

[dt. Rakete] Der → strukturierte Dildo, der abgeht wie eine Rakete, kann auch zur sozialen Abrüstung eingesetzt werden.

Rosetta

Der typische Analdildo in → zylindrischer Form kommt der „effeuille de la rose", der Entblätterung der Rose, gerade recht. Diese blumige Bezeichnung steht für eine anale Liebkosung in francophonen Ländern.

S

Safer-Sex

Was und wie auch immer Sie es treiben, lassen Sie es gleiten! Ob ein, zwei oder mehrere Finger im Spiel sind, Hände ordentlich zulangen, Toys auf Lochwanderung gehen oder Leckermäulern der Saft läuft, bei allen Sexkapaden heißt es: Gib Gummi! Safer-Sex ist nicht nur zu Aids-Zeiten wichtig, sondern hindert tagtäglich umherschwirrende Bakterien, Pilze und Viren an ihrer Entfaltung und schützt vor allen möglichen Giftigkeiten. Gummis über den Spielzeugen sind auch eine wunderbare Maßnahme, um das lästige Waschen zwischendurch zu vermeiden. Schließlich weiß man auch nicht, wie sich die neuartigen Materialien auf lange Zeit noch auswirken werden. → Dental Dam, → Lollies

Saugnapf

Falls die Dildos sich nicht schon von alleine auf der Waschmaschine festsaugen, kann man diese mit den praktischen Saugnäpfen auch zu sommerlichen Temperaturen am Kühlschrank anbringen oder die Tür verzieren. Manche Dildos haben den oder die Saugnäpfe gleich miteingegossen, was haltbarer daherkommt. Vorsicht beim Entfernen, immer einen Napf nach dem anderen von der Seite her belüften und dann abziehen.

Saugpumpe

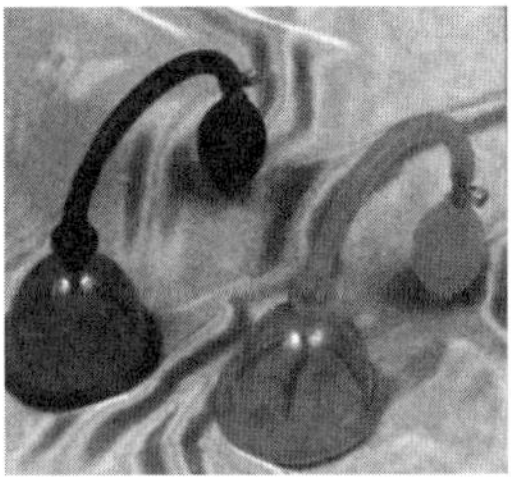

Eine Saugglocke wird auf die Möse gesetzt und mit einer Pumpe ein Luft-Vakuum erzeugt. Das kann dazu führen, daß die Lippen anschwellen und es ganz schön kribbelt. Das geht aber nur, wenn die Glocke auch paßgerecht sitzt und luftdicht ist.

Schellen

Sie haben den gewissen Klick, der in den Ohren von Begehrenden schon einen Orgasmus auslösen kann. Wenn die Schellen zuschnappen, achten Sie darauf, daß die Sicherheitssperre eingestellt ist. Sie verhindert, daß die Schelle nach dem Verschließen noch weiter einklickt bzw. einengt. Gehen Sie mit der bewegungseingeschränkten Person liebevoll um und achten Sie darauf, daß diese nicht mit ihrem Körper auf dem scharfen Metall liegt. Behalten Sie immer die Schlüsselgewalt, d.h. halten Sie den Schlüssel in Reichweite.

Schlitten

Bezeichnung für den → Aufsatz auf einem → Gürtel, in den Dildos zum eigenen vaginalen und/oder analen Vergnügen eingesetzt werden können.

Schnuller

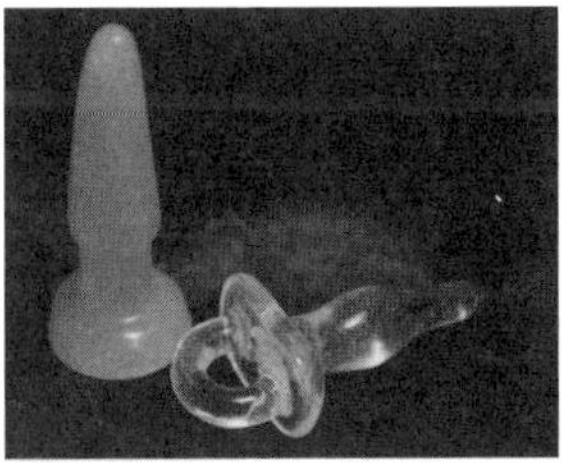

Analstöpsel aus → Jelly, der das gierige Mündchen beruhigt.

Schwimmerin

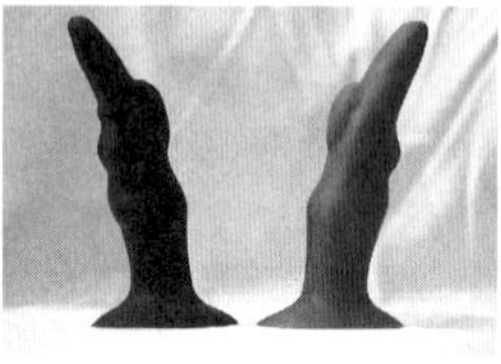

Die Klassikerin unter den → strukturierten Modellen mit kleinem Bauch. Das Design ist von „Dills for Does" aus den Siebzigern. Mittlerweile tauchen sportliche bis kräftige Modelle mit verschiedenen Maßen auf.

Scorpio

Der Mann mit der schwärzesten Stimme New Yorks, G.B. Duncan, hat sich mit seinem Sternzeichen Skorpion auf den Dildosockeln verewigt und war der Erfinder der unverwechselbaren Silikonschwänze in den Siebzigern. Als Heilpraktiker wollte er weiche, anpassungsfähige Prothesen kreieren. → Adams Family

Sex-Sattel

Kissen im Leoparden-Outfit mit einer Dildo-Öffnung. Ist hübsch anzusehen, noch hübscher zuzusehen, befriedigt aber nicht unbedingt die Reiterin.

Sexerciser

Dildo aus → Edelstahl. Zum Muskeltraining besonders bei Harnschwäche oder nach der Geburt sei dieses Übungsgerät empfohlen. Die drei unterschiedlich großen und schweren Kugeln an einem Stab werden je nach Auffassungsvermögen eingeführt und in verschiedenen Positionen gehalten. Kann frau den Stab mit der kleinsten Kugel halten, dürfte sie ohne weiteres auch Nüsse knacken. → Kugeln

Shakti

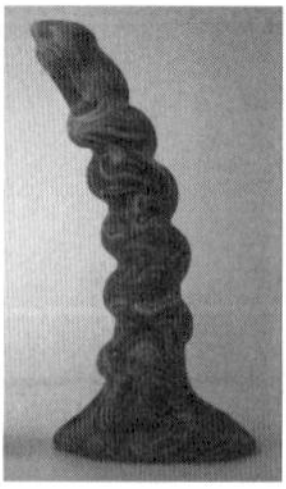

Nicht nur für FreudianerInnen kommt diese schöne Schlange symbolisch daher. Sie verzaubert durch ihre einzigartigen Windungen.

Shiva

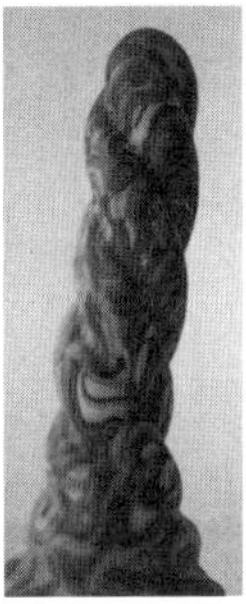

Der → strukturierte Dildo dient nicht nur dem esoterischen Vergnügen. HandwerkerInnen lieben es, ihre Geliebten zu schrauben.

Silber

Silber ist ein ganz edles Material und erfordert besondere Pflege. → Kugeln oder Kugelstäbe aus Silber müssen immer wieder zusammen mit dem Familienbesteck geputzt werden, da es u.a. durch die Mösensäure anläuft. Es existieren spezielle Silberputztücher.

Silikon

Das Silikon, das zum Gießen von Spielzeug verwendet wird, ist ein weiches, hautfreundliches Material. Es ist dieselbe empfindliche und teure Substanz, die man für chirurgische Implantate benutzt und daher steril und staubfrei gehalten werden muß. Die Produktion von Silikondildos ist sehr arbeitsintensiv. Sie werden von Hand gegossen, und auch die Gußformen sind handgemacht. Beim Gießen selbst müssen viele Faktoren berücksichtigt werden, wie z.B. der Grad der Luftfeuchtigkeit. Jede Produktion experimentiert zudem mit der Konsistenz, daher existieren die Dildos in verschiedenen Härtegraden. Die Dildo-Revolution wurde von dem Heilpraktiker G.B. Duncan aus Brooklyn eingeläutet. Er begann, mit geschmolzenem Silikon zu experimentieren, das er zu prothetischen Vorrichtungen gießen wollte. Seine Schwänze sind enzigartig weich und als → Adams Family von Scorpio berühmt. Silikondildos gibt es mittlrweile in allen Regenbogenfarben. In transparentes Silikon können sogar Erinnerungsstücke oder ausgewählte Kleinigkeiten gegossen werden, z.B. Herzchen, Sonne, Mond und Sterne, das Bild oder der Name der Geliebten, ein Talisman oder Worte wie „Ewige Liebe". Das Besondere an dem Material ist, daß es die Körpertemperatur annimmt und die Wärme hält. Silikon hat eine glatte, nicht poröse Oberfläche, die leicht zu säubern ist. Hygienefans freuen sich, ihr Spielzeug bis zu fünf Minuten lang kochen zu können und schauen zufrieden in den Spargeltopf. Andere wiederum können es nicht erwarten, die Tür der Geschirrspülmaschine zu öffnen. Silikon verträgt sich nicht mit Silikon, daher sollte darauf geachtet werden, daß kein silikonhaltiges → Gleitgel verwendet wird. Das Spielzeug verliert sonst im Laufe der Zeit seine Haltung und löst sich auf. Vorsicht auch vor langen Fingernägeln, Katzenkrallen oder Hundebeißern. Dieses sehr widerstandsfähige Material, an dem man sonst zerren und zuppeln kann, ist nicht mehr zu kleben, wenn es einmal eingerissen und auseinandergebrochen ist. Auch Eifersuchtsanfällen hält das härteste Silikon nicht stand.

Silikonkugeln

Sie bestehen aus zwei Kugellagern mit rund drei Zentimetern → Duchmesser, die in Silikon gegossen sind und durch eine Nylonschnur miteinander verbunden sind. Einige Frauen genießen es, die → Kugeln an ihre Mösenwände zart anschlagen zu fühlen. Andere tragen sie beim Fahrrad- oder Motorradfahren, was zusätzliche Schwingungen mit sich bringt. Manche setzen sie zusätzlich beim Verkehr ein und fühlen sich dadurch animiert. Vorsicht beim → analen Einführen, da sie leicht im Dickdarm verschwinden können, also besser eine Kugel raushängen lassen!

Sling

[dt. Schlinge] Die Liebesschaukel, in der Sie beide abheben. Eine Person kann darin sitzen und auf dem Dildo der stehenden Person schaukeln. Sie können in der Schaukel liegen, während die andere auf Ihnen reitet. Das Schaukeln versetzt Sie in einen schwerelosen Zustand, und viele erleben den Sex intensiver und fühlen sich regelrecht erleichtert. Liebessschaukeln sind bei schwangeren und großen Menschen sehr beliebt, die von der Schwerkraft ihres Alltags einmal befreit werden wollen. Personen mit Rückenschmerzen und/oder anderen Beeinträchtigungen schaukeln sich auch gerne hoch.

Slip-Einlage

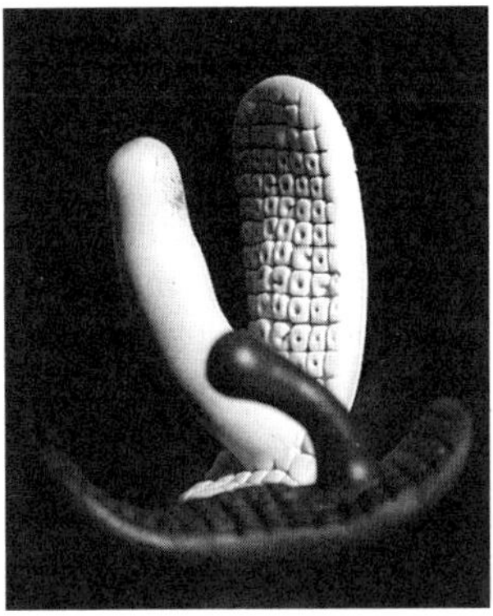

Mit integriertem → Dildo ist dieser Zauberteppich aus → Silikon ein Muß für jede Fahrradfahrerin oder gelangweilte Stubenhockerin. Rollifahrerinnen zeigen sich ebenfalls hocherfreut.

Solarzellen-Vibrator

Mit dem modischen Schaumschläger geht es ja schon einigermaßen, aber das ultimative sonnenbetriebene Modell zum Vibrieren steht noch aus.

Sonden

Röhre oder Stab zur Einführung und Erforschung in Körperhöhlen. Einige Dildos und Analstöpsel sehen aus wie ein Gummiknüppel und lassen sich durch den Griff gut hantieren. Ein schlanker Schaft endet in einer dicken, runden Spitze.

Space Spot

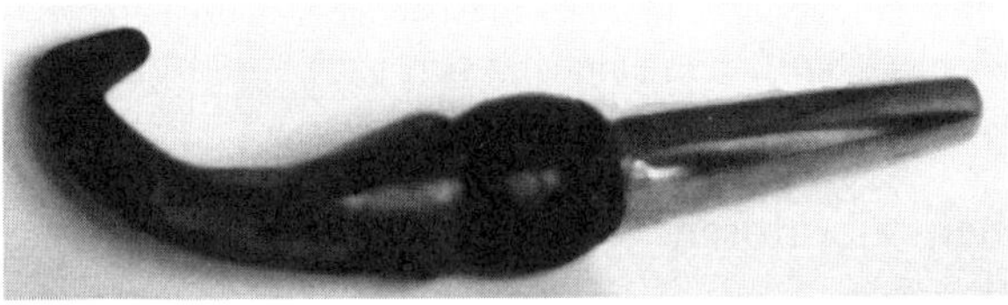

Die flexibel gebogene Jelly-Spitze vibriert leise und kontinuierlich die → G-Fläche, während der silbrige Griff auch zum Einführen taugt. Manche macht das sehr pointierte Vibrieren nervös, andere finden es sehr anregend.

Speculum

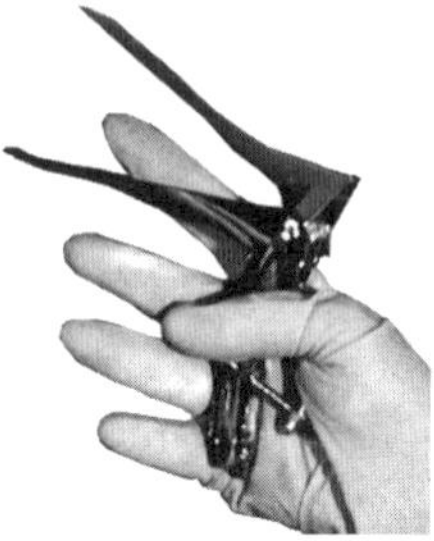

Es wird auch Entenschnabel genannt. Frau kann sich selbst oder anderen tiefen Einblick in die Gebärmutter gewähren, der bis zum Hals reicht. Annie Sprinkle erlaubte Wißbegierigen dies auf ihrer Sex-Aufklärungs-Tournee.

Stabvibratoren

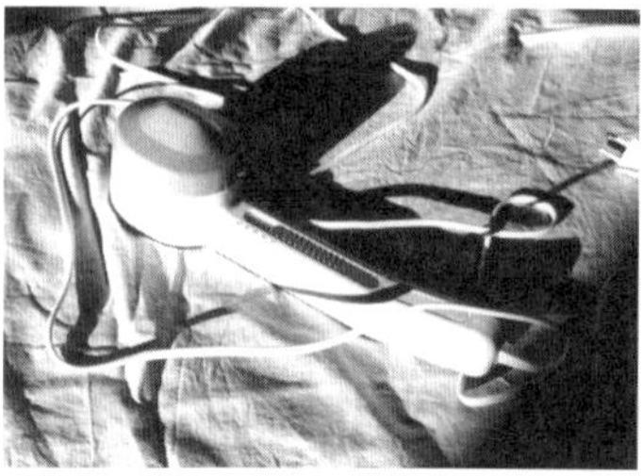

Sie sind lang und schlank, etwa 30 Zentimeter groß und haben am Ende einen mehr oder weniger flexiblen tennisballgroßen Kopf. Dieser hat manchmal an verschiedenen Seiten → Wellen oder Auswölbungen, die zur speziellen Reizung gedacht sind. Ein Rotlichtmöglichkeit trägt zur Beleuchtung bei (Vorsicht vor Verbrennungen!), Massageröllchen können den Körper runterwandern. Der lange Griff ist oft ergonomisch gebogen, um mühelos an die unteren Gefilde zu kommen. Manchmal lassen sich sogar mehrere Winkel einstellen. Der gerade Schaft mit dem Kopf macht es möglich, den Vibrator zwischen zwei Personen zu legen. Bewegungseingeschränkte Personen legen sich darauf oder klemmen ihn zwischen die Beine, können ihn sogar mittels eines Spezialgeschirrs umschnallen. Es existieren zwei Geschwindigkeiten, und es empfiehlt sich, nach 30-60 Minuten ein Abkühlpäuschen einzulegen. → Aufsätze

Sternzeichen-Vibratoren

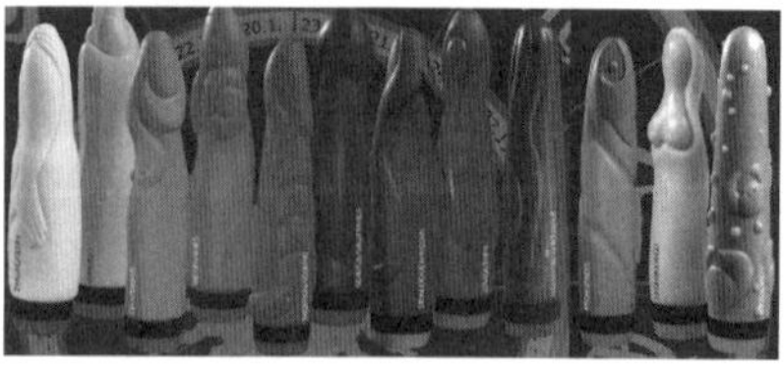

Die → batteriebetriebenen Vibratoren aus → Silikon bringen Sie in Einklang mit den Sternen und verursachen astralische Schwingungen.

Stimulator

Ausladende → Wellenform, die auch für die → G-Fläche geeignet ist.

Stinger

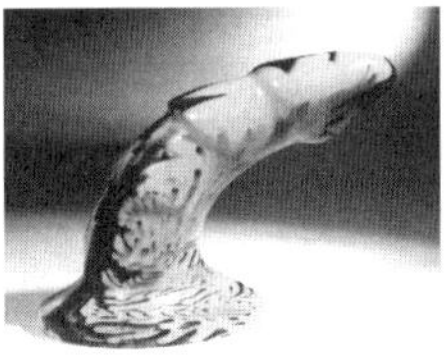

[dt. Stachel] Schwarzgelber Bienenstachel, der treffsicher die → G-Fläche findet. → Strukturierter Dildo aus → Silikon.

Strap on

[dt. überziehen] Englische Bezeichnung für das Tragen eines → Gürtels mit Dildo.

String of Pearls

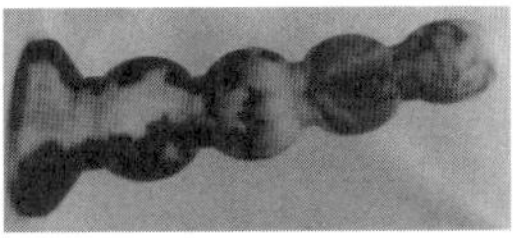

[dt. Perlenkette] Dieser → strukturierte Dildo aus Silikonkugeln erlaubt das Erfassen unterschiedlicher → Durchmesser.

Strukturierte Dildos

Eine der beiden Kategorien zur Unterscheidung von Dildos. Strukturierte Dildos ermöglichen besondere Sensationen beim langsamen Einführen und dienen der Sensibilisierung. → Naturalistische Dildos

Studierhilfe

Leder- oder Synthetikgurt, der sich auf einem Stuhl befestigen läßt, was bei schweren Überlegungen hilfreich sein kann.

Sybian

Die Kraft und das Geräusch dieser Maschine erinnern an ein altes Motorrad, und so reitet man auch gemächlich von Orgasmus zu Orgasmus. Die versorgen gleich den ganzen Körper und bereiten ein universelles Wohlgefühl. Ein austauschbarer Dildo ist auf dem Sattel angebracht; Sie stellen Rotation und Geschwindigkeit individuell ein. Leider kann der Dildo nicht auch noch zustoßen wie ein Pferdchen. Der Sybian eignet sich aber hervorragend dazu, die → G-Fläche zu stimulieren. Sybians sollten in jedem Einkaufszentrum zur freien Verfügung bereitstehen, wenn man es sich schon nicht für zu Hause leisten kann.

T

Tanga-Gürtel

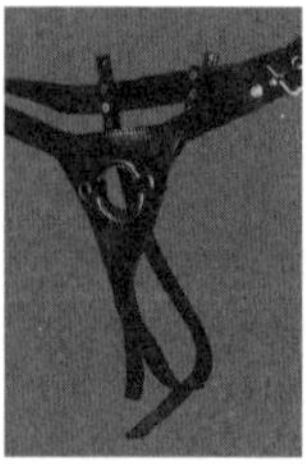

Dildo-Gürtel mit einem Riemchen, das zwischen den Beinen, evtl. Lippen und durch den Hintern à la Tanga gezogen wird.

Tannenbaum

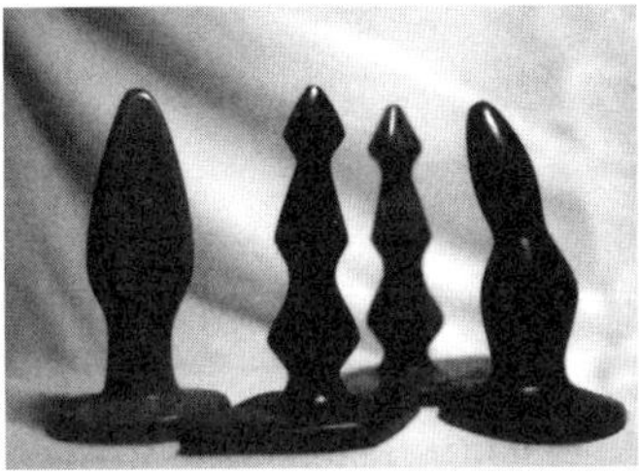

Das Schwarzwaldmodell erfreut mit zackigen Auswüchsen und ist saisonbedingt auch zu winterlichen Wonnen einsetzbar. → Strukturierter Silikondildo

Taurus

[dt. Stier] Strukturdildo aus → Plexiglas, der viele Möglichkeiten bietet. Die eine Seite ist als Zapfen eher glatt und endet rund; die andere Seite hat ein spitzes Ende und drei unterschiedlich dicke Treppchen, die einfühlsame Hilfe in den Analbereich geben. Garniert wird der griffige Zweiteiler durch zwei Seitenflügel, die die Clit reizen können, aber auch angenehm in der Arschbacke und am Damm ruhen.

Teufelchen

→ Batteriebetriebener Vibrator aus → Silikon, der höllisch einheizt.

Texas-Gürtel

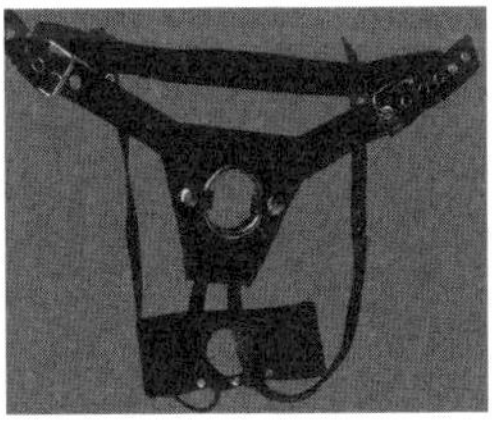

Dildo-Gürtel, der zwei Riemchen hat, die zwischen den Beinen durchgezogen werden, dann aber nach rechts und links weisen und die Arschbacken betonen. Die Bezeichnung „Texas" kommt von der Bewegung her, die man beim Einsteigen in den Gürtel vollziehen muß.

Thermometer

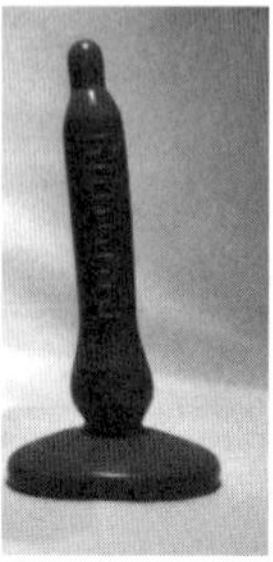

Anal läßt sich immer noch am besten die Temperatur messen, und so kann dieser schöne → Buttplug auch eingesetzt werden.

Tittilizer

[dt. Reizende] Brustklemmen, die die Nippel einspannen. Darauf achten, daß der gewünschte Klemmgrad eingestellt werden kann.

Top

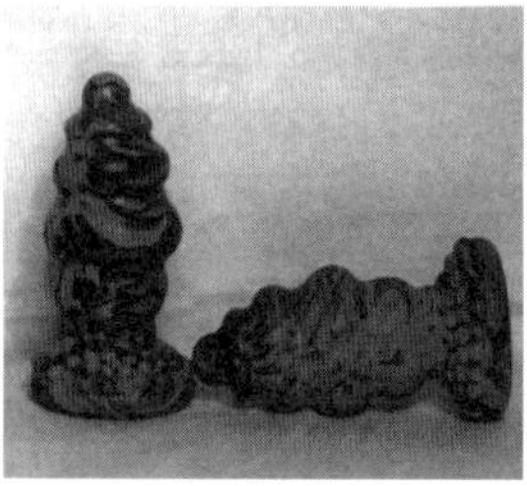

→ Strukturierter Dildo mit Noppen im Sockel zur → Clit-Stimulation. Wer erinnert sich da nicht gerne an die lustvollen Rutschpartien auf dem Treppengeländer und dem Ankommen auf dem Endpfeiler? Viele Frauen reisen auch heute noch gern gen Süden, wo in vielen Hotels die Dildos am Bett angebracht sind.

Toy

[dt. Spielzeug] Diese übergreifende Bezeichnung für Vibratoren, Dildos und alle möglichen Reizmittel kommt aus dem Englischen und bedeutet zu heutigen Zeiten des sexuellen Bewußtseins „das Spielzeug". Der Spielcharakter wird hier betont und löst die altmodischen Namen wie „Hilfsmittel", „Hygiene-Artikel", „Witwentröster", „elektrische Ehemänner", „Samthänse" etc. ab.

Treasure Chest

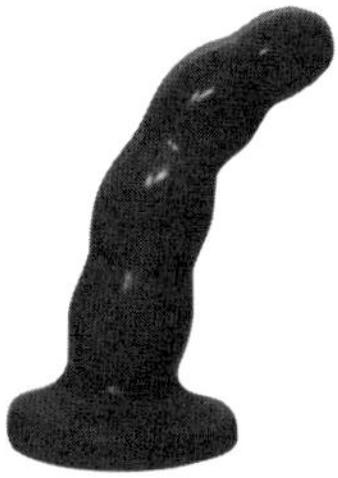

[dt. Schatztruhe] Silikondildo mit Struktur und gebogener Spitze, die zur → G-Flächen-Stimulation dient. Hohlraum für Vib-Ei.

Tristan

Die Arschbombe in Camouflage für jede Isolde. Silikon-Strukturdildo.

Tweezer

[dt. Pinzette] Nippelklemmen aus zwei langen, schmalen Zangen, die man mit einem kleinen Ring zuschieben kann und so den gewünschten Klemmgrad einstellt. Die Zangen können sich auch gut öffnen und sind daher sehr vielseitig. → Alligator

V

Verschluß

D-, Loch-, Klett- oder Klickverschluß – das ist die Gürtelfrage. Wer das Gefühl mag, den Stift einer Gürtelschnalle mit dem entsprechenden Loch zu versorgen, wird keine Entscheidungsprobleme haben. Klett ist dagegen eine sehr praktische und zeitsparende Angelegenheit, die trotzdem hält, was sie verspricht. Klick macht es bei allen, die eingefleischte Outdoor-Freaks sind und bei denen dieses Geräusch eine wohltuende Reaktion auslöst. Die D-Ring-AnhängerInnen schließlich sind von der Regenmantel-Fraktion und lieben es, à la James Dean die Lasche durch die Schlaufe zu ziehen. Mit der Zeit gibt das Gürtelleder allerdings nach, es sitzt dann nicht mehr ganz so gut. → Gürtel

Vibrationen

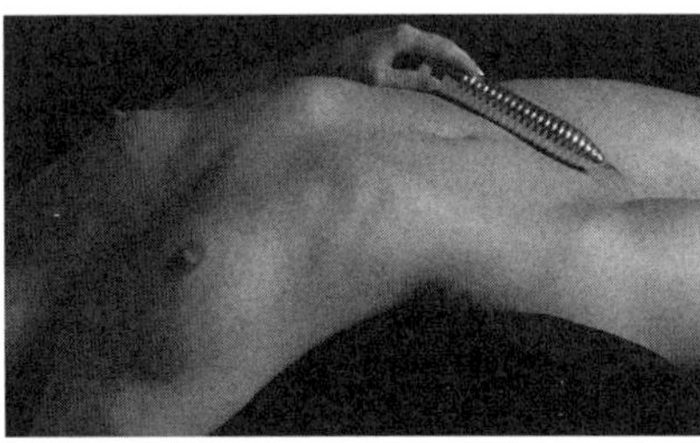

Viele Vibratoren sind zwar der weiblichen bzw. männlichen Anatomie folgend konstruiert, verfehlen aber die gewünschten sexuellen Reaktionen. Die entscheidenden Nervenenden befinden sich in der Clitoris und an den Portalen zur Möse und dem Anus. Ein Vibrator, der sich in der Spitze regt, wird Sie kalt lassen. Vibriert er an der Basis am stärksten, müssen Sie ihn bis zum Anschlag einführen, um was zu spüren, oder ihn gleich schräg auf die Clit legen.

Vibrierende Eier und Kugeln

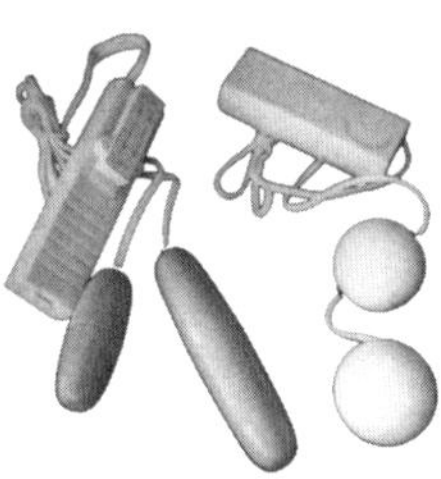

Eier und Kugeln können in → Dildos mit vorgesehenem Hohlraum und in speziellen Gürteltäschchen ihre Schwingungen verbreiten. Aus Plastik sind sie wegen Nähten und sich auflösenden Legierungen nicht zum Einführen zu empfehlen.

Vinyl-Dildos

Kommerzielle Dildos sind entweder aus Gummi oder Vinyl und fast ausnahmslos in mehr oder weniger schöner Schwanzform. Vinyl-Dildos sind leicht, meistens hohl und nicht porös. Sie verbreiten oft einen unangenehmen Geruch nach Chemie. Man sollte sie nur mit Kondomen benutzen und sie großzügig auslüften und/oder einlegen.

Virgin/Venus

[dt. Jungfrau] Dildo mit weiblichen → Wellenformen, die angenehme Sensationen vermitteln. Er existiert in → Holz, → Plexiglas und → Edelstahl.

Vitalisator

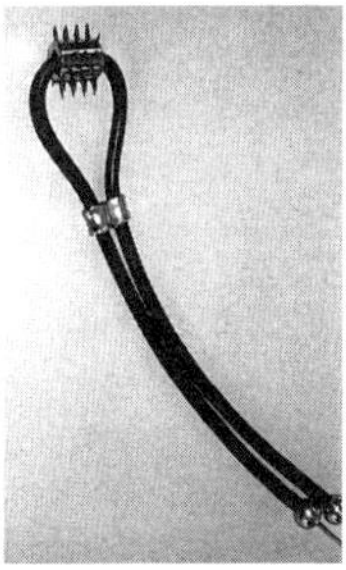

Ein Rad mit vielen kleinen Metallstacheln, das über den ganzen Körper gerollt werden kann und verschiedene Sensationen erzeugt, je nachdem wie nachdrücklich man vorgeht. Es kribbelt angenehm und wirkt belebend, hilft auch bei Rückenschmerzen.

W

Wal

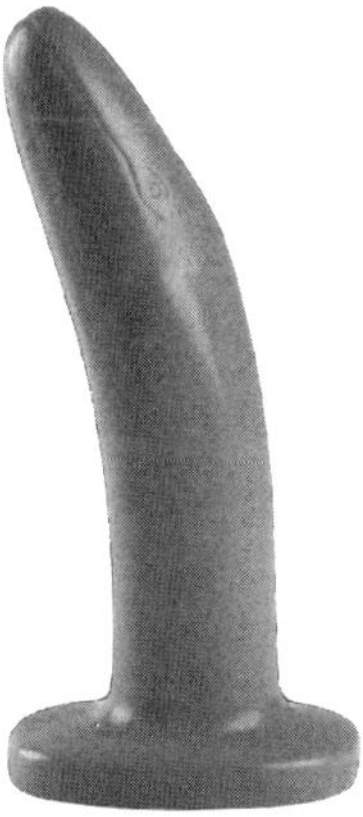

Dieser → strukturierte Dildo will gleich ins Wasser springen. Neben dem → Delphin und der → Schwimmerin ist er einer der ersten drei Design-Dildos aus den Siebzigern.

Wecker

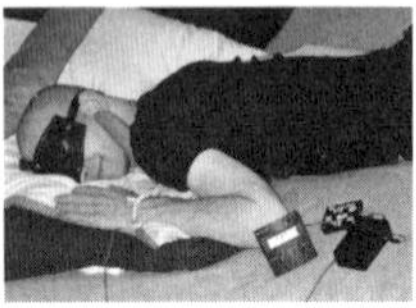

Dieser Vibrator hat eine Zeituhr eingebaut, so daß der Übergang von der schönsten Traumwelt in den grauen Alltag gleitend gestaltet wird. So unabdingbar wie der morgendliche Kaffee!

Weide

Dieser → G-Flächen-Dildo in Form einer sich im Wind biegenden, schlanken Weide ist sehr beliebt bei Frauen, die eher auf schlanke Formen stehen.

Wellen

Beliebte Silikon-Dildos und Vibratoren in leichter bis starker Wellenform, die eine Sensation vermitteln.

Willie

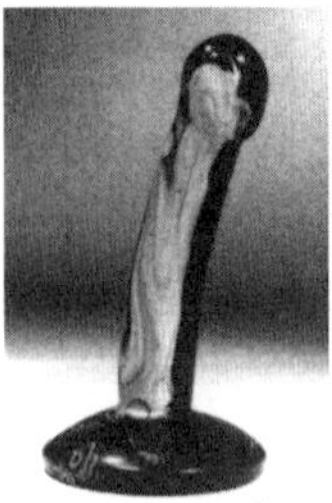

Der kleine Süße macht sich gut in der Unterhose und sieht hier als Hänger ziemlich naturalistisch aus.

Wünschelstab

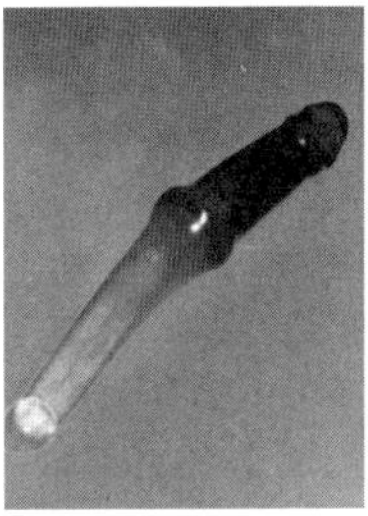

Eine Seite dick und kurz, die andere schmal und lang. Ideal für Pärchen mit unterschiedlichen Präferenzen. → Doppeldildo aus → Jelly.

Wünschelrute

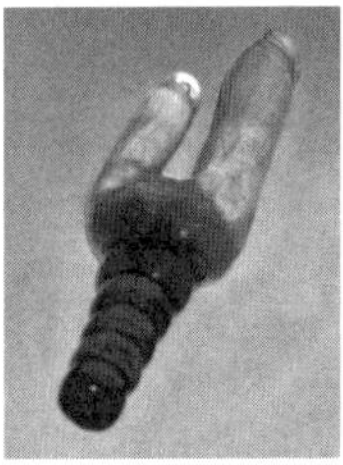

Dieser → Doppeldildo aus → Jelly sucht sich die Quellen der Freude anal und vaginal.

Z

Zahnbürste

Sie wird traditionellerweise nicht nur zum Zähneputzen eingesetzt. Weil aber die Vibrationen nicht immer ausreichen, hat man kräftigere Motoren eingebaut. Dieses Zahnbürstenmodell hat viel Zubehör und verfügt über eine lange Leine, mit der man wie mit der mobilen Fönhaube umherlaufen kann. Verfügt man über eine Basisstation zum Aufladen, ist man natürlich noch unabhängiger. Der beliebteste → Aufsatz ist die Clit-Haube, die die Clit wie eine Pyramide oder ein halbierter Kreisel umschwingt.

Zapfendildo

Dieser Dildo aus → Edelstahl dient sowohl als Peitschengriff als auch als einführbares Spielzeug. Ideal ist der mit Klickverschluß einsetzbare Peitschenaufsatz, der sich in sich dreht, so daß frau keine Sehnenscheidenentzündungen befürchten muß.

Zauberstab

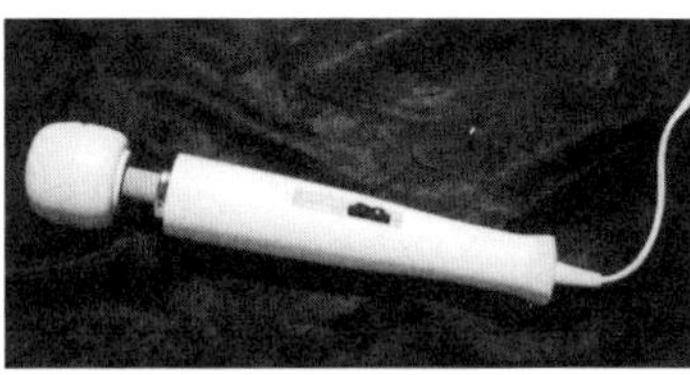

Die Limousine unter den → netzbetriebenen Vibratoren in Form eines Mikrofons mit großem, beweglichem Kopf. Ideal auch für zwei Personen einsetzbar. Sehr starke → Vibrationen, die jeder Verspannung zu Leibe rücken. Besonders beliebt rechts und links der Wirbelsäule, Schultern und unteren Rücken. Der Zauberstab hat drei exklusive → Aufsätze: einen ca.10cm langen Anal-Aufsatz, einen gekrümmten → G-Flächen-Ausatz für den inneren Bereich an der Vorderwand der Möse und die „Tulpe". Wenn Sie die Spitze des G-Flächen-Aufsatzes einführen, vibriert dieser auch noch für Clit und Möse. Die Tulpenblütenform ist zur Stimulierung des Peniskopfes gedacht und bringt auch Dildos zum Vibrieren. Der Zauberstab braucht einen Adapter, um den Ami-Strom zu europäisieren. → Magic Wand

Zunge

Dildo aus → Silikon, bei dem eine lange Zunge aus einem Mund gestreckt ist und je nach Wunsch Schlagfertigkeit beweisen kann.

Zylindrische Vibratoren

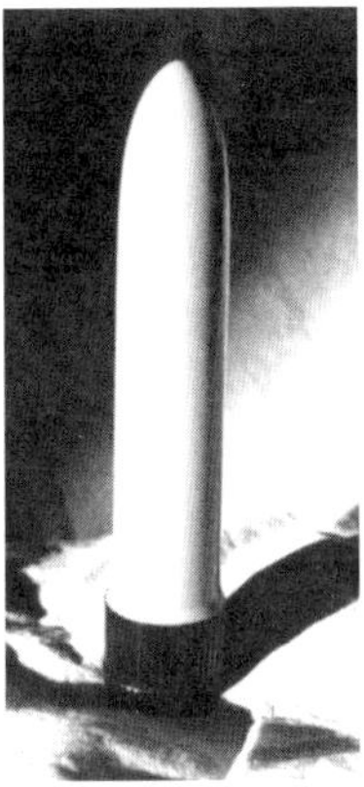

Sie sind normalerweise aus Hartplastik oder Vinyl. Letztere vibrieren schwächer, weil das Material ganz eigennützig die Schwingungen gerne für sich behält. Qualitativ besser und schöner sind Silikon-Vibratoren, die sich für Sie erwärmen und die Reize verläßlich weitergeben (so lang die Batterien mitmachen).

Autorinnen & Photogräfinnen

Die Herausgeberin und Autorin **Laura Méritt,** 41, ist feministische Linguistin und Sexpertin. Seit 1987 betreibt sie das Sexdienstleistungsunternehmen „Sexclusivitäten" in Berlin, wo sie Spielzeuge entwickelt, aus aller Huren Länder zusammenstellt und vertreibt. Freitags spielt sie Berliner Salon-Löwin und lädt nach weiblicher Tradition zum Kaffeeklatsch ein, um über alle sich anbietenden oder vorgegebenen Themen zu diskutieren. Laura Méritt gilt als deutsche „Susie Sexpert", die sich gleichermaßen in der Lesben-, Frauen- und Hurenbewegung engagiert und sich dem Freuden-Aktivismus verschrieben hat. Neben Sexualberatung, Mediation und der Vermittlung in Beziehungskonflikten hat sie sich intensiv mit der Kommunikation zwischen und unter den Geschlechtern beschäftigt. Zur Zeit arbeitet sie über das Gesprächsverhalten von Frauen in der Sexualität.

Veröffentlichungen: Zahlreiche Artikel rund um die weibliche Sexualität, besonders für Frauenzeitschriften wie *Cosmopolitain*, *Marie-Claire* sowie die Bücher *Lauras Animösitäten und Sexkapaden* (konkursbuch 1994), *Mein lesbisches Auge I+II*, Hg., (konkursbuch 1998, 2000). Sonstige Texte in diesem Band © Laura Méritt

Jane DeLynn, Autorin der legendären Novellen *Don Juan in the Village* und des Sammelbandes *Bad Sex is Good.* Während des Golfkrieges Korrespondentin in Saudi-Arabien; zahlreiche Veröffentlichungen u.a. in der *New York Times, Mademoiselle, Glamour, Harper's Bazaar* und *Women's Review of Books.* Ihre Musical-Theaterarbeiten wurden in New York aufgeführt; Auftritte in Fernsehen und Radio. Ihr neustes Buch *Leash* erscheint im Herbst 2001. „How I Flunked Masturbation Class" © Jane DeLynn

Aurore Dorval, 34, lebt in Nizza. Sie liebt alle Formen der Sexualität mit spielerischem und abenteuerlichem Humor. Ihr erstes Buch *La Louve* beschreibt das Leben einer Don Juan in der dekadenten Romantik des 19. Jahrhunderts. Sex und Tod, aber auch eine außergewöhnliche und ungebändigte Lebenskraft sind die Hauptthemen. Aurore mag das französische Boxen und Sumo, alle Küchen dieser Welt und die Malerei. Zu ihrem zweiten Buch *Sexe Attitude*, aus dem die hier übersetzten Geschichten sind, wurde sie von ihren Fantasmen und einigen experimentellen Liebesnächten inspiriert. Sie genießt Sex wie ein Delphin nach den drei Kriterien: essen, spielen, lieben. „Le gode" und „Prends-moi" © éditions gaies et lesbiennes

Sudabeh Mohafez, 38, ist Autorin, Flötistin, Buchhalterin, Doktorandin, Pädagogin und noch so einiges mehr. Sie paßt in keine Schublade so recht hinein und entwickelt neuerdings – nach ausgiebigem Tummeln in diversen Szeneszenen und unergiebigem Experimentieren mit unterschiedlichen Identitätsetikettchen – einen ausgesprochenen Hang zum Spießertum und verbringt infolgedessen den größten Teil ihrer Zeit mit zwei Katzen und einer altmodischen Reiseschreibmaschine, bevorzugt auf ihrem Neuköllner Balkon. Sie lebt nach über 21 Jahren immer noch in Berlin, veröffentlicht in zahlreichen deutschsprachigen Print- und Online-Literaturzeitschriften sowie Anthologien und ist trotz ihres Alters einer der vielversprechendsten Sterne am Nachwuchshimmel der deutschen Literatur. „Die Lesung" und „Verwöhnaroma" © Sudabeh Mohafez

Nadja Schefzig, 35, Philosophin, theoretisches und praktisches Engagement in der Genderpolitik und Anerkennungstheorie, Ethik der kommunikativen Polygamie, erotischen Kultur und Subkultur. Veranstaltungsmanagement u.a. im Rahmen von „Celebrating the Cyborg – Workshops und Filme zum Thema Cyborg (1999)", Veröffentlichung in diversen feministisch/schwul-lesbisch/transsexuellen Publikationen, KünstlerInnenmuse, Organisation philosophischer, erotischer Salons, Lesungen, Workshops, Kuratorin bei Popporn, Veranstaltung von Toy-Homeparties in Zusammenarbeit mit Marg-Frauenerotikladen. Sie lebt in Wien. „Hausbesuche" © Nadja Schefzig

Rebecca Tember, 48, Reisejournalistin und Indienexpertin, pendelt zwischen Kalkutta und Mainhattan. „Indian Summer" © Rebecca Tember

Die Fotografinnen

Verena Franke, Pea Lehman, Michaela Goeltl
Biank Rodalquilar, Annie Sprinkle
Carmen Allmann, Aku

Sex-Shopping around the World

Deutschland

Berlin
Sexclusivitäten: Das älteste Sex-Dienstleistung-Unternehmen von Frauen. Ausgewählte Spielzeuge aus aller Welt, Lederliches, erotische Filme u.v.m. Sexualberatung, Mediation, Einzel-Praxisstunden und Fuckerwear-Party.
Inh. Laura Méritt
Fürbringerstraße 2
10961 Berlin
Fr. 12.00-20.00 Uhr und Termine nach Vereinbarung
Tel.: 030-693 66 66
Fax: 030-62 73 68 16
www.sexclusivitaeten.de
info@sexclusivitaeten.de

Birotic: Körperschmuck und Liebesspielzeug in Silber, Gold, Stahl, Marmor, Acryl und Edelstein.
Inh. Biank Rodalquilar
Schlüterstraße 54
10629 Berlin
Mo.-Mi. 12.00-19.00 Uhr
Do.- Fr. 12.00-20.00 Uhr
Sa. 11.00-15.00 Uhr
Tel.: 030-88 55 19 04
Fax: 030-88 55 19 03
www.biank.de

Hautnah: Fetischkleidung in allen Preislagen über drei Etagen, Outfits für jeden Auftritt, Accessoires, High Heels, gewisse Auswahl an Toys.
Uhlandstraße 170
10719 Berlin
Mo.-Fr. 12.00-20.00 Uhr
Sa. 10.00-16.00 Uhr
Tel.: 030-882 34 34

Schwarze Mode: Klassische Lederbekleidung mit hausinterner Schneiderei, Lack und Latex.
Grunewaldstraße 91
10823 Berlin
Mo.-Fr. 12.00-19.00 Uhr
Sa. 10.00-16.00 Uhr
Tel.: 030-784 59 22
Fax: 030-78 70 45 33
www.schwarze-mode.de

Black Style: Alles Erdenkbare in Latex. Schneiderei.
Seelower Straße 5
10439 Berlin
Mo.-Fr. 13.00-18.30 Uhr
Sa. 10.00-14.00 Uhr
Tel.: 030-44 68 85 95
www.blackstyle.de

Black Strätsch: Fetisch-Geschäft für Latex, Lack, Leder, SM-Zubehör.
Lepsiusstraße 47
12163 Berlin
Di.-Fr. 11.00-19.00 Uhr
Sa. 11.00-14.00 Uhr
Tel.: 030-797 00 25 51

Werkstätten mit Verkauf:
Playstixx: Werkstatt
zur Herstellung von Silikon-Toys
Inh. Stephanie Dörr. Waldemar 24,
10999 Berlin. Do 14-18 h u. Tvbg.
Tel.: 030-61659500, Fax:6152410
www.playstixx.de

Leathers, Lederwerkstatt
Schliemann 38, 10437 Berlin-Prenzelberg
Tel./Fax: 030-4427786.
Di-Fr 12-19, Sa 12-16h

Dos Santos, Petra: Leder-Atelier
Mehringdamm 119, Berlin-Kreuzberg
Tel.: 030-68237115

Frankfurt
Inside Her: Sandra Maravolo hat den FrankfurterInnen ein überquellendes Schatzkästchen voller exclusiver Dessous und Spielzeuge zu bieten.
Vilbeler 34, 60313 Frankfurt
Tel.: 069-295100 www.insideher.de

Bremen
For Ladies: Die Damen empfangen in fein nordischem Ambiente und bieten hauptsächlich die städtischen Spielzeuge, aber auch Zubehör, Spiele und Wäsche.
Ostertorwall 67/68, 28195 Bremen
Tel.: 04421-323040
www.forladies.de

Esslingen
Bella-Donna: Aurelia Sonnenburg versucht letzteren unter die Leute zu bringen und bietet in ihrem kleinen Lädchen einiges dafür.
Milch 6, 73728 Esslingen. 0711-353728
www.bella-donna-erotik.de

Freiburg
tools & toys
Inh. Nicole Meyer
Heinrich-von-Stephan-Str. 10
79100 Freiburg
Tel.: 0761-7074949
www.tools-toys.de

Göttingen
Good Vibration: Frauenerotikladen In Niedersachsen.
Extravagante Dessous, Toys, Literatur
Mo-Mi 11-19, Do/Fr 11-20, Sa 11-16 Uhr
Mauer 28, 37073 Göttingen
Tel./Fax: 0551-5317511

Köln
Lady's Toys: Erotikladen in einem hübschen kleinen Laden.
Regine Thoeren, Geyergasse 6, Köln
Tel.: 0221-2571001, Fax: 2571488

Secrets: Lederliche Boutique mit Spielzeug, alteingesessener Laden von sehr beliebtem Lesbenpärchen.
Marienplatz 1, 50667 Köln
Tel.: 0221-244100, Fax: 2949788
www.secrets-erotic.de

München
Ladies First
Inh. Evelyn Hilse, Kurfürsten 23,
80801 München
Tel.: 089-2718806
www.ladiesfirst.de
Der einzige Laden nur für Frauen

Schweiz und Österreich

Clit Care: Frauenerotikshop mit hausinterner Dildogießerei + Piercing-Service.
Klingenstraße 36
CH-8004 Zürich
Tel.: 0041-1-273 33 10
www.clitcare.ch

Arts of Love: Der sinnlich zärtliche Liebesladen.
Brunngasse 14
CH-8001 Zürich
Di.-Mi. 11.00-18.30, Do.-Fr. 11.00-19.00,
Sa. 10.00-16.00 Uhr
Tel.: 0041-1-262 62 81
www.flutlicht.ch

Femintim: Anita Wildermuth weiß, was Frauen und Paaren gefällt.
Postfach: 2215
CH-8645 Jona
Tel.: 0041-55-210 66 56
Fax: 0041-55-210 06 03
Femintim@bluewin.ch

Planet Love: Inh. Katrin Dällenbach hat eine schöne Auswahl an erotischer Kleidung, Dessous, Toys und Literatur.
Inh.Katrin Dällenbach
Gerberring 36
CH-3011 Bern
Tel.: 0041-31-311 40 11

Marg: Toys, Bücher, Videos, Perücken, Abendbekleidung, Dessous, Homeparties.
Hamburger Straße 20, A-1050 Wien
Di.-Fr. 14.00-19.00, Sa. 12.00-17.00
Tel.: 0043-1-966 62 86
www.marg.at, female@marg.at

Tiberius
Lindengasse 2
A-1070 Wien
Tel.: 0043-1-522 04 74

International

Großbritannien
Sh!: Londons einziger, exquisiter, von Frauen betriebener Sexshop. Eigene Dildogießerei, Zubehör und Fetischkleider.
43 Coronet Street
GB-London N1 6 HD
Mo.-Sa. 11.30-6.30
Tel.: 0171-613 54 58

Kadett-car: Die ehemals in Berlin ansässige Holländerin hat mit ihrer neuen Liebe in London ein Lederatelier eröffnet.
Fax: 0044-20-77 33 16 20
www.kadett-car.com

Niederlande
Stout: Beerenstraat 9
NL-1016gg-Amsterdam
Di.-Fr. 12.00-19.00 Uhr
Sa. 11.00-18.00, So. 13.00-17.00 Uhr
Tel.: 020-620 16 76
www.meisjes.net, stout@meisjes.net

USA
Good Vibrations
Der älteste Sexshop von Frauen
938 Howard St. #101
San Francisco, CA 94103
Tel.: 415-974-8990, Fax: 415-974-8989
www.goodvibes.com

Eves Garden: Die alte Dame unter den Sexshops, ebenfalls seit den Siebzigern
119 West 57th Street
Suite 420 wp
New York, NY 10019

Toys in Babeland, New York
94 Rivington Street
Tel.: 212-375-1701

Toys in Babeland, Seattle
707 E. Pike Street
Tel.: 206-328-2914
www.babeland.com

Grand Opening: Sexuality Boutique
318 Harvard Street, Suite 32
Brookline, MA 02446
www.grandopening.com

The Pleasure Place
For sophisticated women
Washington, D.C.
Tel.: 1-800-386-2386
www.pleasureplace.com

A Woman's Touch
600 Williamson St.
Madison, WI
www.awomanstouch.com

Canada
Good for Her
175 Harbord Street
Toronto, ON
Canada M5S 1H5
Tel.: 416-588-0900
www.goodforher.com

Come as You Are
701 Queen St. West
Toronto, ON
www.comeasyouare.com

Venus Envy
Ottawa, Halifax
1-877-370-92-88
www.venusenvy.com

Buchläden

Lustwandel
Raumer 20, 10437 Berlin
Mo-Fr 12-20, Sa 10-16 Uhr
030-440408-60, Fax 030-44040870
kontakt@lustwandel.de
www.lustwandel.de

Schwarzer Buchladen
Grunewald 91, 10823 Berlin
Mo-Fr 12-19, Sa 10-16 Uhr

Versand

Lila Lust und Laune
Lesbenliteratur, Liebesspielzeug, Kamasutraprodukte, Regenbogenartikel etc.
Parkstraße 17
76131 Karlsruhe
Tel.: 0721-69 12 60
Fax: 0721-60 69 49a
www.lila-lust-und-laune.de

Women Mail Order
Bücher, Videos, Pride-Artikel, Schmuck, Erotik, Leder, Toys. Nicht nur für Lesben.
www.womenmailorder.de

Lesbenkaufhaus
www.lesbenkaufhaus.de

Mysterious Women
Poster, Postkarten, Bücher, Videos.
Lindenallee 19a
20259 Hamburg
www.mysterious-women.de

Shambhala
Versand für tantrische Produkte.
Inh. Margit Breu
Hofmannstraße 21
91052 Erlangen
Tel.: 09131-223 57
Fax: 09131-223 94

Zeitschriften

On Our Backs
Das legendäre lesbische Sex-Magazin aus San Francisco. www.onourbacksmag.com

Quim
Die Auferstehung der Londoner Lesbenszene mit ihrem außergewöhnlichen Sex-Magazin. „Quim" ist übrigens die Bezeichnung für die erregte Clit.
www.quimdykes.co.uk

Yabyum
Kultur, Politik, Lust, Sinnlichkeit. Das Schweizer Magazin, das über den esoterischen Tellerrand schaut
www.yabyum.ch

Sexworkshops

Lotus Tantra
Workshops für Frauen.
Lotus-Institut joanna Wex
Türmchenswall 23
50668 Köln
Tel.: 0221-130 14 45

Tara Tantra
Bundesweite Workshops für Frauen mit Christa Schulte aus Bremen.
Info: Maria Kennerknecht
Tel.: 0421-27 47 99

Frauenlust und Sinnlichkeit:
Sangeet C. Grage und Caroline Ilgner
Kreuzstraße 18a
13187 Berlin
Tel.: 030-48 09 63 68
Frauentantra-berlin@gmx.net

Diamond Lotus Tantra Lounge: Workshops für Frauen, Männer, gemischte Gruppen, Massagetechniken.
V. Lippert
Bautzener Straße 3
10829 Berlin
Tel.: 030-216 31 29
Fax: 030-216 66 54
www.DIAMOND-LOTUS.DE
diamond-lotus@t-online.de

Quodoushka
Spirituelle Sexualität aus indianisch-schamanischer Sicht. Betty Thunder-Bear Gold und Rose Thunder Eagle Fink machen seit vielen Jahren die international begehrten Workshops für gemischte Gruppen, aber auch spezielle Kurse für Frauen. Info im „Zegg", dem Zentrum für alternative Lebensgestaltung in Belzig.
Johanna Nickl und Karsten Guschke
Fax: 033841-595 48
Karsten.guschke@zegg.de

Wings of Joy
Der heilige Pfad für die Priesterin von heute. Workshop für Frauen, die die Trennung von Sexualität und Spiritualität aufheben wollen. Maggie Tappert, 54, führt in ihren international anerkannten Seminaren Frauen in ein neues und kraftvolles sexuelles Bewusstsein, Vertrauen und Selbstliebe.
www.maggietapert.com

Liebesschule für Frauen
Seminare in der Schweiz, Deutschland und Italien.
Institut Schröter + Christinger
Mühlengasse 33
CH-8001 Zürich
Tel.: 0041-1-2610160
Fax: 0041-1-2610260
www.scpt.ch

Plaisir Concave
Workshops zum persönlichen spirituellen Wachstum und zur ganzheitlichen Sexualität. Diverse Angebote für Frauen, Grundlagenseminare, Spezial-Orgasmustraining, Genussfähigkeit etc.
Dr. Birgit Mayer
Scheffel 4
65187 Wiesbaden
Tel.. 0611-80 10 59
birgitmayer@flashmail.com

Institut Eva Blaickner
Seminare zu Frau-Sein-Sexualität, Beckenbodentraining für Frauen oder Männer.
Auberg 35
A-4040 Linz
Tel.: 0676-945 60 30

How to read write a dirty story.
Online-Workshop mit Susie Bright.
www.susiebright.com

Betty Dodson
Masturbations-Workshops
www.bettydodson.com

Annie Sprinkle
www.gatesofheck.com/annie